LES
TRAVAVX
SANS TRAVAIL

DE PIERRE D'AVITY,
de Tournon en Viueroys.

Auec le Tombeau de Madame la
Duchesse de Beau-fort.

Le tout dedié à Monseigneur le
de Vendosme.

Reueu & corrigé de noúue.

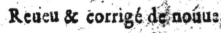

A ROVEN,
Chez PIERRE L'OYSELET,
tenant sa boutique au haut des
degrez du Palais.

1609.

CE QVI EST CONTENT
au preſent Liure.

A MONSEIGNEVR

MONSEIGNEVR LE
Duc de Vendofme.

ONSEIGNEVR,

Ie vous porte parmy les dons de
voſtre bonne fortune, ceux de
mon mauuais eſprit. Ie ne veux
voüer mes commencemens qu'aux voſtres
heureux. Ie ne puis plus iuſtement attendre
de voir croiſtre mon bien, & ma capacité
qu'auecques vos ans. Certainement l'eſpoir
que vous donnez de vous à la France, me
fait eſperer beaucoup pour moy. Si l'on me
dit que voſtre âge vous empeſchera de conſiderer mon offre, ſelon mon deſir, ie diray qu'il
vous empeſchera de conſiderer auſſi mes deffauts. La capacité que i'ay de mon incapacité
ne me retirera pas de ce diſſein. Car en me
voüant au pouuoir meſme, la peur me ſeroit
reprochable. Peut eſtre auſſi, quelques vns

ã ij

m'accuseront pour l'ambition que i'ay d'estre
des premiers à vous donner quelque particularité. Mais ie les prie de s'estudier, si ie suis par
fortune le premier offrant, de me rendre le dernier capable par leur suffisance. Aussi bien
n'ay-ie fait ceci, que pour conuier chacun à pareille addresse. Et ne sçait-on que les trompettes ne sont pas ceux qui font les bons coups?
D'où sortira doncques le bruit, sinon de l'infelicité de mon ame? Ha! vous estes tellement
grand, estant si petit, qu'on ingera qu'estant
doublement grand, vous vengeriez l'outrage
fait à l'vn de vos seruiteurs. Car vous estes
pour faire paroistre la puissance du vouloir,
& non l'excuse de mon pouuoir. Vous commandez donc tacitement que le mesdisant se
taise, puis que ce fait cy vous touche, & de
mesme haleine vous me permettez de commencer à discourir à tous, ce que singulierement ie
vous desdie, qui est foible comme vostre âge,
& qui respire toutesfois vn puissant desir de
mieux, que lieu d'où vous sortez, & où il entre m'inspire, parmy celuy que i'ay de viure &
mourir,

MONSEIGNEVR,

Voſtre tres-humble, & tres
obeyssant seruiteur,

P. DAVITY.

A MON LIVRE,

Sur son adresse,

SONET.

Qve veux- tu plus croupir? Il faut ores mon Liure
De ce Soleil leuant aller voir les clartez:
C'est la belle chaleur qui te doit faire viure,
Ou qui te doit durcir aux contrarietez.

D'vn souci penetrant, Liure, ie te deliure,
Ne crain plus des languards les babils effrontez:
On te pourra bien suiure, & non pas te poursuiure,
De reproches picquants des cerueaux mal pastez.

Ton support est trop bon: ton adresse te dresse,
Vn chemin au bonheur: soy plein de hardiesse:
Cesar fait peur à tout en surannant ses ans.

Et ne sçait on iuger parmi tant de courage,
Et parmi tant d'esprit si balançant le temps
L'âge doit au merite ou le merite à l'âge.

AVX LECTEVRS.

BE A V x esprits, ne craignez pas en m'appro-
chant la contagion de
mon ignorance. Ie vous
puis donner la compaſſion, & non
pas le mal. C'eſt pluſtoſt vous qui
me faites craindre. Voſtre veuë me
fait redouter voſtre iugement, &
voſtre iugement voſtre veuë. N'e-
ſtant couſtumier de voir le Soleil il
m'eſbloüira : & cecy qui ſort des tenebres perdra la clarté, pour la voir
trop toſt. Ie n'aborderay iamais tant
de Soleils ſans eſtre bruſlé, ou tant
de iugemens ſans eſtre condamné.
Dignes Iuges, i'ay recours à voſtre
pitié. Ambitieux, ie vous oſte toute
enuie : car eſtant priué de ſa cauſe,

qui confifte en la valeur , ie n'en produiray iamais l'effet. Me voila donc affez fort fi vous m'efcoutez, & fi vous ne m'efcoutez encores plus. Car au moins fi vous ne m'oyez vous ne me iugerez pas. Que feray ie maintenant à ceux qui ne pouuãs dire mal par raifon le font par couftume? Ha' ie porte leur contre-poifon au peu de foucy que i'en porte. Il y en aura d'autres qui me blafmeront, pour la briefueté de mes termes: mais ie fçay qu'on doit pefer, & non mefurer les paroles. En donnãt de plus longs efcrits, i'euffe receu de plus longs cris. Mes termes font courts, pour ne rendre longue la fafcherie. Les autres diront que ie me mefle de beaucoup de chofes. Et ceux-là doiuët voir que ie me mefle auffi par beaucoup de mains. Mais quoy, beaux efprits, m'ofe-ie promettre que vous me verrez ? vous di-ie, qui ne voulez rien voir qui ne vous femble? Ie donneroy vn grand vol à ma prefomption, qui me porteroit vne grande cheute. De quel cofté que vous me preniez ie voy ma ruine. Si vous me lifez, ie crains d'eftre repris. Si vous ne me lifez de n'eftre pas veu. Et toutesfois ie ne viens à vous pour autre chofe. Mais difons pluftoft, que fi vous riez, ce me fera du contentement, de caufer le voftre. Si vous me reprenez, vous me garderez de faillir vne autre fois. Faites comme il vous plaira: ie conclu à mon aduantage. I'efpere donc au lieu de craindre, ou fi ie crain, c'eft pour ne craindre pas affez. Et fur cela ie vous dy que i'aimerois mieux eftre indignement loüé, que dignement blafmé. Car la loüange eft l'efpèron de la vertu, & ie tafcherois de deuenir ce que me feriez. Il eft vray, qu'il ne faut attendre de la feinte des perfonnes veritables côme vous. Toutesfois ce feroit mêtir,

á v

pour dire verité. Or à l'honneur
de l'honneur que ie vous porte, faites donc que fi ie ne fuis digne de
loüange, aumoins ie le fois de pardon, afin que l'vn m'efchap-
pant par mon defaut, l'autre me demeure par
voftre bonté.

D. D. D.

Phaleucium.

PLATONIS liber erudita claudit,
Alcæique liber venusta ludit:
Sunt inclusa Sophi libris acuta:
Nulli carta sapit, loquuta rectè.
Multi multa suis dedere libris:
Nulli cuncta simul, piget loquutum,
Vnus cuncta suæ dedit Mineruæ
DAVITVS suo reclusa libro:
Vni cuncta suo dedit labore
Dauitus minimo notata libro.
Ergo nunc, reliqui libri, perite:
Imo nunc, reliqui viri, tacete.
Vnus cuncta sapit libro Dauitus.
Hic si nos pereat liber, perite
Quoscunque ante tulit libros vetustas.
Quòd si tu pereas, liber Dauity,
Certène pereat meus Dauitus;
Nam si non pereat Dauitus author,
Tu quamuis pereas, nihil peribis:
Illius subitô manu reuiues.
Verùm si pereat meus Dauitus,
(Quanquam ne pereas precor Dauite)
Tu certè caueas, liber, perire.
Talem nulla dabit manus libellum
Ni talem dederit Deus Dauitum.

Gaspardus de Veyssilien Eques Melitensis.

A MONSIEVR DAVITY,
Sur son Liure.

SONET.

Priseurs des raretez, à combien de merueilles
Se poussent vos esprits voyans ceste clarté?
Ne iugez pas icy des choses non-pareilles:
On ne doit qu'admirer leur parfaite beauté.

Toy Camp de repreneurs des yeux & des oreilles
Hume tous les discours de la naifueté:
Tu ne trouueras rien quelles nuits que tu veilles,
Qui puisse contenter ta dormante fierté.

Non, tu fais, Dauity, que le blasme t'absente,
Que la grace se trouue à tes discours presente,
Qu'vn doux torrent de miel coule sur les François.

Mais ie te veux quitter, ma force est trop petite:
Car pour rendre ma voix esgalle à ton merite,
Il faudroit vn merite à l'esgal de ta voix.

Paul de Bramet.

A MONSIEVR DAVITY

mon Coufin, fur fes trauaux
fans trauail.

SONET.

I'Ay l'efprit trauaillé, i'ay l'ame inquietee,
D'autant que ie ne puis ton bien dire imiter,
Non pour te vouloir fuiure, ains pour le reciter,
A ceux qui n'ont encort a merueille gouftee.

I'ay l'efprit trauaillé, i'ay mon ame agitee,
De penfers infinis qu'on ne peut mediter:
La louange & l'honneur qu'on te voit meriter,
Ne te les pouuant rendre agitent ma penfee.

I'ay l'efprit trauaillé, i'ay l'ame fans repos,
Pour n'auoir des propos dignes de tes propos:
Eref ie me dy troublé pour ne le fçauoir dire.

Toy qui nous as donné des trauaux fans trauail,
Puis qu'en ce fait ici ie defire m'inftruire,
Dy moy comme fans mal ie porteray ce mal!

Meraud Luc Tournonois.

A MONSIEVR DAVITY
mon Cousin, sur ses trauaux sans trauail.

SONET.

Aduance, Dauity, ne demeure derriere:
Tu ne dois plus languir priué de la clarté:
Cent mille ont pris l'essor par la temerité,
Mais la seule raison te fait prendre carriere.

Tu ne dois plus languir, tu dois voir la lumiere,
Ne sois pas refroidy par la timidité:
Ie t'asseure de tout, ton faict bien medité
Merite la clarté des clartez la premiere.

Vn trauail sans trauail ne peut estre que doux,
Tes escrits sont de mesme, & si plusieurs ialoux
Mordent ta bien disance, à nulle autre seconde:

On leur dira voyant tes trauaux sans trauail,
Que tu trauailles peu pour trauailler le monde.
Puis que tant de douceur leur cause tant de mal;

Ch. Chauagnac Tournonois.

D. PETRI DAVITI,
ANAGRAMMA.

PETRVS DAVITI.
PARTVS DEI TVI.

Men nomen habet sacrum,
Quadrans ingenio tuo:
Nam te sydereum refert.
Nec mirum: siquidem tua
Te virtus hominem nota,
Non de plebe satum. Ioue
Alcides satus, æthere,
Et terris collitur: manet
Te fatum simile: es sacer
Partus namque *Dei tui.*

Melchior de la pœpe, *Nob. Delphinas.*

A L'AVTHEVR,
Sur son Liure.

SONET ACROSTIC.

Pour faire loing sentir l'odeur de vostre ouurage,
Il faut que quelque grand en ait le premier trait :
Et quand sa fantasie en aura le pourtrait,
Rien ne luy sera cher que ceste belle image.
Ronsard nous parfuma premier de son langage,
Et vous faites flairer vn parfun plus parfait,
Dans la douce sueur du liure qu'auez fait,
Au grand Duc Vandomois le donnant pour hommage,
Vous l'auez baptizé les trauaux sans trauail,
Et l'appelle trauail à nul trauail esgal.
Toutesfois mesurant vostre esprit à la peine,
Ie le nomme plaisir, ie le baptise ieu :
   Ie dy que c'est de l'huyle, ou plustost paille vaine,
   Bruslee plus soudain qu'on ne l'amise au feu.

Isaac Buffiere Tournonois.

D. P. DAVITY I. C.

EPIGRAMMA

Gaudete ô veneres, salite lusus,
His & nectite crinibus corollas.
Is cui blandula verba, multus ordo,
Argutique sales, grauisque sermo,
Is luci tulit, addiditque lucem,
Dum fert abíque labore tot labores.
At si quid meruit parum laborans,
Quidni pro meritis laboris huius
Tollendis meritò parum laborem?

I. Bufferius.

AV MESME.

ANAGRAMME.

PIERRE DAVITY,
RAVYT, DIT ET PRIE.

DAuity nous rauit, nous coniure, & nous prie,
Mais auec du pouuoir de dire ce qu'il dit:
Ses œuures nous font voir marquans son bel esprit,
Que seul en ses discours il rauit, dit & prie.

Isaac Buffiere Tournonois.

AD P. DAVITY, I. C.

IN LABORES SVOS
fine labore.

EVge Tellus, euge Cœlum, quin falitis
    gaudio?
Quin falutes mille vati porrigentes audio?
Vefter ille, nofter ille, cui labellis affidet.
Pitho blanda, cuius ore pendet auris omnium,
Mille honores, mille amores, mille cultus
    poftulat.
Aft honore porrigendo non laborem expetit.
Qui labores in labore femper ipfos horruit.
Ergo Tellus, ergo Cœlum nunc labores ponite,
Nunc honores huic labori, poft labores cedite.

Petrus Berardus Auenionenfis.

A MONSIEVR DAVITY.

SONET.

SI le iardin est beau, braue est le iardinier,
On ne cognoist iamais l'ouurier qu'en son ouurage;
Et comme on recognoit l'ouurage en son ouurier,
Dauity, tu seras cogneu par ton langage.

La beauté d'vn iardin est d'y voir vn millier
De fleurs, d'arbres diuers: de different herbage;
La beauté de ton liure est d'estre le premier
Plein d'autant de discours qu'vn iardin de fleurage.

Ton liure est le iardin, tes beaux mots sont les fleurs,
Tes trauaux sans trauail sont autant de douceurs,
Qu'vn tel diuersité, nous goustons à toute heure.

A telles fleurs ie veux mes espines offrir,
Ie veux de ces douceurs sauourer la lecture,
Et de ce miel coulant ma rudesse adoucir.

Isaac Buffiere Tournonois.

A L'AVTHEVR
Sur son Liure.

SONET.

CE liure sera veu comme seroit vn tas,
Des plus riches thresors que nous donne la Terre,
Non pas comme cela, car ceux qu'elle desserre,
A la perte subiets ne s'et ernisent pas.

C'est donc comme vn tableau où seroit vn amas
Destraits les plus exquis que la peinture enserre,
Tant plus i'y vay pensant, tant plus lourdement s'erre:
Nous voyant tous les iours qu'on parfait tous estats:

Cest œuure estant des Dieux est toute incomparable,
Cest vn parler qu'ils ont auec trauail cercher
Et pour en vser seul il le renoyent caché.

Mais sans aucun trauail, d'vn trauail admirable
DAVITY l'a conçeu. N'est-il pas bien heureux,
Donnant l'heur de pouuoir parler comme les Dieux?

P. Gaillard.

SVR LE MESME,
Quatrain.

CEst œuure ci n'a rien de ce dont il est fait,
Et ce rien là pourtant est ce qui plus l'honore:
Le rien de Dauity tout le plus beau decore,
Et ce rien là nous est vn tout le plus parfait.

P. Gaillard.

D. P. DAVITY, I. C.
In eius nomen & labores.

ANAGRAMMATA.

PETRVS DAVITY,
DIVS IT E PARTV.
DIVES IT PARTV.
PATER DIV TVIS.

Dvm parens parit, labores ferre multos assolet.
Qui parit ipsos labores multò plures sustinet.
Elaboratos labores qui parit, fert plurimos.
At labore qui labores elaboratissimo
Fert sub auras, fert labores plurimos & maximos.
Hosce Dauity labores elaborat, & parit.
Sic Dauity è partu dius it per alta sydera,
Dius & diues beatam dans vitam laboribus.
Et sibi suísque nomen comparans laboribus.
Non labores, sat labores grande nomen apparant.
Sat laborasti, labores talionem referunt.
Ille diues, dius ille qui labores hos parit!
Sic parens tandem laboris non recordatur sui.
Sic Dauity dum labores non labores edidit
His laborum nen laborum rite nomen indidit,
Tu Pater diu futurus es tuis laboribus,
Dignus immortalitate, sacra dignus laurea,
Et tuis scriptis in aeuum sempiternum permanens
Vt pater viuit filiorum suorum imagine.
Sic laboris non laboris elaboratissimi
Fronte viues, fonte nam ceu de te manat lympide.
Ille diues, dius ille qui labores hos parit.

Dionysius Patricotus Delphinas.

IN PETRI DAVITY
LIBRVM QVI INSCRIBITVR;
labores sine labore.

EPIGRAMMA.

SI labor iste liber, cur liber dicitur esse,
  Nec labor, atque nouo ludit in antitheto?
An quia Davity dat ei vitam absque labore,
Nec talis tamen est absque labore labor?
  Est ita: nam liber hic magni nota magna la-
    boris:
Davity tamen hunc absque labore facit.
  Quid faciet posthac magno maiora labore,
Si faciat? magnis anteferendus erit.

L. Dionysius Castellionensis ad Sequanam.

IN D. DAVITY I. C,
labores illaboriofos.

Phaleucium.

QVo tu iure voces laboriofum
  Hoc opus, video: laboriofus
Tantùm mente agitat laboriofa.
At quo iure neges laboriofum
Iftud noffe mihi eft laboriofum.
Ni fortaffe tibi laboriofo,
Ifthæc fcribere non laboriofum.
Nam quifquis fuerit laboriofus
In labore nihil laboriofum
Offendit, labor at laboris omnem
Labi protinus efficit laborem.
Ergo iure vocas laboriofum,
Ergo iure negas laboriofum,
DAVITY tuum opus laboriofum.

Lud. Dionyfius Cafiell. ad Sequanam.

L'AVTHEVR
AV LECTEVR.

PRens moy, mais ne reprens ce
    qui souffre censure:
Car si ie ne dy bien, aussi tu diras
mal;
Et iuge moy tousiours digne de ta
lecture,
Comme ie t'ay iugé digne de mon
trauail.

PREMIERE
HISTOIRE.

Ovs meſlerons les amours
aux armes. Nous donne-
rons des armes aux amours.
Nous rendrons de la gloire
à la valeur, & de la faueur à
la courtoiſie. Deux amans en appellent
vn pour le renger ſur ce papier, puis
que la mort les a rengez ſous la lame. Il
faut q̃ leur trauail ne me laiſſe pas oy-
ſif. Il faut que leur pouuoir me reforce.
Leur vouloir pouſſe à l'amour, pouſſe
le mien à leur honneur. Vous qui lirez
ce veritable recit, n'en iugez pas à la
verité : car ſi vous iugez ſainement ie
ſeray mal. Le ſuperflu de la beauté de

vos esprits reparera le deffaut du mien.
Soyez liberaux à me pardonner, si me
voulez rendre libre à parler. Ie vous
donne ce que mon humeur a desrobé à
ma nonchalance. Si vous cerchez quelque chose trauaillée, voyez mon ame.
Si vo⁹ cerchez chose qui ne le soit point,
voyez mes escrits. Ne le trauaillez point
par vos opinions, puis qu'ils ne sont pas
accoustumez à la peine. Et promettez leur
de l'attention, puis qu'ils vous recer-
chent du plaisir.

Abindare le Grenadin, en qui le ciel
auoit esgalé la lignée au courage, qui
portoit la douceur aux yeux, & la violence aux mains, qui n'auoit pas moins
d'admirateurs que de jaloux, enuoyé
viure dans le fort de Cartame, si tost
qu'il fut né, fut nourry par le Gouuerneur comme son fils propre. Ce Gouuerneur auoit vne fille de mesme aage,
qui deuoit estre de mesme vouloir. Il
Ceste fille auoit vn visage, où les yeux
auoyent assez à voir, l'ame à desir, &
le iugement où se perdre. L'Orient de
ses beautez produisoit beaucoup d'O-
riens de desirs, & beaucoup d'Occidens

A

d'esperáces. Rien ne fut esgal à sa perfection, & tout fut esgal en l'affection
de sa beauté. Qui la voyoit, voyoit vn
esclair, qui luy presageoit de la pluye.
Qui la voyoit, voyoit le iour confus
d'en laisser vn plus beau. En naissant,
elle enfanta des amours. Elle opposa
deux Soleils au Soleil, deux lumieres
à vne, & vne lumiere de la Terre, aux
deux plus dignes du Ciel. Qu'eust fait
Abindare en la bassesse de ses ans, sinon
admirer la grandeur de ce bel ouurage?
Qu'eust peu faire son esprit parfait, sinon aymer ce corps accomply? Il veut
du bien à ce bien. Il porte amour à l'a-
mour. Toutesfois parce qu'on l'entretenoit comme fils du Gouuerneur, &
qu'il ignore ses vrays parens, il l'ayme
comme sœur en cest aage, pour la hayr
comme sœur en vn autre. Nó il l'ayme
autremét qu'vn frere. Il l'honore autremét qu'en parête. Si sa taille est petite,
son affection est gráde. Il cognoit trop
celle, qu'il ne cognoit pas assez. Toutesfois l'asseuráce d'estre proche, rompt le
dessein de se rendre proche. L'aage alloit croissant, & l'amour encores plus,

A ij

& de telle sorte qu'il sembloit d'autre
estoffe, que de parantage. Charif: (ainsi
se nommoit cette Dame, qui l'estoit de
la liberté d'Abindare) se rendoit esclaue de sa vertu. Elle se passionnoit de
sa veuë, & toutesfois craignant la proximité, rienne la passionne plus, que ce
qui la trouble d'auantage. Le sang du
parantage qui luy enflame le despit, luy
glace les veines. Et ce sang luy en faict
monter vn autre au visage, qui semé sur
la neige de son teint, fait fondre les glaces du cœur. Or estans vne fois tous
deux au iardin de Cartame, Abindare
s'assiat prés de la belle, fut enquis où, il
auoit si longuement arresté. Ie vous ay
longuement cherchée (dit-il) sans auoir
appris d'aucun où vous estiez, sinon de
mó cœur, qui m'en a dóné la nouuelle.
Ce n'est pas chose nouuelle (dit Charife) que vostre curiosité, qui se mesle en
suite de l'affection à vostre ame. Ie l'ay
(dit-il) ce q̃ le deuoir ordonne au desir
& ne me puis retenir de vous voir, non
plus que de vous aymer. Mais ie voudroy fort sçauoir quelle alleurãce vous
auez, que nous soyons frere, & sœur?

point d'autre (respondit elle (sinon
parce que ie vous ayme, qu'on le dit
ainsi, qu'on nous le tesmoigne par les
effects, & nous tesmoignons les effects,
de ceste fraternité par les paroles. Et
quoy si le parâtage n'estoit, l'amour ne
seroit il plus (dit Abindare.) Et Charife. Pésez vous q̃ le parantage n'estant,
nous fussions ainsi ? Ha ! dit l'Amant, si
nostre liberté consiste en ce nom, ie l'aime encor mieux, que la priuation de
tous deux ensemble. Elle demandant ce
qu'il perdoit à estre son frere ? vous, &
moy (luy respondit-il) & faut que ie
vous die, qu'en estant voüé à vous auec
tant de passion, la proximité du sang
m'en esloigne souuent du dessein. Et ce
que la nature a aduancé pour nostre
conseruation, est transformé par l'acci-
dét en ma ruine. De sorte que ie desire-
roy ne vous estre pas frere, pour vous
aimer veritablement, ou ne vous aimer
pas tant, pour vous estre vray frere. Il
me semble (dit elle) que le sang te doit
obliger d'auantage à me rendre de l'a-
mitié. Il me semble (dit il) que vostre
seule beauté m'y oblige: Et que lors que

ie vous feroy moins, ie vous feroy plus.

Et fur ce propos tous deux rougirent
de honte, & principalement Abindare,
qui baiſſant les yeux, autant qu'il auoit
eſleué ſes deſirs, vit Chariſe dás la fontaine, & la voyát il profera ces paroles.
Si ie me noyoy dans ceſte fontaine en
recerchant ceſte beauté, la violence de
ma chaleur la tariroit, Et ſi ie la tariſſoy
ie feroy naiſtre vne ſource d'eaux aux
yeux de Chariſe, qui l'ayme tant. Et ſi
elle reſpádoit tant d'eaux elle pourroit
bié eſteindre ſon feu. Non il faut viure
à ſon imegination, & mourir à ma cognoiſſance, pour me deliurer de tant de
maux, dont le bien de ſa veüe me menace. Auſſi bien qui n'a de l'eſpoir, ne peut
dire auoir de la vie. Et ſur la fin de ces
propos il ſe leua, puis mettant la main
à quelques ioſſemins dont la fontaine
eſtoit ceincte, s'en trouſſa leſtement
vne guirlande, & ſe l'agenceant ſur la
teſte, ſe tourna vers Chariſe enſemble
couronné, & vaincu. Elle l'œillada lors
plus gayement, & ſe l'appropriant auſſi
toſt fit voir qu'iniuſtement il portoit la
marque victorieuſe de ſa gloire, au lieu

qu'il la deuoit porter honteuſe de ſa perte. Et Charite tournát les yeux vers Abindare , apres auoir demandé ſon aduis: Il me ſemble (dit l'Amant) que vous acheuez de tout vaincre , & qu'on vous couronne Royne de la terre. Elle luy ſaiſit lors la main , luy diſant que le partage du bien ſeroit touſiours eſgal: qu'il ny perdroit rien, & qu'elle ne diuiſeroit point la fortune , non plus que la nature les diuiſoit.

Or de là à quelques iours, l'amour qui ne trompoit Abindare en rien, luy fit deſcouurir la ruze de ſon nourricier. De ſorte qu'il ſçeut, que tout ce parantage eſtoit vn nomvain, baſty ſur l'amitié de leurs Peres. Ainſi l'affectió eſtoit en ſon point , & ſon contentement en Charite. Deſia leurs paſſetemps differoyent de ceux des autres temps. Il la regardoit auec le ſoupçon d'eſtre apperçeu. Il portoit enuie au Soleil qui la touchoit & bien quelle l'œilladaſt auec meſme contentement & côſtance qu'au parauant , il ne s'en pouuoit aſſeurer, parmy l'aſſeurance qu'il luy donnoit de viure ſien. Donc vn iour qu'ils vindrét

à la fontaine du iardin, Abindare iugea
qu'il y auoit de la differéce de cesté có-
ference aux passees. Et quand elle l'eust
prié de chàter, il estima que ce n'estoit
pas le cótentement, qu'elle esperoit receuoir en l'escoutant, qui l'incitoit à
l'en prier, ains qu'estant desireuse de
destourner ses piteux discours elle vouloit ouyr son chàt, pour n'ouyr sa peine.
Pour n'estre donc court en deuoir, non
plus qu'il l'estoit en affection, il commença d'entonner ceste chanson, pour
luy faire entendre le soupçon qu'il auoit
de sa rigueur.

CHANSON.

LE feu qui s'est prins en mon ame,
Las! qui l'estaindra promptement,
Puis que mes eaux vont animant
La vehemence de sa flamme?

Rien n'y peut faire resistance,
Qu'il ne persiste en son ardeur:
Seulement en manquant de cœur,
Il manquera de violence.

Belle vous estes la mere
De ces larmes & de ces feux,
Autant impiteuse à mes vœux,
Qu'impiteuse à me deffaire.

Mais ne mourez pas ie vous prie,
Dequoy desolé ie ne meurs:
Ou ie diray que mes douleurs,
Sont les douceurs de vostre vie.
Que si vous viuez satisfaicte,
De me pouuoir faire mourir,
Ie viuray vous voyant fuyr,
A chacun apres ma defaite.

Ces parolles peurent tant, aidées de
l'amour de celle à qui elles s'adressoiét,
qu'on vid sortir des larmes de ses yeux,
qui rédirét tel offet, qu'on n'eust sçeu dire si le plaisir, qu'eut Abindare de voir
vne telle preuue d'amitié fut plus grand
que la peine, qu'il receut d'auoir esté la
cause de les faire respandre. Alors Charife l'appellant le fit seoir à son costé,
puis l'attaqua en ceste façon. Abindarc,
tu sçauras auant que partir d'icy, si l'a-
mour auquel ie m'obligeay depuis que
i'eustes pensers agreables est leger, ou si
fort enraciné, qu'il ne se peut arracher
qu'auecques la vie. Ie ne te veux pas accuser pour tes soupçons, veu que ie sçay
qu'en amour il n'est rié de plus asseuré,
que la deffiance. Pour remedier à cela
ie t'offre vne liberté, à laquelle tu peux

impoſer telle loy qu'il te plaira, pourueu que cé ſoit ſous le nom de mariage,
à fin de finir mes deſirs auec honneur,
comme ils ſont commencez auec amour.
Noſtre englué oyant ces paroles , dont
la vehemence de ſa paſſion luy faiſoit
perdre l'eſpoir , ne ſçeut ſinon flechir
le genoil , & la remercier myſterieuſe-
ment de ceſte grace , en baiſant ſes belles mains. Ce propos le fit viure quelques iours aſſez heureux , pour le rendre apres plus malheureux. Car il auint
que le Roy de Grenade voulant adiuan-
tager le Pere de Charife, luy manda d'aller commander à Coyn, & laiſſer Abindare à Cartame au pouuoir de celuy, qui
ſeroit enuoyé pour Gouuerneur.

Auſſi toſt que ces Amans eurent le
vent de ce remuement de meſnage , ie
vous laiſſe iuger s'ils furét cruellement
pourmenez. Abindare diſoit à Charife
tout eſplouré. Helas! lors que vous par-
tirez d'auec moy, m'en iray-ie de voſtre
memoire ? Viurez vous doncques ſans
moy , comme ie vay mourir ſans vous?
Là les larmes , & les ſouſpirs l'empeſ-
choyent de paſſer outre , & lors qu'il

s'efforçoit de parler il auoit des raisons
fort desraisonnées à la bouche. Mais
qui vous sçauroit exprimer l'aprehésió
de la belle, & son oppression qu'elle
tesmoigna par l'effusion de ses larmes?
Elle luy dit lors des paroles, dont la
moindre estoit capable d'occuper son
penser toute sa vie. Et veritablement
elles estoyét telles, qu'on eust aisement
iugé que celuy qui les pouuoit ouyr, ne
deuoit plus viure. Baste q̃ la resolution
du discours fut, qu'à la premiere commodité elle luy manderoit de l'aller
voir, à fin d'effectuer leurs desirs, dont
ils deuoroient les plaisirs par esperáce.
Sur ceste promesse il s'appaisa, luy bai-
sant les mains pour la faueur, dont elle
s'obligeoit à luy, par vne longue solennité de paroles. Le lendemain elle s'en
alla, le laissant parmy des aspretez into-
lerables. Il vouloit mal à ses yeux, qui
ne voyoyent plus ce qu'il souhaitoit. Il
souhaitoit de ne voir plus, en voyant ce
qu'il ne souhaitoit pas. Il alloit de costé
& d'autre, mais sa peine ne s'en alloit
point. Il abhorroit la fontaine des ios-
semins, en consideration de celle qu'il

faiſoit de ſes yeux. Bref il luy auoit donné tant d'amitié , qu'il ſe l'eſtoit toute
oſtée. Toutes-fois l'eſpoir allegeoit le
mal,& ſurchargeoit le deſir. Mais ainſi
qu'il vit la longueur de l'eſloignement,
& l'arreſt de l'arreſt de ſa vie , il tira de
ſon entendement ces conceptions , qu'il
reduiſit en lettre.

LETTRE D'ABINDARE,
A CHARIFE.

Army tout ce qu'on peut figurer de
plus fidelle , i'endure tout ce qu'on
peut figurer de plus cruel. Vous ne
viuez que pour faire mourir. Vos beautez
ont des effects bien difformes. Quoy durerez
vous touſiours en ceſte dureté? Ne changerez
vous iamais de courage , non plus que moy?
Vous ſuiuray ie touſiours en l'obſtination?
Ne me ſuyurez vous iamais en l'amour?
Vous qui pouuez tout , aprenez en fin à vouloir. Veritablement vous auez l'offence , &
moy le tourment. Ayez compaſſion de mes
peines , ſi vous l'auez de voſtre reputation
Autrement on vous nommera iniurieuſe. Ie
ſuis en ſoucy , du peu que vous en auez

voſtre oiſiueté me trauaille. J'attens ou vne reſponce de vous, ou vn treſpas de moy.

Le meſſager qui portoit ceſte mignonne bien couuerte, de peur qu'elle ne s'eſuentaſt, vint à propos pour eſuanter en ſa chaleur amoureuſe la belle qui l'auoit cauſé. Elle prend la lettre, la deffait, en fait la lecture, y trouue de la plainte, y en adiouſte. Son Pere eſt maintenant ennuyeux, ſon amant eſt merueilleuſement aggreable. Elle veut prendre le loyſir d'eſcrire, mais elle n'en a pas aſſez de pleurer. Ses yeux deffendent ſon office à la main, Sa main deſire leur office aux yeux. Il y a du diſcord de la fortune, parmy les accords du vouloir. Mais vne belle reſolution arreſta l'humeur, & fit courir la plume, qui traça ces marques du penſer.

LETTRE DE CHARIFE,

A ABINDARE.

NE faites plus eſtat, d'en faire aucun de la deffiance. Je vous aſſeure par vous, qui viuez pour aſſeurer,

tout vn monde. I'eſtimoy ma memoire importune, iuſques à ce qu'elle fut du tout neceſſaire. Si i'ay trop attendu, ceſt pour bien
attendre. La demeure de celuy qui peut contraire à celle qui veut. Vous craigneʒ trop,
ou vous deueʒ grandement eſperer. Ceci ne
durera pas, ou ie ne l'endureray pas. Ie vous
le feray voir, lors que vous fereʒ que ie vous
voye. Tandis patienteʒ ce delay ſi vous vou-
leʒ delayer ma mort. Au premier iour vous
aureʒ le dernier terme. Adieu.

Abindarc receut la reſponce, auecs-
ques la vie. Il trepigne, il treſſaute. Il
fait la guerre à ſes ſoupçons. Il donne
trefuë à ſes angoiſſes. Combien de fois
deſire il ce beau iour promis ? combien
de fois deteſte il celuy qui paroit ? combien hayt il la longueur ? combien ayme il ceſte grace ? Il demeure longuement trauerſé, des imaginatiós qui l aſ-
ſaillent. Ses belles Idees, qui luy pro-
mettent du bon-heur, ne luy promet-
tent plus de triſteſſe. Il eſt comme s'il
eſtoit ce qu il ſouhaite. Rien ne luy fait
tort ꝗ l'opinion qu'il a de la ſoudaineté
té. Rié ne luy fait raiſon que l'opinion
qu'il a de la douceur. Sur ces entrefai-

ctes quelque iours eftans coulez, voicy
venir vn meffage, qui luy fait abandonner Cartame, & luy porte autant de
contentement, qu'il auoit bafty de pre-
tentions.

Or en ce temps viuoit en Efpaigne
vn Caualier nómé Roderic de Narue,
animát fes actions d'vn admirable effort à la guerre, & d'vne finguliere courtoifie à la paix. Il marqua fa valeur en
tant de rencontres, qu'en debatre euft
efté plus enuie, que mefcroyance, parce q̃ l'infenfibilité mefme la refentoit,
bié que pouffée du vouloir de la mefco-
gnoiftre. La ville d'Antéquere rauie
aux Mores de viue force fignala fon merite fuffifamment, & le Gouuernement
qu'il en euft, bié qu'inefgale recópenfe
de fa vertu, fit paroiftre qu'ố recognoif-
foit en fes faits plus de verité, que d'apparence. Outre ce gouuernement, il
eut la charge de defendre le fort d'Alore, auquel il refidoit la meilleure part
du temps, auec vne garnifon de cin-
quante garnemens tempeftatifs, qui
portoyent la mort à leurs ennemis, plu-
toft que le deffy pour les deffaire. Ceux

C

cy ſous la conduite de leur chef, met-
toyết à chef vne infinité de dignes deſſeins. Et ſe rendans ennemis de la molleſſe, ſe voyans diſpoſez vne nuict de
primeuere, qui ſembloit conuier non
moins par vne agreable clarté, que par
vne douce faicheur à iouyr du bien de
l'honneur, laiſſant celuy de la nature, le
Capitaine prenant neuf des plus hardis
entrepreneurs de ſes gendarmes, armez
à poïnt, & montez à l'aduantage, alla
prendre l'air des champs, à fin de s'em-
battre ſur quelques maladuiſez Mores
de Grenades qui s'aſſeurans ſur la nuit
ſe ſeroyent mis en chemin, ſans attente
de rencontre. Ainſi marchoyent ces ad-
uenturiers paiſiblement, afin de n'eſtre
deſcouuers. Puis ſe trouuans en vn chemin fourchu, la reſolution fut prinſe
de faire deux bandes, & que ſi les vns
auoyent faute des autres, en ſonnans vn
coup de cor, leur compagnons ſeroyent
à eux. Ayans ainſi diuiſé l'affaire en ſe
diuiſant, le Capitaine Roderic, auec
quatre de ſes gens prend vn chemin, &
les autres cinq l'autre, leſquels diſcourans de pluſieurs choſes en allant, &

pleins d'vn impatient defir de fe trouuer meflez auec quelques braues ouy-
rent affez pres d'eux la voix d'vn homme, qui chantoit melodieufement, &
qui lançoit à chafque pas tant de foufpirs, qu'il fembloit n'auoir vne ame que
pour foufpirer, ou qu'vn foufpir pour
faire exfpirer cefte ame. le couplet qu'il
chantoit lors eftoit ceftuy-cy.

Ie dreſſay l'œil pour l'admirer,
Mais ie vy tant & tant d'eſpace,
De mon eſperance, à ſa grace,
Que ie le baiſſay pour pleurer.

Les foufpirs, & les paroles defcou-
urirent qu'Amour dominoit ce Roy
des vents. Et cefte chanfon eftant prife
par fes cuydeurs, comme vn Hymne
auāt coureur de leur victoire, les fit refoudre à l'attédre de pied coy, pour luy
faire changer de ton. S'eftās donc retirez entre quelques arbres q joignoyent
le chemin, & ayans vne Lune qui debatoit auec le Soleil de la clarté, ils virent
venir vn More fi bien formé, qu'ils iu-
gerent que pour prendre tel homme, il

leur falloit prendre de la peine.

Le Moré montoit vn grand cheual
bay, qui meſuroit dedaigneuſement le
chemin, qui ſe ramaſſoit, & faiſoit batre
cõtinuellemét ſon col à ſon crein. Son
harnois eſtoit de veloux incarnat, ſemé
de chriffres d'argent. Il auoit l'ornemẽt
digne de ſa valeur, & le maiſtre fourny
de la cognoiſſance d'icelle. Son maiſtre
auoit vne caſaque Moreſque de damas
cramoiſi, les bords de laquelle eſtoyent
garnis de petits paſſemens d'argent mi-
gnonnement trauaillez. Il portoit à la
ceinture vn cimeterre damaſquiné ſur
la garde, & le fourreau garny de quelques houpes d'or, & de ſoye ſur le commencement, & ſur la fin d'vn bout d'argent de la meſme façon de la garde,
s'eſleuãt iuſqu'à demy l'ame. Il auoit la
teſte couuerte d'vn Tulbant, d'où pendoit vn voile à la Thunoiſe fait de ſoye
& de cotton, rayé d'or, auec les franges
de meſme, leſquelles battans ſon viſage,
ſembloyent s'entrebatre, à qui le tou-
cheroit plus ſouuét. L'amoureux More
venoit de ceſte ſorte, auec vn air ſi gracieux, que deſirer de voir quelque choſe

de plus galant, euſt eſté paſſer le terme
des ſouhaits honneſtes.

Les cinq Chreſtiens, qui auoyét pluſtoſt l'œil au profit d'vne ſi bóne priſe,
qu'à la conſideration de ſa gentilleſſe
ſortirêt de l'embuſcade, pour l'aſſaillir,
en cuydans faire curee. Le plus hardy
d'eux s'aduance en galloppant, & luy
diſans qu'il ſe rende. Mais il reſpond.

Ie n'ay ny ce corps, ny ces armes pour
les donner, ains pour en oſter la vie à
ceux qui m'attaquent. Ie n'ay pas pris
ces armes, pour eſtre pris. Ie m'en ſuis
couuert, pour deſcouurir ce que ie puis.

Il n'euſt pluſtoſt dit, que les cinq
Chreſtiés luy ruerent chacun ſon coup,
à fin de le pouuoir eſtourdir. Mais ad-
miſez ĝ c'eſt de ſe prendre au feu, ie dy
au feu le plus puiſſant de la terre. L'ini-
mitable More, à qui les plus faſcheux
rencontres ſeruoyent de plus ſignalez
teſmoignages à ſa valeur, bien que l'a-
mour dominaſt alors ſa penſee, ne laiſſa
de penſer à ſoy, & prenant la rage, & le
courage tout à la fois cómença de cho-
quer les cinq coureurs en ceſte ſorte,
qu'ils le recogneurent autât remply de

valeur, que de passion amoureuse. Il en
rua donc trois par terre, & dóna sur les
autres deux de telle fureur, qu'ils furent
contrains de se resoudre, à y tremper de
leur reste.   Aussi n'estoit-il pas besoin
que des lasches courages entreprinssent
d'outrager vn homme passionné, lequel
bien que blessé dans l'espaule, se rendoit
insensible à tout, sinon aux traits de l'a-
mour. En cest estrif le More ayant rompu sa demy pique, commence de piquer
son cheual, comme s'il eust redouté la
fin de l'affaire. Mais ce ne fut qu'vn faux
semblant. Car se faisant suyure à ses
deux picoreurs, & les ayant retirez de
ceux qu'il auoit porté par terre, faict vn
volte face promptement, & comme vn
foudre passe à trauers ses deux poursui-
uans, & se panchant d'vn costé prend
soudainemét vne demy-pique de ceux,
qui auoyent appris nouuelles du pays
bas. Puis s'estant remis en selle, & venant côtre ce couple de morfondus, vn
d'iceux sonne le cor, car le cœur com-
mençoit à se perdre.

   Ha (dit le More) ie n'ay pas reculé,
pour estre acculé. Ie n'ay bien couru,

que pour mieux côbatre. Voicy des armes, pour vous defarmer. Ça-ça que ie
vous charge ma rançon fur les efpaules,
Ça-ça que ie vous paye en acier.

Ayant dit, il les attaque brufquemét,
il les repouffe viuement. Ils eftoyent re-
duits à mefme party, que leurs compai-
gnons fans l'arriuee de Roderic de Narue, lequel voyant combie.. vne feule
perfonne auoit de deffence en fit beaucoup d'eftat, & defireux de s'efprouuer
auec luy, luy tint ces paroles:

Caualier, voftre valeur n'eft pas fi petite, qu'on n'acquift vne grâde gloire à
vous plus-valoir. Et fi ma bonne fortune m'apreftoit vne telle victoire, ie m'a
prefteroy dés auffi toft à ne luy demander plus rien. Et bien que ie foy dangereux, ayant en tefte vne fi bonne tefte,
qui fait mieux que ie ne fçauroy dire, ie
m hazarderay toutesfois, puis que l'en-
treprife mefme en eft louable, eftant fe-
paree de l'effect.

Le More refpond. Auât que me vaincre de la main, ne me vainquez pas de
courtoifie. Voftre langue oblige infiniment mon courage, & mó bras eft preft

à refpondre au defir que vous auez de
combatre, pour bien authorizer vos
louanges. Cela dit tous les autres s'es-
loignerét,& le peché fut que le vaincu)
feroit la recompenfe du vainqueur. Et
lors comença le combat entre ces guerriers, qui portoyent au courage le defir
de vaincre, & aux mains l'effet de ce
deffein. Le fort Roderic defiroit la victoire, que la valeur du More deuoit
rendre infiniement glorieufe. L'amoureux More ne la fouhaitoit moins, &
non pour autre fin, que pour la dóner à
fon amour. Ainfi difputoit vertueufe-
ment le deffus ces deux-cy, auec vne telle promptitude à s'entrefrapper, & tel
courage à s'attaquer, qu'ils faifoyent
trembler la terre fous eux, & les hommes aupres d'eux.Mais le More empor-
toit fon ennemy fans fa bleffeure, qui le
rendoit plus pefant, & moins habile à
manier fon cheual. Non point qu'il fit
paroiftre aucune lafcheté, mais fon impuiffance paffoit fon courage. Toutesfois jouát à quitte, ou double, & voyát
qu'en ce combat il y alloit de fa vie,
qu'il eftime deuoir perdre, auffi bié que

le contentement, dont ce rencontre le
priue, il s'affermit fur l'eftrieu, puis dône vn grand coup au Chreftien fur le
haut de fa targue. Mais Roderic repart
de telle forte qu'ille bleffe au bras droit,
& puis affeuré de fa force l'embraffe auec
tant de pouuoir, que l'eleuant de la felle,
il fe porte par terre fur luy, luy difant;

Caualier dy que iet'ay vaincu, pluftoft que de faire dire aux autres, que ie
t'ay tué. Et fay moins d'eftat de la perte
d'vn combat, que d'vne vie, qu'il te faut
tenir de ma main.

Tu me peux faire mourir (dit le
More) mais tu ne me peux aucunement
vaincre. Celuy feul eft vaincu, qui fuit
en pouuant combatre. C'eft le malheur
qui m'abat, & non pas toy. Tiens pluftoft toy-mefine la vie de ta bonne fortune. Et toutesfois eftant fous toy, em-
mefine moy comme vaincu, plus pour
la loy, que tu as faite, que pour appa-
rance, que cela foit. Le Gouuerneur ne
print tant de garde aux paroles, qu'à
l'affeurance du More, ains vfant de la
douceur, qu'vne ame genereufe fait ef-

clater à l'endroit des defemparez de
fortune, l'ayde à fe leuer, & luy bandant
fes playes, qui ne le pouuoyent empef-
cher de remonter à cheual , le fit ache-
miner vers Alore.

Roderic auoit les yeux continuellement fichez fur le More. Il confideroit
fa taille droicte, & adroite, & fa carreu-
re propre à faire contre-carreaux plus
outrageux. Mais fon vifage, qui portoit
en foy les horreurs de la mort, & les
abhorremens de la vie , furfondu d'vn
ennuy ennemy d'vn braue courage, fit
refoudre l inuincible Naure à s'enque-
rir de cefte deformité , peu feante à vn
guerrier, & peu refpondante aux belles
actiós, qui venoyent d'oftre recogneués,
pour en retirer toute affeurace, il luy dit.

Caualier, penfe que le prifonnier qui
perd courage hazarde fort la liberté,
qu'il retiét par efpoir , & qu'en faict de
guerre on doit tellement fouffrir les ad-
uerfitez, que la valeur fatruiue à la fortune. Mais il me femble que tes foufpirs
démentent tes actions, & que tes bleffu-
res ne font pour te faire plaindre ta vie,
de laquelle tu n'as pas monftré faire
tant

tant d'eftat, que pour l'hôneur tu ne la
mefprifaffes. Que fi quelque particulier
fujet t'affuiectit à cefte peine fay n'en
le recit. Car ic te iure de te fatisfaire tellement par courtoifie, que ce qui deuroit
augmenter noftre haine, ne fera qu'a-
moindrir ta difgrace.

Le More oyant tant de beaux effects,
qu'on luy promettoit de partir, refolut
de ne couurir plus fa mauuaife fortune,
à celuy qui luy defcouuroit tant de bonne volonté. Et leuant vn peu la tefte,
que la charge de fes ennuis auoit ab-
baiffé luy demanda comme il s'appel-
loit. Ie me nomme (dit le Gouuerneur)
Roderic de Narue, qui commande aux
forts d'Alore, & d'Antequere, pour le
Roy Ferdinand de Caftille. Vrayem-
ment (dit le More) vn peu plus allegre
qu'auparauant, ie fuis infiniement aize
que mon malheur m'ait amené vn re-
uers fi propice, que de me ietter entre
vos mains. Car i'ay tant de cognoiffance de voftre vertu, qu'encor que
l'experience m'en couftaft plus cher, ie
ne fçauroy me plaindre me voyant au
pouuoir d'vn fi meritant perfonnage.

B

Et parce que ie tire beaucoup de bien
de ce mal, venant de vostre main, afin
aussi que ne me iugiez triste sans raison, puis que i'en ay tant de l'estre, faites retirer vos Caualiers, à fin que ie
vous face entendre la veritable histoire de mon desastre, que ie souhaiterois
estre aussi vain, que l'a esté ma deffence.
Et faut que vous croyez que le recit des
particulieres actions, qui vous rendent
recommandable, me porte à vous faire
celuy de mes affections, qui me rendent
miserable.

Afin donc que ie commence, vous
auez à sçauoir qu'on m'appelle Abindare le ieune, pour difference d'vn
mien Oncle paternel, qui se nomme
de mesme que moy. Ie suis des Abencerrages de Grenade, au desastre desquels i'apris à supporter la misere. Et
à fin que sçachant la leur, vous iugiez
ce qu'on peut esperer de la mienne. Ie
vous diray, qu'il y eust à Grenade vne
lignee de Gentil-hommes, nommez
les Abencerrages, les soulas de leur
amis, la ruine de leurs ennemis. Les
vieillards estoyent du conseil du Roy,

les ieunes s'occupoyent apres les hon‐
neftes exercices , & recerchant les
bonnes graces des Dames, dreffoyent
milles belles parties. Le peuple les ho‐
noroit, la Nobleffe les aimoit, & veu
qu'ils s'efleuoiét par deffus le refte des
Mores, le Roy leur affignoit d'hono‐
rables charges , fuft à la guerre, fuft à
la paix. C'eftoyent les maiftres de bel‐
les inuentions , & des intentions loüa‐
bles. La main à l'efpée, & la courtoifie
logeoit en eux , & iamais Abencerrage
ne feruit Dame, qui ne l'eftimaft, ni
Dame porta ce nom, qui ne meritaft
d'eftre feruie. Mais ainfi qu'ils ne pou‐
uoyent efperer d'auantage de profpe‐
rité, voicy la fortune jalóufe de leur
bien, qui les rendit auffi dignes de pi‐
tié, qu'ils eftoyent auparauant d'enuie.
Car le Roy ayant offencé deux Aben‐
cerrages, on leur impofa dés auffi toft,
que ceux-cy auec dix autres de leur fang
auoyent coniuré la mort du Roy , & le
partage du Royaume. Cefte confpira‐
tion, ou fauffe , ou veritable mife au
iour, ainfi qu'on leur euft fait leur pro‐
ces, on leur trécha la tefte à tous, auant

que le peuple euſt loiſir en ſe reſſentant de ce mal, d'empeſcher ceſte ſentence. Les voix, ou les abbois pluſtoſt eſtoyent ſi grands, qu'il ſembloit que tout le mó-de deſlogeaſt du monde, ou que le monde ſe perdiſt auec le monde.

Le Roy qui bouchoit l'oreille aux ouuertures des bouches piteuſes, & qui ſembloit n'auoir du ſentiment, que pour la vengeance, fiſt ainſi prompte-ment excuter ceux, qu'il diſoit l'auoir voulu perſecuter ſi laſchement. De ſor-te qu'il ne reſta de toute la race, ſinon mon Pere, & vn mien Oncle, qui ſe trouuerent indignes de l'indignation du Roy, pour n'auoir point eſté de la partie. Le Roy ordonna des auſſi toſt, qu'aucun Abencerrage n'habitaſt plus à Grenade, fors mon Pere, & mon Oncle, à condition toutesfois qu'ayans des enfans, ſi c'eſtoyent des fils, ils les enuoyeroient nourrir hors de la Cité, ſans qu'ils y peuſſent iamais r'entrer, & ſi c'eſtoyent des filles, eſtans d'aage competant on les marieroit hors du Royaume.

Quand Roderic euſt ouy l'eſtrange

hiſtoire d'Abindare, & les paroles, par
leſquelles il ſe plaignoit des triſtes effets de la fortune, il ne ſe peut tant commander, qu'il ne demonſtraſt qu'vn
ſi genereux ſang, & ſi laſchement eſpan-
du, luy faiſoit iuſtement reſpandre des
pleurs. Et ſe tournant vers le More : veritablement Abindare(dit-il) ce deſaſtre
te fournit beaucoup de douleur, & à moy
autant de regret. Car il n'eſt poſſible veu
ta bonté, que tes parens fuſſent de mali-
cieuſe nature. Et c'eſt ce qui me fait plus
ſouſpirer, de voir que n'ayans pas cóſpi-
ré ſianát, on ayt deſhonoré l'honneur de
ta ville, & de la Nobleſſe. Dieu recompenſe de l'eſtime que tu fais de moy(dit
Abindare)mais la bonté que particulie-
rement tu me donnes, eſtoit generale à
tous.

Or à fin de pourſuiure. A meſure que
ie naſquy parmy la nuit, de l'ennuy de
mon parentage, on m'enuoya ſuyuant
l'edit du Roy en vn Chaſteau, qui fut
autresfois des Chreſtiens, nómé Cartame, me recommandant au Gouuerneur
d'iceluy, hóme de grand pouuoir, & de
grandes richeſſes, & l'vn des ſingnliers

amis de mon pere. Mais le plus beau
ioyau qu'il euſt, c'eſtoit vne fille, que
i'aymoy, & de laquelle ie fus aymé au
double de mon eſpoir. Elle changea
puis de pays, & s'en alla à Coyn auec
ſon Pere, & auec moy, qui ne me reti-
roy d'aupres d'elle, prenant mon cœur
pour la plus belle partie de moy. Car
le corps demeuroit à Cartame, où il
vinoit comme ſans cœur, ainſi que mes
yeux ſans object. I'eus parole de ma
maiſtreſſe, qu'elle me tireroit de ceſte
peine, & qu'ayant veu que ie ſçauoy
bien ſouffrir, elle me ſçauroit bié guer-
donner. Maintenát elle eſt deſchargée
de promeſſe, & ie ſuis chargé d'ennuis.
Voyez ſi ie fay tort à la verité, & liſez
ceſte lettre, qu'vne Secretaire de nos
Amours ma porte : Et vous cognoi-
ſtrez ſi voſtre rencontre n'eſt aduancé
pour mon malheur, autant que tardif
pour mon heur ; qui ne m'a voulu priuer de voſtre cognoiſſance. Roderic de
Narue print la lettre, & vid qu'elle portoit ces paroles.

　　　　　　　　　　　L E T

LETTRE DE CHARIFE,
A ABINDARE.

Oicy le Temps, qu'il n'est pas temps de laisser couler. Retardant vostre 'epart, vous hastez ma perte. A beaucoup d'affection, il vous faut peu de seiour. L'occasion s'offre à moy de m'offrir à vous. Donnez foy à mes paroles, si vous me la voulez faire paroistre en vos effects. La Messagere porte de la creance en ces discours, Croyez ce qui est, si voulez estre ce que ie croy. Et venez vous asseurer de moy, parmy ce petit hazard, qui vous fera cognoistre vne grande ardeur. Ie vous atten, pour donner fin à ce que vous attendez.

Esueillé par ceste heureuse nouuelle (poursuiuit le More) ie m'estoy appresté pour suiure ses volontez, maistresses des miennes. Et laissant arriuer la nuict, afin de guider mieux l'affaire, ie party le plus leste que ie peu. Mais quoy, le Ciel n'a pas voulu rendre si courte l'imagination d'vn si grád bien, qui s'offroit à moy. Considere maintenant le bien que ie perds, & le mal que ie possede. l'alloy de Cartame à

Coyn, courte iournée, bien que mon
defir la rendift longue : ie m'en alloy
(dy-ie) le plus heureux Abencerrage,
qui fut iamais, appellé par ma maiftreffe, efpoufer ma maiftreffe. Et maintenant ie me voy bleffé durement, autant que ie le fus doucement, & reduit
au pouuoir d'autre que de mon veritable vainqueur, & prifonnier enfemble
du veritable. Laiffe moy donc Chreftien confoler entre mes foufpirs, &
laiffe moy fauuer mon pauure cœur, de
fe noyer dans mes larmes. Les paroles
du More meurent à pitié le valeureux
Narue, qui vit bien que le prolonge-
ment de cest affaire accourciffoit la vie
à fon prifonnier. Il luy dit donc: Abindare, ie veux que tu voyes, que ma courtoifie combat encores ton malheur,
comme mon bras a fait ta perfonne:
Pourquoy fi tu me promets de reuenir
dans trois iours, ie te licencieray pour
fuyure le courant de ta fortune, veu
que deftourner vn fi digne deffein, feroit pecher contre la courtoifie. Gouuerneur d'Alore (dit l'Abencerrage) fi
vous m'ottroyez maintenant cefte li-

berté, vous vous acquerrez pour iamais
vne seruitude. Et ferez, qu'en me faisant
estimer le plus heureux Gentilhomme
qui viue, on vous estimera le plus doux.
Mais si vous estes possedé d'vn si beau
desir, asseurez vous de moy, comme il
vous plaira. Car s'il y va de ma parole,
il ira de ma vie, auant que ie n'y satisface.

Alors Roderic de Narue appella ses
côpagnons, & leur disant s'ils le pren-
droyent pour caution de ce prisonnier, & se fieroyent à luy de sa rançon,
eux luy respondirent, qu'il pouuoit dis-
poser de tout à sa volonté. Soudain
Roderic prenant le More par la main
droite, luy fit promettre foy de Caualier, qu'il se rendroit prisonnier en son
chasteau d'Alore dans trois iours. Et
l'Abencerrage l'ayant promis : Bien,
dit le Gouuerneur, allez où vos desirs
vous appellent, & si vous auez besoin
de nous, pour aller au lieu où lon l'a de
vous, vous nous trouuerez disposez à
tout auec autant d'affection, q̃ vous auez
de merite. I'aideray à vostre amour, autant que la fortune a aidé à ma gloire.

B v

faiſant que ie vous ouuriſſe vn chemin
au bié, que le mal vous interdiſoit auec
vn peu de danger, pour vous y pouſſer
auec plus d'aſſeurance. Le More le remercia de tant de beaux offres, & print
vn cheual de luy, parce que le ſien ayant
eſté bleſſé au cóbat s'eſtoit affoibli pour
le ſang, qu'il auoit perdu en chemin.

Donc Abindare tournant bride ſe
haſte d'aller à Coyn, & Roderic auec
ſes compagnons, ſuiuent le chemin d'A-
lore, diſcourans de la valeur, & bonne
façon de l'Abencerrage. Le More n'arreſta pas longuement d'arriuer au fort
de Coyn, qu'il roda vne infinité de fois
iuſqu'à tant qu'il trouua vne fauſſe porte. Et nonobſtant ſon impatience il ſe
retint quelque peu, pour voir ſi rié luy
pouuoit nuire. Et voyant que rien ne
l'empeſchoit, il frappa du talon de ſa
demy picque, cótre la porte, parce que
c'eſtoit le ſignal dóné par celle, qui l'alla cercher. Soudainement celle là meſme ouurit en faiſant monter Abindare
en la chambre de ſa maiſtreſſe. Elle qui
auoit eu le vent de ſa venuë, le va receuoir auec vne ecſtaſe indicible, & tous

deux auec des grands treſſaillemens
s'entr'embraſſerent, faiſans parler leurs
careſſes au lieu de leurs langues, iuſqu'à
tant qu'ils ſe r'auiſerent. Et elle entamât
premiere le propos luy dit.

Ie veux que tu cognoiſſes, Abindare, comme les eſclaues d'amour tiennent parole, par ce que dés le iour
que ie te laiſſay, pour gage de mon deſir, i'ay touſiours penſé de la retirer. Ie
t'ay mandé de venir dans mon Chaſteau, àfin que tu fuſſes mien, comme
ie ſuis tienne. Et t'ay fait prendre ce
chemin, pour le donner à mes promeſſes. Ce qui ſera par le moyen du mariage, veu que ta bonté, ni ma qualité
ne le ſçauroyent autrement permettre.
Ie ſçay bien que mon Pere s'aigrira,
voyant la douce fin de nos deſirs, & ne
voyant pas tes merites. Mais moy qui
cognoy ce que tu vaux, me reſous à ce
que tu veux.

Madame (reſpondit le More) pour
reuanche de tant de faueurs, ie n'ay riē
à vous donner, qui ne ſoit ja voſtre.
Vous payer auec des paroles, c'eſt vanité, auec des effects, c'eſt impoſſibi-

lité. Tout se bande pour me rendre ingrat, & vous meritante. Rien ne me
peut soulager, sinon qu'en m'accablant
d'auantage, vous me quittiez tout.
Ainsi ie feray de ma charge, ma descharge, & demeureray quitte, de ce
que ie deuray doublement. Mais madame ne vous offencez si ie puis peu. Car
le seul nom de vostre, que vous me donnez, me priue d'obligation, & le desir
que i'ay de le demeurer, m'oste l'offence. Mais à fin que vous perdiez la honte, qui vous a prise en m'acquerant,
voila l'anneau que ie vous donne, pour
vous dire, que ie me donne à vous, & que
si i'en ayme autre que vous, ie veux que
Dieu, & le monde me haysse.

Il luy donna lors la bague, & elle à
luy, & soudain se mettans au lict, ils
r'allumerent par vne nouuelle experience l'ancien feu de leurs desirs. Du-
rans ces jeux, il se passa beaucoup de paroles, & d'effects, pluftost deubs à la
contemplation, qu'à l'escriture. Le
bien-heureux More rauy par ces delices, fut emporté de tout cecy par vn
penser profond, sur lequel il s'arresta

tant, que Charife en demeura troublee.
Et toute curieuſe, autant qu'amoureuſe
oyát laſcher vn triſte ſouſpir à ſon amât,
ne pouuant plus ſupporter vn tel outrage, fait ce ſembloit à ſon affection, dit à
ſa moitié.

Abindare il ſemble que mon plaiſir
ſoit ton ennuy. Dy moy ſi ie ſuis ton
contentement, que ne me di-tu ce
qui te meſcontente ? Si ie ne le ſuis,
pourquoy m'as-tu deçeuë ? Si tu ne
trouues en moy tant de graces, que tu
penſois, conſidere mon affection, capable de couurir de grands defauts. Si
quelque autre Dame te paſſióne, nomme la, à fin que ie l'amoliſſe. Et ſi quelque choſe t'afflige, conſole moy me la
deſcouurant. Car où ta peine aduan-
cera ma fin, ou ton remede arreſtera
ma vie. Et l'empoignant à l'aide de la
fureur, qui la guidoit, elle luy fit tourner viſage. Luy tout confus de ce qu'il
auoit fait, eſtimant que ne ſe declarer
malheureux, eſtoit ſe nommer per-
fide, ſouſpirant amerement dit à la
belle.

Mon eſpoir, ſi i'ay produit quelque

chofe de fafcheux accufez en vos beautez, & mes paffions, accompagnées de
mon defaftre. Et de peur d'eftre importun en vous le trainant longuement, il faut que ie vous raconte ce qui
fe paffe. Alors il luy difcourut de bout
en bout toute la chofe,& fur la fin du recit il adioufta : De forte, ma belle, que
voftre prifonnier l'eft auffi du Gouuerneur d'Alore. Or eft-il que ie ne regrette pas mon defaftre,pour eftre vaincu d'vn Caualier fi parfait, mais auoir
vn moment de vie loing de vous, eft vn
trefpas incomprehenfible. Ainfi voyez
vous que mes foufpirs viennent pluftoft
d'abondance, que de manquement de
loyauté.

Et lors il fe remit fur le premier
penfer, auffi trifte, qu'auant qu'il le
defcouurift. Quand elle luy refpondit
d'vn vifage riant. Mon amy, remettez
moy ceft affaire. Ce qui fe doit au Capitaine Narue c'eft la rançon, & i'ay dequoy la payer, poffedant à prefent tout
l'or de mon pere. Que fi Roderic vous à
vne fois excufé de demeurer auec luy, il
vous permettra bien de ne retourner à

luy, moyennant que vous le des-obli-
giez enuers ceux de sa compagnie. L'A-
bencerrage respond.

Non, madame, vostre affection feroit tort à mon honneur, que i'estime
beaucoup plus, depuis que i'ay celuy
d'estre vostre. Puis que i'ay promis il
s'y faut remettre, & quand i'auray fait
ce que ie doy, face la fortune ce qu'elle
voudra. Bien (dit l'Amante) Dieu ne
permettra iamais, que vous en allant
estre prisonnier, ie demeure libre. Non
non, ie vous suiuray, pour fuir la des-
loyauté. Car ny l'amour que ie vous
porte, ny l'offence que mon Pere reçoit
de moy ne consentent pas, que i'en vse
d'autre sorte.

Le More pleurant de contentement,
l'embrassa disant, qu'elle l'accabloit
tousiours de faueurs: mais puis que cela luy plaisoit, il ne pouuoit aller alen-
contre. Auec cest accord, auant que le
iour parust ils se leuerent, & se fournis-
sans de ce qui leur estoit necessaire, s'a-
cheminerent vers Alore. Et comme il
se faisoit iour elle se couurit le visage,
puis ils firent telle diligence, qu'ils

arriuerent toſt au deuant du Chaſteau.

Les gardes leurs ayans parlé, & annoncé à leur Capitaine leur arriuée, Roderic les vint recueillir auec vn viſage qui ſembloit faire renaiſtre la grace. Et ſoudain Abindare prenant ſon eſpouſe par la main, l'aborde en ces termes. Aduiſez mon Capitaine ſi ie vous manque : veu que ie ne vous auois promis de vous ramener qu'vn priſonnier, & ie vous en ameine deux, l'vn deſquels eſt capable d'en faire beaucoup. Voyez celle qui m'a pris, & qui veut eſtre priſe comme moy. Ie vous fie ma perſonne, & ſon honneur, que ie tien autant aſſeurez parmy voſtre bonté, que ma vie eſtoit dangereuſe emmy vos armes.

Le Gouuerneur fut merueilleuſement aiſe, puis s'adreſſant à Charife. Madamoiſelle (dit-il) ie ne ſçay qui l'emporte de vous, ou d'Abindare : mais certes ie doy beaucoup à tous deux, à luy pour m'auoir outre la foy gardée, fait encor offre d'vn nouueau butin, venu par vne nouuelle foy, à vous pour vous eſtre

asseurée de la mienne, que ie vous garderay inuiolable, comme vous auez fait voftre amour à l'endroit de ce Caualier?
Sur ces paroles, ils fe retirent en leur
chambre, ou le gouuerneur demanda au
More, comme il alloit de fes playes: & le
More luy difant, que la douleur s'eftoit
rengregée auec le trauail : Quoy donc
(dit Charife) infiniement alterée, quelle bleffure auec vous, que ie ne fçache?
Ha (dit Abindare) qui efchappe des voftres, doit tenir peu de compte des autres.
Il eft vray que i'ay remporté du combat paffé, deux petites playes, que la nonchalance a de beaucoup empirées. Il fera bon que vous vous couchiez (dit le
gouuerneur) afin que mon chirurgien
vous panfe. Et foudaine Charife le fit
defpoüiller, & le Chirurgien voyant fes
playes, dit que c'eftoient des coups bail-
lez en effleurant, & que la guerifon n'en
feroit fi longue, que l'affection la faifoit paroiftre. De forte qu'y mettant le
premier appareil, il adoucit la douleur,
& l'ayant penfé curieufement, le remit
dans peu de iours en fa difpofition premiere.

Durāt les visites, le More dit vn iour
à Roderic. Certainement mon Capitaine, suiuant voſtre diicretion, ie croy
que par noſtre venuë, vous entendez
noſtre deſconuenuë, Voicy Charife ma
femme, qui n'a pas voulu demeurer à
Coyn, deffiante du courroux de ſon pere & aſſeurée de voſtré bonté. Son pere
eſt maintenāt à Grenade pres du Roy,
ſans eſtre informé de ceſt affaire. Ie
ſçay que le Roy vous ayme, encor que
Chreſtien. Faites donc tant de faueur
à tous deux, que la faute commiſe nous
ſoit remiſe. Et puis que licencieuſe-
ment, & ſans congé, ni du Roy, ni du
Pere nous-nous ſommes entre-promis
la foy, entremettez vous à la rendre
permanente, & parmy ſa conſeruation
heureuſe, Le Capitaine Roderic ſe
chargea de c'eſt affaire, & ne manqua
d'eſcrire promptement au Roy de Grenade, en paroles autant briefues, que
veritables, l'hiſtoire de ces deux Amās,
ſuppliant ſa Majeſté, que leur remede
fuſt diuiſé entr'eux deux, luy promettant de quitter la rançon à l'vn & le
priant de le donner à la fille pour mary.

Le méssager estant arriué pres du Roy
de Grenade, luy bailla la lettre, de laquelle il fit lecture, & voyant la main
d'où elle partoit, & ce qu'elle conte-
noit, aduisa le Gouuerneur de Coyn, &
l'appellant la luy fit toute lire, non sans
beaucoup de cognoissance du regret,
qui le possedoit. Mais le Roy luy dit.
N'ayes point tant de fascherie, comme
tu as de raison. Car il est impossible que
ie refuse rien au Gouuerneur d'Alore.
Par ainsi ie veux que sans tarder tu t'a-
chemines vers ces amans, & les reçoi-
ues pour tiens, te promettans que ie
m'estendray tousiours autant en faueurs en ton endroit, que tu feras au
mien en obeissance. Ces paroles tuerêt
le Pere de Charife, lequel vid assez la
loy qui luy estoit imposée. Et renfor-
çant sa lascheté, promit de se rendre
executeur de bon vouloir, de ce qu'il
faisoit par contrainte.

Ainsi le Gouuerneur de Coyn partant fit en telle sorte, qu'il vint tost en
Alore, où sa fille, & l'Abencerrage
bruslans de honte, & de desir d'estre
pardonnez, luy baiserent les mains, &

furent accueillis auec beaucoup de bon
vifage, & le Pere leur dit : Qu'on ne me
parle plus du paßé. Ce m'eſt aßez d'a-
uoir aggreable voſtre mariage, en obeiſ-
fant au Roy. En fin ie n'en ay point de
regret, voyant Charife que tu t'es priſe
meilleur mary , que ie ne le pouuoy
choifir. Viuez d oreſhauant autant heureux en vos plaiſirs, que vous auez eſté
fecrets en vos penſers, & receuez tant
de contentement, que i'en reſſente quelque partie. Ie ne vous ſçaurois exprimer la ioye du Gouuerneur d'Alore :
baſte qu'il leur en donnoit preuue par
la feſte , & feſtins, qu'il leur faifoit.
Or vn iour ſur la fin du repas, il dit aux
Amans.

Ie me louë ſi fort d'auoir mis voſtre
affaire en ſi bon eſtat, que ie ne veux autre rançon de vous, ſinon l'honneur de
vous auoir en ma puiſſance. Vous
auez permiſſion de partir (ſieur Abindare) quand il vous plaira. Ie veux que
la courtoiſie foit entiere , & que vous
diſiez que ie vous ay renuoyé libre,
fans vouloir rien de vous, qu'vn bon
vouloir. Abindare luy rendit graces de

tant de faueurs, & s'apresta pour partir le lendemain, lequel arriué, Charife
fon pere, & luy, fortirent d'Alore. Et
eftant paruenus à Coyn, on felicita le
mariage de ces deux Amans, par mille
efiouiffances publiques : Au milieu defquelles le Gouuerneur de Coyn, tirant
vn iour à part les deux nouueaux mariez, leur tint ces paroles. Mes enfans
maintenant que vous eftes maiftres de
mon bien, il vous faut reuancher de celuy, que vous a fait le Gouuerneur
d'Alore, auquel il ne faut faire perdre
par ingratitude, ce que par gentilleffe
il vous a quitté. Et puis que vous luy
deuez voftre rançon (Abindare) &
plus grande que l'ordinaire, veu l'extraordinaire courtoifie qu'en auez receu, ie vous veux donner quatre mil
doubles ducats, que vous luy enuoye-
rez, l'affeurant de receuoir toufiours
loy de luy, bien que vos loix, & reli-
gions foyent diuerfes. L'abencerrage
le remercia d'vn fi beau prefent, & l'enuoya à Roderic, auec fix beaux cheuaux, & fix hazes gayes, dont les pointes, & les mornes eftoient de fin or. La

belle Charife ne voulant paroiſtre meſ-
cognoiſſante, choiſiſſant vn coffre de
Cyprez, remply de ſouëſues odeurs, y
mit vne belle caſaque de Damas blanc,
& le fournit par-apres du plus fin, &
plus beau linge, qu'elle euſt, accompa-
gnant ſon preſent de ceſte lettre.

LETTRE DE CHARIFE,
à Roderic de Narue.

I vous aueʒ fait paroiſtre voſtre generoſité, ie veux faire paroiſtre mon
affection, & ſi voſtre merite nous
porte à vous ſeruir, ie deſire que ma ſeruitude vous ſolicite de m'aymer. En ce que ie
vous offre, mon impuiſſance ſe couure de
mon bon vouloir. Vous aureʒ plus d'eſgard
à la couſtume de voſtre courtoiſie, qu'à
la nature de mon imbecillité. Et viureʒ aſſeuré qu'il ne ſera iour de ma vie, que ie ne
publie, qu'eſtant libre par le moyen de voſtre
douceur, ie demeure par celuy de vos vertus,
voſtre eſclaue.

CHARIFE.

Au bout de la lettre Abindare eſcri-
uit ces deux mots,

Celle qui diſpoſe de moy vous eſcrit ma
volonté, parmy la ſienne. Ie conſen à ce que
elle a dit, comme ie me ſen de ce quelle a fait.
Ie ſigneray touſiours ceſte vérité de mon ſang,
qu'Abindare n'eſpargnera iamais pour voſtre ſeruice.

Roderic reçeut les preſens, qui luy
furent enuoyés, & ſe ſentant redeuable
à ceux, qu'il auoit obligez, diuiſa les
hazes gayes, & les cheuaux reſeruant de
chaque choſe celle, qui luy fuſt plus
agreable, auec le coffre de cypres de la
belle Chariſe, & rendant au meſſager
les quatre mil doubles ducats, il reſpondit à Chariſe en ceſte façon.

LETTRE DE RODERIC
de Narue, à Chariſe.

VOZ preſens me ſeront touſiours preſens en la memoire. I'en auray touſiours la louange à la langue, & l'o-
bligation au cœur. Quand à l'ar-
gent, ie l'ay reçeu pour la rançon de voſtre
mary, & vous le renuoye pour les frais de
voz nopces. Voſtre vertu m'auoit aſſez
gaigné ſans vos dons, mais vous auez le

ſouuenir genereux. I'en laiſſe proietter le re-
uenche à ma fortune, cependant que mon ame
en mediſe la grandeur, qui ſera touſiours reco-
gneuë, par les ſeruices que vous fera,

RODERIC DE NARVE.

Le meſſager eſtant de retour à Coyn,
& rapportât toutes nouuelles, les fit entrer ſur le diſcours des belles actions du
magnanime, Narue, les ſucceſſeurs duquel durent encore en Antequere, faiſans relire dans leurs hauts faits, l'hiſtoire des vertus de leur anceſtre.

Fin de la premiere Hyſtoire.

HIST.

HISTOIRE
SECONDE.

Enez voir l'histoire fidelle, d'vne femme infidelle,
qui fit mourir vn saint
amour, pour faire viure
l'illegitime qui la fit
mourir. C'est vn recit propre à ce siecle
desguisé : C'est vn desguisement de ses
coustumes. Vous verrez la malice de ceste femme: vous en verrez les chastimés.
Son irresolutió m'a fait resoudre à vous
la descrire. Son inconstance ma arresté
pour en discourir. Ie vous promets d'e-
stre aussi loyal en mes paroles, que ceste
femme fut desloyale en ses actions. Rapportez seulement autant de patience à la
lecture, que moy de syncerité au recit.

Les Gaulois, que l'oisiueté ne peut
iamais tenir en leurs bornes, & qui
bornoyent leurs conquestes de l'vniuers, laisserent la fecódité de leur pays,

pour cercher celles des angoisses. Les
penetrantes prieres de leurs femmes,
les cris ignorans de leurs enfans, & la
douceur de leur terroir ne fleschirent
iamais leur courage, coustumier de faire tout flechir. Chaque chose qui fait
bruit est la trompette de leur depart.
Chaque chose qui se tait leur annonce
l'estonnement de la terre. Ils branlent:
ils s'acheminent. Ils versent, ils tra-
uersent tout. Leur pointe est redoutable, leur issuë dommageable à ceux
qu'ils attaquent. Tout semble rire à
leurs desirs, & tout se plaint de leurs
effects. Tout ce qui s'oppose à ce monde de gens, se voit aussi tost hors du
monde. L'Italie, qui depuis fut la teste
de l'vniuers, redoute, & ressent alors
leurs mains. Ont ils desolé la terre La-
tine, ils passent dans la Grece, qui tremble, qui gemit sous le faix des armes
Gauloises. Y sont-ils, ils y veulent
transporter, ou retenir au moins quelque temps la Gaule. A cest effet, ils
bastissent quelques forts, & se natura-
lisans en cest endroit, qui depuis fut
nommé Gaule Grece, font voix aux

jaloux de leur gloire, & aux ennemis de
leur aggreſſion, que s'ils ont acquis, ils
ſçauent encores conſeruer.

S'eſtans donc arreſtez là, & courans
l'Ionie pour butiner le meilleur, furent
aduertis qu'à Milet ſe faiſoyent certains
ſacrifices de Ceres, appellez Theſmo-
phories, où la multitude deuoit indiſ-
crettement courir, ſans craindre la fureur, pour la pieté. Mais quoy les Grecs
qui ne manquent ni de ruſe, ni d'aduis, demeurent ſur leurs gardes. Les
femmes ſeules, helas! les femmes toutes ſeules vont hors de la ville au lieu
deſtiné, pour eſtre à l'abandon du ſol-
dat, qui rauit, & rauage toute choſe. En
ceſte troupe feminine vne Mileſienne
curieuſe de ſe faire voir aux autres bien
parée, & deſireuſe de voir ſon amy, qui
eſtoit aſſigné à ceſte heure là, pour l'em-
mener à ſon vouloir, ne fut que trop
veuë de ces coureurs, qui l'enleuerent
des auſſi toſt auec beaucoup d'autres,
dont le denombrement ſeroit ennuyeux.
Mais auec la Mileſienne fut priſe vne
ſienne eſclaue, que ſon artifice auoit
preſque rendu libre, mais que ſon-

mal'heur pouſſoit touſiours à la ſeruitude. Ces captiues eſtoient rauies d'a-
uoir tellement eſté rauies. Elles n'e-
ſperoyent rien, & craignoyent tout, re-
doutans de ces grands corps de bien
grands tourmens. La Mileſienne Erippe de laquelle nous entreprenons l'hiſtoire, eſtant venuë pour eſtre emme-
née, ſe faſchoit toutesfois d'eſtre em-
menée. Ceſte Erippe eſtoit vne ieune
mariée, qui auoit plus eſtroictement
noüé les liens de ſes illicites amours,
auec le licite mariage. De ſorte que
les ieunes hommes de Milet, qui l'a-
uoient autresfois ſeruie, diſpoſoyët des
loix à leur poſte, & la marioyent deux,
trois, quatre, vne infinité de fois, la
rendans toute pleine d'amitié, luy ra-
tiſſans le vice de la rigueur. Elle re-
prenoit cognoiſſance de ſes accointez,
& trouuoit les continuations du plaiſir aggreable. Elle eſtime que ſon amour
vaut beaucoup d'amours. Elle eſt ſi
deſireuſe d'enfans, qu'elle en cerche
par tout la recepte. Son mary Xanthe
eſtoit ieune, & accort, mais au reſte ſi
coiffé de ceſte femme, que penſer aucu-

ne chose contre son repos, euſt eſté le
faire penſer à la mort. Le mariage, &
ſa bonté le deſchargent de ſoupçon, tandis que ſa femme ſe charge d'amans. La
ieuneſſe de Milet qui cognoit la pitié,
qu'elle a de tous, fagote ceſte chanſon
ſur la capacité de ſon ame, plein d'infinis deſirs.

CHANSON.

MARY qui auez ieune femme
Vous denez l'aymer volontiers,
Pour l'habilité de ſon ame,
Qui vous fait d'amis à milliers.

Quoy que tout le vulgaire en die,
Ce ne ſont enfin que propos:
N'alongent-ils pas voſtre vie,
Trauaillant pour voſtre repos?

On dit à tort qu'elle s'addonne,
D'aymer tout homme, qui s'y plait:
Car qui ne refuſe perſonne
N'ayme pas l'homme, mais le fait.

Heureux de moiſſonner à l'aiſe,
Tandis qu'vn autre ſemera,
Vos enfans ſont ne vous deſplaiſe
Au beau premier, qui les verra.

C iij

Ceſte chanſon courut par les bouches du peuple, & ceſte femme parmy ſes amis. Encore, encore ſe ſouuient elle de ceux, qui l'ont pratiquée fille, Encores rameine-elle leurs lettres, & leurs dons par les mains. Encores ſon ieune mary ne peut chaſſer ſes vieilles ardeurs. Or ce matin du ſacrifice, vn ieune Mileſien la deuoit venir trouuer, & la mettant ſur la mer, la commettre à l'inconſtance de l'eau, & du vent. Se voyant donc emportée par ceſte inondation de Gaulois, toute morte de douleur, mais toutesfois viue de deſeſpoir, lors que les bras ennemis ne pardonnoyent point à ſon corps, elle faiſoit auſſi que ſes bras ne pardonnoyét point à ſes cheueux, qu'elle arrachoit auec des ſanglots, qui luy faiſoient deſirer d'arracher ſon cœur, & ſa vie. Puis ainſi que ſon plaiſir mouroit, ſa langue s'anima en ceſte ſorte.

Pourquoy voyez vous la lumiere mes yeux, qui ne pouuez voir la clarté, qui vous eſt ſi chere? Que ne vous rauiſſez-vous au iour, comme on me rauit à mon Amant? Sacrifiez-vous au

trefpas, à ce iour des Sacrifices. Soyez
les victimes de mon courroux. Que
i'arrache ces yeux importuns. Que ie
couppe ces pieds laschement fermes,
qui ne m'ont peu fauuer. Barbares qui
m'entrainez au gré de voftre puiffance, pourquoy me rendez vous prifonniere, l'eftant ja d'vn qui vaut plus que
vous? Pourquoy menez vous ce corps,
autant infenfé, qu'infenfible, puis que
mon cœur eft ailleurs? Que ferez vous
d'vne perfonne fans cœur? Que ferez
vous d'vne perfonne morte? N'efperez
autre rançon de moy, que la fin de ma
vie.

Ce difant, elle tire le glaiue d'vn
Gaulois pour s'enferrer : mais le Gendarme qui fçait fon meftier, luy faifit la
main, & coupant court (comme c e-
ftoit la couftume de nos Peres de plus
faire, que dire) luy dit ces trois mots.
Non la belle : C'eft inftrument ne fe
doit baigner au fang d'vne femme. Il
ne fut iamais fait à ce deffein. L'vfage
s'en doit aux mutins, non aux affligez.
Voftre eftomac luy feroit vn fourreau
defdaigneux, autant que la vie vous eft,

vne garde defdaigneufe. Le Gaulois
ayant araifonné fa prifonniere en cefte
façon, voicy venir le Milefien amy d'E-
rippe, qui s'eftoit porté à l'affignation
auec cinq ou fix de fes amis, qui court
apres les Gaulois, & d'auffi loin qu'il
les voit crie à fes compagnons.

Mes amis regardons la vertu, non
pas le nombre. Ce font des coureurs
qui pillotent pour fuyr, & non pour
combatre. Quel d'eux nous voyant, ne
mourra dés auffi toft de peur de mourir? Sus que ie face vne fontaine de fang.
Cà champs Grecs, que ie vous donne
de la graiffe. Mes mains, pour voftre
trauail, vous toucherez le corps de ma
belle.

Puis s'approchant, & voyant fon
amie entre les bras de fon ennemy,
s'efcria promptement. Es-tu là, mort
de ma vie? Es-tu là vie de mes foufpirs?
Ah! ie te vengeray de tes preneurs, ou
ie me vengeray de mon malheur. Mef-
chant, tu ne te vanteras iamais d'vn fé-
cond outrage. Cedifant, il met la main
à l'efpee, qu'il tourne vire próptement
en voulant affener le Gaulois. Mais luy

remettant ſa proye à ſes compagnons:
Ie te vay reſpondre des mains , dit-il,
Ta paix giſt au bout de mes armes.
Ayant dit, il ſe lance ſur le Grec, & luy
ruë vn coup deſmeſuré , qu'il euite, &
puis couuert de ſes armes viét au François nullemét-armé, ſinon de ſa targue,
ſur laquelle il donna d'vne grande roi-
deur. Cela fait il ſe ruë ſur les autres,
qui tenoyent ce qui le tenoit en ceſte
rage , en les chamaillant de coſté &
d'autre. Quand le Gaulois premier offencé s'eſcrie. Ce te ſera meſme choſe
de combattre,& de mourir. Ta valeur
merite bien de voir le Ciel. Il te faut
aller faire l'amour aux belles ames de
l'autre monde. Et tout en parlant il attaque bruſquement le Grec., & luy portant vne pointe entre les armes , luy fait
verſer à groſſes ondées vn ſang rouge,
& enflammé. Les autres qui l'accompa-
gnoyent à l'amoureux office , voulans
paroiſtre fidelles compagnons , trauaillez deſmeſurément par des coups enor-
mes, ſont tellemét affamez , qu'ils mordent la terre, en cerchant le Ciel. Mais
le Mileſien qui les auoit quitté, ne pou-

uant mourir, tandis qu'il auoit sa moitié
viuante, roulant parmy le ruisseau de
son sang, se releue vn peu, & prenant vn
Gaulois par le bout de son saye, soufpira
ces paroles mourantes.

Ne deniez pas à vn qui ne verra plus,
la faueur de voir ce qu'il ayme. Ma vie
est trop esloignée de vie. Donnez au
moins ce bien à ma mort que ie voye
ce, qui m'a fait viure, & me fait mourir. Que ie voye ceste femme, dont i'ay
premier attaqué le rauisseur. Que ie la
voye auant que de voir les ombres, où
ie m'achemine. Il rechent alors, & le
Gaulois sollicité par la courtoisie, priát
le possesseur de ceste femme, d'octroyer
ce bien à ce malheureux, son Amante
luy fut amenée, laquelle ainsi qu'il eut
enuisagé, r'allumant les froideurs de
son sang n demy glacé, son amour par-
la en ceste sorte, pour sa vigueur. Adieu
iour desirable de ma triste nuict. Tu ne
seras iamais veuë de moy, bien que tu
en sois tousiours desirée. Mais quoy, i'ay
mieux aimé perdre ma vie, que violer
ma foy, veu que le malheur qui s'acroistroit
auec la vie, s'acheuera auec la mort.

Garde que ceux qui m'ont empefché
de plus viure t'empefchent de me plus
aimer. Conferue moy la fidelité, pour
laquelle ie me fuis fi peu conferué. Ne
donne iamais heureufe fin aux defirs de
ceux, qui font caufe de la mienne. Ce
que la langue cominença, le cœur ache-
ua. Mais Erippe refpond.

Ie te fuiuray, où que tu ailles. Ie
veux fortir d'vne double prifon. Ma
foy fe iugera par ma mort, & le merite
de ta mort par la mienne. Il faut rendre
du fang à ton fang, & de la generofité
à ton courage. Ie vay mourir auec toy,
puis que ie n'y ay peu viure, & veux
qu'on me voye morte, auec vne con-
ftance immortelle. Ces parolles piteu-
fement, & furieufement prononcees,
voyant tenir le vifage de fon amant,
qui defroboit fes yeux à fes yeux, elle
prend vne efpee de ceux qui en auoyent
donné du plat à la terre, & s'en voulât
percer, fent vne main qui la deftourne
quelque peu. Toutesfois le fer fait fon
coup, & trompé de fon attente, rencontre la cuiffe, au lieu du fein. Alors les
Gaulois courent à cefte forcenee, & la

deſſaiſiſſent de ſes armes. Le maiſtre
d'Erippe crie gaillardement à ſes compagnons. Nous aurons à ce que ie voy
la Grece à treſ-bon marché. Nous tuós
les hommes, les femmes ſe tuent. Som-
mes-nous au pays de la mort, que l'on y
meſpriſe ainſi la vie? Courage, nos commencemens ſe rendent heureux, par
leurs fins malheureuſes. Ceux-cy ne
mettront aumoins la faim au pays. Au-
tãt de viures ſauuez à l'armée. Emme-
nons viſte ceſte bourelle de ſoy: lus em-
menons la toſt en noſtre fort, pour ap-
prendre à nos gens à ne craindre point
le treſpas. Ce diſant, ils emmeinent,
ainſi trainent pluſtoſt ceſte dolente iuſqu'en leur fort, où la curioſité maiſtreſſe de la fortune, ferma la playe de
la cuiſſe, & en fit vne nouuelle au cœur.
Car on ſçait aſſez que l'oubly eſt la
choſe la plus aſſeurée apres l'abſence,
principalement venant de la mort,
& ſur tout en vne femme. Ainſi donc
qu'Erippe eſtoit au lit, l'eſclaue qui
fut priſe auec elle fut enquiſe de la
ſource, & des motifs de ce deſeſpoir,

laquelle commença de defcouurir le
fait en ces termes.

Ce ieune homme que vous occiftes
ces iours paffez, n'eftoit pas mary de
cefte femmes: C'en eftoit l'Amant. Elle
l'aima dés fa tendre ieuneffe opinia-
ftrement, & fut recompenfee de fon
defir. Le ieune Lycafte (ainfi fe nommoit le deffunct) penfoit Erippe eftant
fille, que leurs volontez tellemét vniés,
feroyent refoudre leurs parens à vnir
leurs corps, & que deux ames jointes
par l'amour ne fe fepareroyent, que par
la mort. Mefme Aftre agiffoit fur leurs
efprits, fi on les peut dire leurs, eftans
entre les mains de l'Amour, fi on peut
dire leur ce, qui n'eft qu'vne chofe.
Point de craintes du changement, finon d'vne grande amitié, à vne plus
grande, fi toutes-fois l'extremité de
leur paffion receuoit encor quelques
degrez. Leur memoire defpitoit l'oubly. Leur gloire mefprifoit le mefpris.
Il fembloit qu'ils ne fuffent plus de ref-
fort du fort, ni des infortunez fubjets
de fortune. Il n'eftoyent autres fois
que de chair, maintenant ils ne font

que de feu. Plufieurs plaignent leur
peu de plainte & fe rangent fur les regrets de leur douleur propre , parmy
ceux qu'ils ont de la douceur de ceux-
cy. L'amitié s'eftoit baftie en vn long
temps, quand la difgrace retira le gracieux Lycafte d'aupres de fa maiftreffe.
Car les commandemens de fon pere
neceffiterent le defpart de fon corps , &
non de fon ame , infeparable d'Erippe.
Et cefte Amante luy donna de fi belles
affeurances, qu'il n'euft point efté dif-
cret , de cercher vne autre ame pour
viure, ou vne autre vie pour l'animer.
Quelques fanglots entrerompus for-
tans à peine, comme à la foulle trop
efpaiffe, fanglots vrais trompettes de
l'inconftance future : Quelques foufpirs, images de vents des l'ame d'Erippe, ou vrays vents pour abifmer la fidelité: Quelques larmes coulantes comme de la rofée , qui prefageoyent que
ce feu fe denoit doucement efteindre:
Bref, toutes les marques du defconfort
paroiffoyent en ce combat du defir , &
du deuoir. En fin quelques mots entrepris, & entrecoupez donnerent le der-

nier coup à ceſte detreſſe. Las (diſoit
Lycaſte) pourquoy ne comprenez vous
toute la terre , à fin que ie n'aille en
aucun lieu ſans vous voir ? Ceſte grandeur du Monde m'eſt odieuſe , puis
qu'elle me ſepare de vous. Ie paye
maintenant vn plaiſir de mille ennuis,
& vn bien trop toſt finy , de l'infinité
de mes maux. Ie feray bien vne longue penitence , du court plaiſir de voſtre veuë. Si i'eſpere quelque choſe
d'oreſnauant ce ſera ma fin : He (diſoit
Erippe) ne t'afflige pas mon ſoleil.
L'eſloignement croiſtra par-apres le
bien de la preſence. Donne congé à ta
plainte, le prenant de moy. N'aye pour
amy que l'amour , & l'ennuy pour ennemy. C'eſt vanité de te dire de ne
perdre pas la foy. Ie te dy pluſtoſt
de te garder, que la foy de te perdre. Ie
prie les Dieux, qu'ils te traictent comme i'ay fait , donnans vne ſoudaine
trefue à tes ennuis , & vn prompt retour à ce deſpart, qui nous tuë. Cela
dit , ils prindrent congé l'vn de l'autre, auec plus de iarmes , qu'il ne leur
arriuoit de penſers, qu'ils n'auoyent

prononcé de lettres. Car Lycaste estoit
enuoyée par son pere à Athenes, auec
l'embassadeur de Milet, à fin de se faire, & façonner à la veuë du pays, &
hantise des personnes. Car le plus
beau miroir de la vie, c'est la diuersité des vies. Lycaste doncques s'en alla
faisant des riuieres de ses yeux, qui
l'eussent empesché de passer, n'eust esté
le vent violant de ses souspirs, qui les
seichoit à mesure, qu'elles naissoyent.
Et si n'eust esté la troupe de ses amis,
il eust fait des mers, que ses souspirs
eussent réply d'orages. Il faisoit moins
de pas, qu'il ne sentoit de trespas, &
fut en telle ecstase, qu'il donna plustost fin à son voyage, qu'il n'estimoit
auoir commécé ses regrets. Mais Erippe ne voit plus son deuoir, ne voyant
Lycaste, offre à l'inconstance pour le
premier qu'elle picoreroit vn sacrifice
de son affection premiere, & faisant
parade de son irresolution resoluë, taschoit de mesnager sa vie auec vn penser, de ne penser plus tant à Lycaste.
Voicy donc l'inter-regne d'Amour.
Voicy le second mets de l'affection.

Elle commence de rouër ses yeux amou-
reusement brillans, pour auec leur furieux molinet estonner les ames. Elle
en abbatit plus de douze, qui n'en rele-
uerent de long temps. Elle fit vn terrible degast d'esprits, vn cruel carnage de
cœurs, vn hydeux chaplis d'opinions.
Là dessus elle voit ses vaincus, les conte, les contente, les tante. Non point
qu'elle eust quitté le dessein du desir,
dont elle auoit approché l'effet. Mais
son feu (bien que legier de Nature)
estoit vaincu par la legereté de son humeur. Or ainsi que Lycaste fut au seiour,
où il ne voyoit plus son iour, il escriuit
d'abord quelques lettres, qui ressen-
toient si fort la violence de son ardeur,
que ie m'estonne comment ceste flamme n'auoit embrasé ce papier sec, puis
qu'elle auoit presque cösumé son cœur,
encor que submergé en ses larmes. Ainsi
qu'Erippe receuoit des nouuelles, elle
m'en faisoit part, & par ce i'en ay appris
quelques vnes, pour les trouuer assez à
mon gré. La premiere des lettres de Lycaste estoit ceste-cy.

LETTRE DE LYCASTE
A ERIPPE.

Uis que i'eu le cœur de partir, de le
veux auoir de perdre la vie. Ma
vie n'est plus qu'vn enuie de mourir. Mon repos git en ma peine. Quand ie me
suis osté vostre presence, ie me suis donné la
mort. Ie n'ay plus la crainte du mal, ains le
sentiment. La cause en est chez vous, & le
dommage chez moy. Ie desire de vous oyr, ou
de ne voir pas. Rien ne m'arrestera pardeçà,
que la contrainte. Rien ne me contraindra par-
delà, que vostre vouloir. Ceste terre n'est ar-
rosee que de mes larmes. Mes larmes ne cerchent rien que de me donner au pays estrange,
ne me pouuant rendre au naturel, reuenant à
vous. Il est vray que ie tascheray d'euiter à
mon pouuoir le chemin du trespas, par celuy de
vostre seiour. Mais si l'obeissance me retiét icy
elle ne me retiendra pas au moins en vie. Ne
me donnez pour tant de passion que de la
compassion. Et rendez vostre cœur autant
humain, que vos yeux sont diuins.
A dieu.

Ceste lettre venuë en main à Erippe,
ne portoit plus de lettres en soy, quelle

ietta des foufpirs dehors. Ces caracteres vont tenir le lieu des demy-rayez.
Les traces noires font les marques du
dueil, qu'elle porte de fa vanité. Cefte
main qui a ouuerte la terre , luy ferre
le cœur. Le cachet qu'elle void deffus,
la fait refoudre à fe cacher fous la lame.
Les traits affeurez de la plume de Lycafte luy font trembler l'ame. Son courage
eft touché de regret, & taché d'offence.
Elle fe hayt , pour eftre aimée. Le vent
qui la rendit au port de l'inconftance, la
meine à celuy du regret. Elle cerche les
commoditez pour repartir, mais rien ne
s'offre de fauorable. Tout femble repu-
gnant à fon vouloir, & obeiffant à fa
beauté. Elle demeure trop d'enuoyer au
lieu de fon fejour demander nouuelle de
foymefme. Lycafte impatient de voir la
refponce, autant que patient à fouffrir
l'ardeur, qui le tuë, recharge encore en
ces termes celle, qui mettoit vn trop long
terme à fon deuoir.

LETTRE DE LYCASTE,
A ERIPPE.

Voyez l'escriture d'vn homme aussi ennemy de soy, qu'amy de son mal procedant de vous. Et puis que ie respons aux semonces de vos yeux, respondez à celles de ma lettre. Voulez vous que l'importunité me soit opportune? Ou bien desirez vous que ie perde mes paroles, aussi bien que ma liberté? Mere de mon desespoir, las! que vous estes odieuse par vos cruautez, las! que vous estes aimable par vostre visage. Que ne me despeschez vous de la vie, au lieu de m'empescher de la fureur? Toutes sortes de supplices courent a mon ame, & toutes sortes de graces à vos yeux. Et ces graces ne sçauroyent-elles estre familieres à vostre cœur? Si seront, & vous serez aussi touſiours la Royne de mes desirs.

Ame redeuable que ne t'en vas-tu quand cecy t'arriue? Que ne fuys-tu l'obligation, comme tu fuyois l'affection? Non, rien ne la iustifie, que son pouuoir. Elle se recognoit mescognoiſ-ſante, s'accuse de paresse, s'excuse d'in-commmodité. Elle cerche ce qui peut

declarer sa perte, & aprés vne infinit
de desseins, faisant sortir par la plume
ce, qui luy estoit entré en l'ame, elle ba-
stit ceste responce, que ie vy, & appris
comme curieuse.

LETTRE D'ERIPPE,
A LYCASTE.

Vostre trop de souuenāce afflige mon
peu de commodité. Vous estes né pour
me rendre coulpable, autant que pas-
sionée. Vos paroles sont les effets de vostre
rigueur. Le secours que vous voulez de moy,
tirez le de vous, en qui ie suis. Approchez
vous tost de moy, si vous ne voulez que ie
m'esloigne de la vie. Qu'il vous suffise de me
suffire, & qu'en vne briefue lettre vous iugiez vne eternité d'amour. Ie vous en prie
par vous, qui me commandez. Ie vous le commande par Amour à qui vous obeissez. La
parole me faut auec vous. Mes souspirs me
portent loin de moy. Ie suis telle, que si vous
n'estes tel, ie ne suis plus.

Les premieres lettres d'Erippe estoiét
violantes, c'est à dire subjectes à ne du-
rer point. Il y auoit trop de morts au

papier, pour laiſſer de la vie aux deſirs.
L'amour eſtoit preſque tout coulé par
le tuyau d'vne plume. Et ſur ceſte plume
il vola au Ciel, pour ſe rafraiſchir. Lycaſte receuant cecy, reçoit auſſi de l'alle-
gement à ſa peine. Il change ſon Cyprez
en laurier, & ſon cep en ſceptre, baguet-
tant de loing ceſte Amante.

Ce pendant les autres pourſuiuans
vont iuſqu'au rauelin, recognoiſſent
la ville, battent, parlementent. Le mi-
gnard Cariton qui ſe voit tant de com-
petiteurs en teſte, eſtant nouueau guerrier, tire ſon adreſſe, de ſon courage.
S'il eſt ieune il eſt beau. S'il eſt naif, &
neuf, il eſt gracieux. Vn petit roil demy doré argété ſe venoit à petits boüil-
lons rendre ſur ſa ioüe. Vn œil non corrompu, non frayé d'vn autre vne bouche portant la couleur de feu de ſa ieuneſſe, firent qu'Erippe en fut eſpriſe,
Or Cariton logeant aux bonnes graces
de ma maiſtreſſe, par la trame de ſon
heur, plus que de ſon artifice, trouua
moyen d'entrer en parfaite cognoiſſance auec elle, & communiquer aux

secrets effets de son amitié. Elle neantmoins de feindre la retirée, fauoriser
Cariton, du discours public comme les
autres, l'admettre aux delices priuées
dessus tous. Cependant vn ieune homme de Milet intime à Lycaste, faisant
des propheties de ses soupçons, que la
malice d'Erippe accomplissoit, espia
tellement, qu'il voit vn soir Cariton
donner contre la porte auec le p ˜-
meau de son espée. Il attéd l'ouuerture
à laquelle i'estoy destinée, & voyant
son opinion n'estre plus qu'vne verité,
se pousse l'espée au poing pres de Cariton. Ie te feray perdre ce chemin, &
prendre celuy des enfers (dit-il) Tu
cerches ton plaisir, en ta mort. He
d'où vient ce maschefer (respond Cariton) & cest engloutisseur de personnes ? Ton mestier est de tuer les hommes morts, & fuir ensemble les viuans.
Cela dit, il met la main à l'espée, estimant qu'on atte roit les personnes du
seul sifflement, ou qu'on les esblouis-
soit de sa lueur, Mais quand il vid que
la clarté de l'acier le vouloit pousser aux
tenebres eternelles, ses mains appelle-

rent fes pieds à leur ayde Si fa Dame
l'euft veu pour lors efcrimer des iambes, elle euft fort aimé fa difpofition
merueilleufe. L'autre qui le voit courir: Ah petit delicat (dit-il) ie te veux
faire coucher fur la dure:il te faut ac-
couftumer au trauail. Ton efpée n'eft
pas gourmande de chair : Elle ne fera
point punaife. Mais fi ie te puis auoir
vn coup, tu en auras mille, qui te feront plus atrefté pour toute ta vie. Il
prononçoit cela courant apres Cariton, lequel il ne peut iamais atteindre.
De forte qu'il efchappa par quelques
deftours, qui le mirent à fauueté. Auffi toft l'autre retourne à noftre porte,
pour voir fi ie l'aurois encor laiffée
ouuerte. Ce que i'auoy fait, attendant
la fin de l'affaire. Maïs ainfi que ie voy
venir ce Diable defguifé, ie luy ferme
la porte au nez, & retourne à ma maiftreffe. Ie penfe bien que ceft ami de Lycafte, luy donna nouuelle de tout. Tant
y a que le forcé citoyen d'Athenes, fit
courir vn bruit à Milet, qu'vne Dame
de par delà l'efleuât à des beaux defirs,
l'enleuoit à fa maiftreffe, triomphant
telle

tellement de luy qui hayſſoit ſa vie,
pour auoir aimé vne autre ſeruitude.

Erippe oyāt cecy, repouſſe Lycaſte de
ſa memoire. Mais (diſoit elle) qui l'euſt
cȝ eu, que ſes affections fuſſent de fictions ſi deſguiſees ? Qui l'euſt creu,
qu'vne belle bouche couuaſt vn cœur
ſi difforme ? Si ie l'euſſe meſme veu,
i'euſſe appellé mes yeux abuſez, & mon
iugement eſgaré. Touteſfois ſi i'ay failly par mes penſers, on m'excuſera pour
ſes promeſſes. Non l'eſpoir que ie doy
auoir, c'eſt de mourir de deſeſpoir.
Mais quel deſeſpoir vay-ie figurant à
ceſt'heure, ſinon celuy de le voir arreſté ? Il me faut, il me faut attendre &
quelque remede à mes ennuis, & quelque peine à ce ſhage. Que la langue ſe
taiſe donc, & que la fortune effectuë.
A ces mots ſe teut Erippe, qui r'aſſeura
ſes eſprits perdus, & perdit l'aſſeurance
de la fermeté de ſon Amant, qui luy iu-
roit auparauant de maintenir auſſi longuement la conſtance, que ſoudainement il auoit perdu la liberté. Parloit-
on à Erippe de Lycaſte, c'eſtoit le ſcan-

D

dale de son ame, & l ame de la perfidie,
Chacun de ses souspirs estoit vn vent
qui le conduisoit à quelque nouueau
port d'amour. Tout só feu passé n'estoit,
que pour le faire brusler de honte, ou
pour brusler la fidelité. Tandis Cariton
le fuyard perd la place, qu'il auoit acquise auecque sueur. Car vne Dame courageuse n aimera iamais vn beau lasche.
La raison est que se defendant si mal des
hommes, a peine attaquera-il les femmes, qu'on ne peut mieux contenter,
qu'en assaillant. Erippe donc est demy
desdaigneuse, demy desireuse, veut aimer Lycaste, & ne l aimer pas, mais en
fin les faueurs indignement faites à Cariton la persuadent à n'aimer plus
rien.

Ainsi qu'elle est sur ces austeritez,
l'hoste d Athenes arriue. Il vient, il
void: mais il ne vainc pas. Car le Ciel de
son visage courroucé ne menace que
de tempeste, & ses paroles vents trop
violents l asseurent du naufrage. Lycaste autát rempli de regret que d'amour
lasche ces paroles. Ie voy bien que mes
yeux auront plustost faute de larmes,

que de fubiet de les refpandre. Il ne
faut plus nommer abfence mon efloignement, mais vn mal qui s'acheue
finiffant la vie. I'ay plus befoin de
Tumbeau, que de confolation : mais
ma confolation gift au Tumbeau mefme. Il dit cela pres de moy, puis m'a-
borde en ces termes, Cefte rebelle m'a
malicieufement oublié, & toutes-fois
ie n'abhorre pas tant fon oubly, que
mon affeurance. Mais ie croy que ce
qu'elle laiffe efchapper, c'eft pour le reprendre mieux. Ie ne croy pas de mourir, fi elle croit à la verité de mes penfees. Que fi le propos ne me reuient, ie
m'en iray d'icy auec tát de regréts, que
celuy qui me voudra fuiure cognoi-
ftra mó chemin, à la feule trace de mes
larmes. Ne vous eftonnez pas, dy-ie
lors. Ses affauts ne font pas des villes
gaignees, ni fes rencontres des deffaites. C'eft vanité de regretter vne chofe,
fe, qui n'eft pas du tout efchappee, &
qui donnera autant de plaifir apres la
crainte, qu'elle ofta d'efpoir auant la
priuation. L'as(dit-il) fi fes paroles ne
font feintes, mon trefpas eft trop veri-

table. Aduiſez donc de la faire fleſchir,
& qu'elle ne ſorte point d'auec vous,
ſans que ie r'entre en ſes bonnes graces.
Lycaſte s'en alla lors à ſa maiſon, &
moy dés auſſi toſt en la chambre d'E-
rippe, où ie luy dy, Madamoiſelle excuſez moy, ſi ie ne puis pallier voſtre
faute, ſans pallir, changeant auſſi bien
de viſage, que vous auez changé de
cœur. Vous auez oublié Lycaſte, en vous
oubliant vous meſme. Ie veux en cela
vous accuſer de naïfueté, plus que de
malice, & remettre ſur voſtre ſimpleſſe,
ce qui ſe doit à voſtre legereté. Pardonnez moy ſi ie parle en ces termes. Les
ſeules marques qu'il a de voſtre amitié
vous doiuent cōuier à l'aimer, ou vous
faire treſpaſſer, quand vous paſſerez à
l'ingratitude. Ce que ie ne puis eſtimer,
voyant combien vous l'auez eſtimé.
Vous ſçauez ſon merite, & l'imperfection de celuy, qui vous a eſté plus que
luy. Vous ſçauez comme il a de voſtre
poil, vos lettres ardantes, vos anneaux,
qui ſeroyent auſſi toſt recognus. He!
recognoiſſez vous Madamoſelle, & ſi
vous auez perdu l'honneur en effet, ne

le perdez pas en apparence. Elle respond. Helas ! que ie suis entreprise. Si ie luy donne congé ie me gaste. Si ie l'aime Cariton parlera. De quel costé me tourneray-ie, sinon vers celuy de la mort ? Madamoiselle, dy-ie lors, ne suiuez pas l'opinion, où il faut suiure la raison. Caritō n'aura pas le courage d'ouurir la bouche. Vous pouuez obliger Lycaste, luy estant obligee. Si vous le faites esperer, vn iour il vous asseurera. Car ne sçachant la particularité de vos actions (enquoy vous estes heureuse,) il resout de se marier à vous ou à la terre. Erippe m'ouit tellemét, qu'elle commence d'aualler mille poisons mortelles, d'vne immortelle douleur.

Lycaste voit cependant son amy qui sçauoit les venuës de Cariton & s'enquerant exactement descouurit tout le mystere. Venant donc à la maison, & estant aduerty par moy de l'adoucissement de sa belle, il l'aborde en morgát, & laschant mille parolles braues à ma Dame, qui le commence à recueillir d'vne façon esclaue, d'vne accét radoucy, d'vn discours, autant propre à es-

mouuoir ſa pitié , que ma riſee. Mais
Lycaſte reſpond en peu de mots,qui por-
toiét beaucoup de morts. Puis que vous
auez eu l'audace de l'outrage,ayez la pa-
tiéce du reuanche.Ie m'aime trop pour
vous aimer,& vous aime de ne m'auoir
pas aimé. Vous auez fait ce que ie vou-
lois, & vous ne deuez.Ne vous plaignez
pas ſi ie fay ce que ie dois, & vous ne
voulez.Il s'en va ſur la fin de ces paroles,
& de là à quelques iours il me donna ceſte lettre pour porter au vieil fourreau
de ſon cœur. En me donnant ce papier il
fit ſi bonne mine , que i'eſtimoy que ce
fuſt vne reconciliation, & des articles de
paix qui y logeoient. Mais ce fut tout au
contraire. Car ainſi que toute innocente
ie l'eu fait ouurir à ma maiſtreſſe, elle y
trouua ces paroles , que i'apprins au
mieux que ie peu , pource qu'elles me
reuenoient.

LETTRE DE GONGE DE
LYCASTE. A ERIPPE.

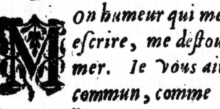

on humeur qui me permet de vous
eſcrire, me deſtourne de vous aimer. Ie vous aime toutesfois en
commun, comme choſe aſſez com-

mune. Ie cognoy que vous ne cognoiſſeʒ pas
les choſes. Vous ne ſçaurieʒ auoir tant d'opinions, que i'ay de deſdains. Si vous m'aimeʒ,
ie voüe de la pitié à voſtre malheur, non de
l'amitié à voſtre recerche. Que ſi le Ciel vous
rauit vn ſeruiteur, que voſtre mal ne vous
raüiſſe pas la vie. Car i'en ſeroy marry comme
de choſe que ie voudroy. Ne me ſolliciteʒ
pas de vous oublier : car vous eſtes aſſeʒ
obeye. En cela vous me pouueʒ touſiours commander. Ie ſeroy voſtre valet, ſi vous eſtieʒ
ma maiſtreſſe. Eſtant paſſee à d'autres penſers
faites en ſoigneuſe garde, cependant ie me garderay, de vous garder plus en mon amc. Mais
c'eſt trop parlé, pour vn qui veut faire. Il
faut que ie finiſſe ma lettre, comme i'ay finy
mon amour. Adieu.

Au bout de la lettre eſtoient ces qua-
tres vers.

A dieu fiere beauté ſubiet de mn ſouffrãces,
Iadis mort de la vie, ares mort de l'eſmoy (ſe,
Vous perdeʒ voſtre Amãt & moy ma recõpẽ-
Ie me rendis à ſ deſdain, en me rendant à moy.

Ceſt Hutaudeau tout froid, ruyna l'ardeur de la ſuppliante, la fiſt eſtre à n'eſtre rien. Tandis on arme de tous coſtés pour aſſaillir ce fort. Mais le pleurer empeſche le parlementer. En fin elle deuient malade, eſt aux derniers termes de la vie, qui ameinent ceux de la paſſion. Elle affoiblit ſon deſir auecques ſon corps, mais elle renforce le deſpit en ceſte foibleſſe. Et Lycaſte curieux de ſoy-meſme cerche le chemin de bien viure, en aymant mal. Mais Erippe, renuoyant Lycaſte apres eſtre guerie retombe au mal d'amour, & vit auec vne fieure cruellement continuë.

En fin, le pere ſe doutant de toutes ces affections ſe reſoult de la marier au fils d'vn ſien voiſin, ieune homme, braue, & galant, digne de plus d'heur, ou de moins de paſſion. Erippe veut eſteindre ce nouueau feu auec ſes pleurs, mais cela ne luy profite point ; Car ſes parens l'ont voüée à Xanthe, & le luy font voir, pour luy faire auant gouſter ſon bon logemét. Erippe voyant combien Lycaſte la dedaignoit, & ce que Xanthe meritoit toute ſurpriſe du nou-

tel offre fe refoult au party le plus aifé,
Puis me demandât aduis fur fon aduis,
ie ne luy dy finon qu'elle auoit affez
failly par le paffé, & qu'il fe falloit
maintenant arrefter : Au refte, qu'elle
penfaft bien à ce mariage, auquel vne
inuiolable foy fe deuoit, & que ie ne
l'aideroy plus en fes menées. Elle m'ef-
coutant foufrit, puis me repliqua combien il m'auoit coufté de paffer Do-
cteur, & foubs quels maiftres i'auoy
efté à l'efcole : qu'elle cognoiffoit affez
le deuoir d'vne femme : Que les repen-
tirs furpaffoyent les pechez : mais au
refte que Lycafte la poffedoit tât, qu'elle eftimoit Xanthe ne deuoir eftre que
l'ombre du mariage, & l'autre le corps:
Toutesfois qu'elle contraindroit fes
volontez, qui d'ailleurs eftoyent affez
d'elles mefmes enclines enuers Xanthe,
homme d'affez bonne grace, & de bel
efprit. Là deffus ie me remy fur le fer-
mon, & fis tant qu'elle me promit de
ne m'employer plus aux mifteres precedens, qu'elle me pria auec beaucoup
de parolles, de garder auec beaucoup de
filence, iurant de conferuer à fon mary,

D v

ce qui la conserueroit elle mesme.

Elle espouse donc Xanthe, la feste se fait, la magnificence y est. Vous n'eussiez sçeu dire, si l honneur s'estoit transformé en Erippe, ou si Erippe estoit l'honneur de l'hôneur. Le soupçon n'auoit point de prise sur elle, & l'effet encore moins. Quãd voicy venir à moy le ieune Lycaste auec ces paroles. Ie te prie Mycalle de me dire, si ie suis en ta grace, comme autresfois, lors que porté d'amour enuers ta maistresse, ie te faisoy part de mes pensers. Ie luy respondy. Qui ne vous aimeroit n'aimeroit pas la vertu: mais de pratiquer des ligues amoureuses n'est plus mon estat. Car ma maistresse & moy, auons changé d'humeur, l'vne à cause du mary, l'autre à cause du maistre. Ie coupay court sçachant le but de son dessein. Mais luy: Tu t'abuses (dit-il,) ce n'est à ceste intention, que ie t'enqueroy. Ie sçay que le mariage m'oste l'espoir: Mais en fin ie me voudroy conseruer en ton amitié de laquelle i'ay receu tant de preuues, te iurant par les dieux plus puissans, que ie t'en sçauray gré toute

ma vie. Toutesfois puis que ie te trouue à point ie defireroy bien fçauoir fi ta
maiftreſſe n'a plus de memoire de moy.
Car ſi elle a veritablement aimé , le
temps eſt trop peu de choſe , pour oſter
le vray amour. Moy qui recognu la pi-
queure de ceſtui-cy, luy dy , que Erippe
ne ſe ſoucioit que de ſon meſnage , n'a-
uoit de l'amour que pour ſon mary, des
affections pour ſes parens , des ciuiles
apparences pour les autres. Sur ceſte
concluſion il s'en alla d auec moy , qui
en fis le raport à ma maiftreſſe , luy
ramenteuant touſiours la foy iurée à ſon
mary. Doncques. Lycaſte attaquant vne
vieille de la maiſon de Xanthe la pra-
tiqua tellement auec preſens, & promeſſes, qu'elle fit voir à Erippe quelque papier noircy , qui luy noircit bien ſa renommée.

Beaucoup de lettres eſtans enuoyées
il ne ſe peut , que ie n'euſſe le vent de
ces manimens , & que ie ne viſſe qu'on
entretenoit Amour auec Poulets , afin
d'en gouſter du boüillon. Cependant
Erippe me tourmentoit ordinairement,
n'eſloignoit touſiours de ſa chambre,

m'apelloit petite sotte, petite cuideuse.
Le moindre faux pas estoit le plus grãd
erreur du monde. I'estoy batuë, i'estoy
trauaillée aussi tost que i'approchoy son
huis,& faisoy tout plein de fautes, sans
les faire aucunement, tant elle doutoit
de mon vouloir, & redoutoit mon rap-
port. Xanthe au contraire (comme il
est de tres-bon naturel.) m'aimoit,
m'excusoit à l'endroit de sa femme, me
trouuoit sortable pour sa maison.Dõc-
ques la douleur (dont le souuenir me
fait ores cercher cëste vengeance de
parole) agissant en moy me fit espier
les secrettes actions de ceste femme, où
ie trouuay peu de secret , & beaucoup
de malice. Car non contéte de Lycaste
elle auoit tantost cestuy , tantost celuy,
selon que ses yeux voyoient, son cœur
aimoit.Elle estoit à tous, & n'estoit pas
à vn. Somme que son corps estoit vn
monstre affamé de plusieurs : son corps
L'aimant de tous les autres:son corps vn
vn vray nauire d'amour, où chascun
s'embarquoit à sa fantasie.

I'aduerty lors Xanthe , luy decou-
urant ce qui passoit à son preiudice,

Mais luy s'asseurant de sa femme me
reiette vn peu, & cóme il vouloit sonder le fait, voicy Erippe qui le vient
baiser, & luy souffle par la bouche vn
venim de credulité. De façon que combatu par ces attraits, il se rend à l'opinion fauorable, & ma maistresse estant
partie il m'appelle à soy, me disant.
Celle qui me caresse tant, m'aimeroit
elle si peu? Dissimuleroit elle l'amour,
qui est de la Nature des choses, qui ne
se peuuent cacher ? Ces mains qu'elle
me iette au col. seroyent elles pollues.
des embrassemens d'autruy, ou si elle
voudroit les transformer en cordeaux
pour m'esteindre? Si ie la crain pour
son visage, ie m'en asseure pour sa pu-
deur. Tu m'aimes grandement, & ne
crains pas moins. C'est la peur, non la
verité qui te fait parler. De moy la
raison me fait penser en ceste sorte. Ie
luy dy lors. Comment oseriez vous.
mescroire vne fidelle seruáte, qui voit,
qui sent vostre desauantage ? Ie n'en
parle pas par coniecture, ains par cognoissance. Et mesme ie n'ose dire la
moitié de ce qu'on ose faire. Ceste vieil-

le furie, qui croupit ordinairement
au cendrier, & qui pratique les Temples auec dessein de tromper les Dieux,
abusant les hommes, porte les paquets.
Elle est corratiere de l'honneur de vostre femme. C'est le tiercelet d'Amour,
le chauffecire, la personne des moyens,
& le bel Esprit. Car ie vy l'autre iour
vn ieune homme, qui l entretint assez
long temps, & venant vne autre-fois
de dehors, ie rencontray sur le soir quelqu'vn tout bouche descendant les degrez de ceans, & m'enquerant quel il
estoit, sa responce fut vne pouslade.
Outre qu'on m'œillade de trauers des-
puis quelque temps, & ie suis suspecte
à ce maquignonnage, où l on cognoit
que ma foy ne peut excuser ceste lascheté. Tay toy (dit Xanthe) bonne Mi-
calle. Ie iuge ma femme fort honneste,
& si elle est libre en ses deport mens
cela vient de ieunesse, non d'amour.
Tu ne sçais pas les pratiques des femmes. Leur mesnage s'estend plus outre
que de la maison. Qui les voudroit
tant controller n'auroit pas vne femme, ains vne esclaue. Ne t'offence pas

donc de ſes menees, & n'ameine plus
ſes offences deuant mes yeux. Car ie te
iure que ie me ſuis tellement imprimé
ſa vertu paſſee, que le vice qui pourroit
arriuer, ſera touſiours en mon imagination le plus foible. Ie fus eſtonnee
oyant ce langage, & m'en allant d auec
luy, ie trouue monrant les degrez vn
Poulet, qui eſtoit volé iuſques là, que
ie leu premierement. Puis ſoudain allant ou eſtoit mon Maiſtre, le laiſſay
choir deuant luy. Il le leue promptement, & le voit puis m'appelle à ſoy,
me diſant. Penſes tu me donner par ce
papier, qui t'eſt eſchappé de ton gré,
vne preuue forcee, du mauuais vouloir
d'Erippe? Au contraire cecy me fait
iuger qu'on ne luy oſe pas donner ces
lettres, où ſi on les luy donne qu'elle
les meſpriſe, les laiſſant perdre, & que
c'eſt pour ne me faſcher qu'elle ſe taiſt,
preuoyant le ſcandale de la deſcouuerte.
Or c'eſt homme eſtoit ſi bon tenant en
ſes opinions,qu'encores que ie deſcou-
uriſſe de iour à autre de nouueaux paſſa-
ges,il meſcroyoit tout, & meſme ie fus
menaçee de la main, ſi i'aduançoy plus

la langue à ces difcours. Eftant donc
refoluë au filence, & cefte vieille eftant
deuenuë fi malade qu'elle ne pouuoit
plus aller, ni venir, ma maiftreffe contrainte m'appelle à foy me difant. Ie ne
doute point Mycalle, que tu ne m'ayes
toufiours cogneuë defireufe de ton bié,
& que tu ne m'aymes comme bonne
feruante que tu m'es. Or ie veux que tu
me iures de cótiuuer en ta bóne volonté, & ne me máquer iamais de foy, non-
plus que ie feray d'amitié, dont ie te
rendray mille preuues. Madamoifelle,
dis-ie, rien ne me detournera du deffein
que i'ay fait de vous eftre fidelle. I'ay
trop fait iurer le vœu de voftre feruice
à toutes mes volontez, pour en abufer
-le ferment. I'en refay la proteftation
deuant vous, que i'honore tant que ie
puis, & que ie croiray comme voudrez.
Ie ne doute point de tes propos (dit
Erippe) tes effets paffez m'en affeu-
rent. Cè que ie veux dire, eft que tu
trouueras Lycafte au champ de Diane,
où tu receuras ce qu'il te donnera, puis
retourneras à moy fecrettement, & fi-
dellement. Conduy fi bien ceft affaire,

que tu m'induifes de ce guider à la liberté. Voyant donc que les paroles eftoient vaines à l'endroit de Xanthe, re-
mettât la vengeance des coups, & mauuais traitement precedens à quelque
temps fauorable, comme ceftuy-cy , &
ne me voulant priuer de l'amitié de tous
deux enfemble, i'obey à ma maiftreffe,
& trouuant Lycafte rapportay vne lettre, que i'ay bien icy, & en ma memoire.
Voicy ce qu'elle difoit.

LETTRE DE LYCASTE,
A ERIPPE.

C'EST au iour du facrifice, que ie me
facrifieray à vous. Le terme eft court,
le fait dangereux , l'occafion belle.
Soyez fecrette, fi voulez eftre heureufe. Tou-
te autre incommodité ne vous doit faire per-
dre cefte grande commodité, Venez donc, ou ie
m'en iray de ce monde.

Ayant porté cefte lettre , i'eu mille
bons accueils. Me voila du confeil

priué, du conseil estroit, du cabinet.
Elle ne se peut retenir de ioye. Elle appelle le Soleil paresseux, la Lune ialou-
se, les iours ennuyeux, les nuicts dor-
mardes. Elle deteste le mariage, louë
l'amour, & n'apprehende rien, sinon
de n'aller assez tost à son dommage. Le
iour du Sacrifice venu, le Soleil ne faisant qu'ouurir la porte, pour s'aller
promener par le Ciel, elle s'habille ha-
bilement, m'en faisant faire de mesme,
& me donnant à porter ce qu'elle auoit
de meilleur, ensemble me promettant
la liberté pour l'assister en ses desseins,
elle part, mais auec vn visage serain,
mais auec vn visage si doux, que ie m'e-
stonne comme elle ne vous adoucit,
pour ne la prendre. Vous auez veu ce
qui est arriué d'elle, & de ce ieune homme. Ie vous en laisse la meditation, à
son mary la plainte, à elle la honte. Et
moy mal'heureuse Mycalle, qui me suis
laisse couler à telle faute, predray vengeance sur moy de moy mesme, & feray voir à tout le Monde, qu'vne femme qui a failly à l'honneur par contrainte sçait bien ne faillir pas à la mort

par sa volonté. Aussi bié ma maistresse
sçachant ce discours, & la vengeance
que i'ay prise de ses antiques rudesses,
me feroit mourir aussi malheureuse,
qu'elle m'a fait viure vitieuse. Cela dit
elle, se bouche le nez de la main, & ferme la bouche en telle sorte, qu'ayant
perdu le respirer elle meurt. Les Gaulois s'estonnerent de ceste forcenerie, &
rendans de la plainte à ce mal, se fas-
choyent que telle vertu durast si peu, &
que si peu d'occasion l'eust souïllee. Mais
ils consideroyent bien aussi combien il
fait bon se fier aux chambrieres, qui sont
les trompettes publiques de nos fautes
priuees.

Or de là à quelques iours les Gaulois
sollicitez du desir de voir leur pays, se
disposerent au depart, & voyans Erippe en estat de porter le trauail du chemin, l'emmenerent auec le reste de la
proye. Elle ne reçeut iamais vne plus
douce voix, que celle, qui luy comman-
da le deslogement. Car l'amour de son
maistre l'auoit tellement saisie, qu'elle
ne pensoit estre plus libre, que lors
qu'elle seroit plus esclaue. On la meine

donc en France entre de hommes fort
differents en façon aux Grecs, & entre
des femmes, non des femmes, mais des
laborieux hommes. Le Gaulois qui fit
son rauisseur ne s'amusoit pas à ses
beautez estrangeres, ains plus curieux
d'vn butin guerrier, q d'vn amoureux,
traittoit honnestement Erippe, àfin
qu'elle n'eust subject de se plaindre de
luy, ou luy à se prendre garde d'elle.
Cependant ce ieune fistonneau d'A-
mour n'osoit attaquer sa grauité virile,
ains demeuroit estonné de son regard,
portant encor en soy les menaces de la
guerre. Tandis Xanthe sçachant le depart des Gaulois & de sa femme, fait
estat de la rachepter, & retirer de captiuité celle qui s'y plaisoit à son preiudice. Il s'appreste donc pour le depart,
& il vient iusques en Gaule par ses ho-
stes, & fait en façon qu'il se porte au
sejour d'Erippe. Aussi tôst que ceste
fême le void, elle l'embrasse, l'estreint,
fait reuenir par ses baisers frequents
la couleur aux leures demy mortes de
son mary. Le Gaulois arriue la dessus,
& informé par ceste desguisée de ce

qui se passoit , comme Xanthe estoit
venu pour payer sa rançon , il le receut
auec beaucoup de courtoisie (comme
ainsi fust) que de tout temps, la courtoisie & la douceur fussent naturelles à
nos peres,& que ces ames franches parmy leur simplicité fussent naifuement
ciuilisées. Puis ayant conuié tous ses
plus proches parens, il fit vn festin , où
le Grec fut honorablement colloqué,
& fut enquis combien se pouuoit monter tout ce qu'il auoit. A quoy il respondit que tous ses moyens consistoient
en mille escus. Là dessus le Gaulois
luy commande , que de ceste somme il
fist quatre parts , & que d'icelles il eust
les trois pour luy, sa femme , & vn fils
qu'il auoit,& la quarte fust dónée pour
la rançon de sa femme. Le Grec fut infiniment aise de ce party , & loüa la be-
nignité de ce doux ennemy , qui retran-
choit beaucoup de ce qu'il eust peu demander. Finalement l'affaire estant deuisé en ceste sorte , la Milésienne estant
au lict auec son mary luy va dire. Mon
amy , vous auez parlé plus que du deuoir, pour souffrir plus que du vouloir.

Il n'est pas possible que vous ayez si tost
amassé mil escus. Ie sçay nos moyens,
& la pauureté presente de la Grece.
Vous auez ruyné nos affaires: vous voila en danger de la vie, & moy en perpetuelle captiuité. Xanthe luy respondit lors, qu'elle n'eust apprehension
d'aucune chose,& que l'amitié qu'il luy
portoit l'auoit mis à la recerche de
tous les moyens, qu'il pouuoit auoir,
fust de luy, fust de ses amis, & qu'outre
les mille escus declarez, ses seruiteurs
portoient autre mille escus cousus en
leurs souliers, à cause qu'il n'estimoit
pas trouuer Gaulois si raisonnable, &
qui se contentast de si peu. Mais voyez
vne foy Grecque. Ceste mal aduisee
sçachant cecy, va le lendemain aborder le Gaulois en ces termes. Pourquoy laissez vous eschapper vne Grecque, pour vous enfanter des ennemis?
M'auez vous menée si loing pour m'en
l'aisser aller ? Ay-ie veu la Gaule pour
la regretter ? Vous vous faites tort de
ne conseruer ce, qui vous est acquis au
peril de vostre vie. Vous me faites
tort, de ne vouloir pas que mesme ie

vous demeure esclaue. Ie vous donne
nouuelle que mon mary porte beaucoup plus d'or qu'il n'a dit, & qu'il a
moyen de vous bien aifer fi vous eftes
refolu. Ie vous aime plus que luy, &
que mon enfant & que mon pays, pour
auoir recognu voftre honnefteté par la
preuue, & faut que ie vous die que fi
vous voulez faire mourir Xanthe, outre que vous acquerez beaucoup d'argent, vous acquerez auffi vne fidele
pour l'eternité. (Et bien dit le Gaulois) il y faut penfer. Toute chofe qui fe
pefe bien, fe fait bien. I'y pouruoi-
ray felon mon denoir & voftre befoin.
La femme eftimant que ces paroles,
eftoient les affeurances de la mort de
fon mary, fait eftat d'eftre noftre. Mais
d'autant qu'elle eftoit efloignée de fon
pays, elle l'eftoit auffi de fon deffein.
Car ainfi qu'elle & fon mary, furent
appareillez pour le voyage, le Gaulois
les voulut accompagner: faifant croire
à Erippe, que c'eftoit pour faire vn
mauuais office à Xanthe. Ils vont donc
iufqu'au bout de la Gaule auec bonne
troupe des amis du Gaulois, & quand

ils furent arriuez aux Alpes, noſtre pa-
triote diſt, qu'il failloit ſacrifier aux
Dieux pour la proſperité de leur chemin, ce qui fut generalement approu-
ué par toute la compagnie. Alors on
print vne brebis qui fut fermement
liée, puis par ceremonie, Erippe fut
priée de tenir la victime, ainſi qu'elle
auoit couſtume de faire eſtant auec ſon
deteneur. Alors le Gaulois tire ſon cou-
telas,& au lieu de donner à la beſte, ruë
vn coup ſi enorme à Erippe,qu'il luy ſepare la teſte du corps. Toute la compagnie s'eſtonna de c'eſt acte, parce
qu'on ſçauoit , combien honneſte-
ment ceſte femme auoit eſté traitée. Et
d'autre part le mary ſe doutoit qu'eſtant
en vn pays eſtráge, on en vouloit à ſon
argent. Mais le Gaulois luy trancha
ceſte opinion par ces paroles. Ne me
donne point de cruauté, mais bien de
de cõſciéce. Ceſte femme que i'ay meur-
trie te faiſoit mourir, ſi i'euſſe creu ma
liberté comme elle ſa malice. Elle
me vouloit enrichir par le moyen de
l'argent, que portent tes ſeruiteurs en
leurs ſouliers, outre celuy que tu me
diſois

difoisauoir, & pēnſoit qu'eſtant icy ie
te ſacrifierois à ſon deſir. Voyla la plus
agreable victime qu'on ſçauroit offrir
aux Dieux. Lycaſte ton concitoyen qui
mourut la voulant recouurir, ayant aſ-
ſignation le iour du ſacrifice, à fin de la
mettre ſur mer, ainſi que nous a dit
Mycalle, qui ſe fiſt mourir apres mille
recits amoureux de ta femme m'a teſmoigné qu'elle meritoit non des miſe-
ricordes, ains des ſuplices. Auſſi l'ay-ie
traitée ſelon ſes actions, & non ſelon
ſes deſſeins. Vis d'oreſnauant heureux,
amy Grec, & lors que tu prendras femme n'en ſois iamais pris. Car en fin ces
ombres s'opiniaſtrent touſiours à la
fuite de leurs ſuiuans. Emporte ton or,
puis que tu n'emmeines ce pourquoy
tu l'auois aſſemblé. Ie ne veux point de
raçon pour choſe qui ne valoit pas le
prendre. Tu emportes l'argent, & moy
la louange de ne vouloir. Va? que les
Dieux te gardent ſoigneuſement en
chemin, & te rendent plus heureux en
mariage. Ces paroles dites les deux
ennemis ſe ſeparerent auec embraſſe-
mens, & de puis eſtant arriué que les

E

Gaulois firent vne autre course en Grece, l'amy de Xanthe estant pris par les Grecs, Xanthe, deceuant ses deteneurs, & le conduisant pres du fort Gaulois , fit voir qu'vn cœur genereux se reuanche tousiours des biens faits, & que les seuls lasches courages les oublient. Ainsi se rendit la courtoisie, & les deux amis ennemis se visiterent souuent par lettres, s'entre-fauorisans en toute sorte.

Fin des Histoires.

DISCOVRS
COVRTS.

DE PIERRE DAVITY
DE TOVRNON.

AVX DIVERS
ESPRITS.

Eceuez l'assemblage de diuerses pieces (Esprits diuers,) & louez moy
d'auoir tasché d'en contenter beaucoup en leurs humeurs, encor que ie ne les contente pas en mon bien dire. Voicy vn fagot de
diuers bois. Si vous trouuez qu'il vous empesche, iettez le au feu. Peut estre que de sa
cendre naistront des enfans, qui seront meilleurs. Ie ne fay pas estat de cecy. Ce n'est qu'vn
coureur de l'armée, qui va sçauoir ce qui se
dira d çà delà. Ie vous recōmande mon infirmité, & ces discours cours, que i'ay faits aux
occasions, pour vous les offrir, sans occasion.
Mais ie croy que ces discours, qui sont courts
pourront bien passer parmy tant de longs vo-
lumes. Esprits diuers ie vous demande leur
sauf conduit. Donnez le moy pour l'occupation, que ie vous desire donner.

A MONSIEVR LE
COMTE DE CREQVY
Sur sa prise, & son retour
de Piedmont.

***

I la vertu (qui s'entretient des belles conceptions de voſtre ame, & des dignes actions de voſtre main,) pouuoit eſtre maiſtreſſe de la fortune, ie vous verrois autant heureux, que vous eſtes admirable. Mais parce que l'enuie entreprend ordinairement ſur la gloire, & rien ne luy fait naiſtre le deſeſpoir, que le bel eſpoir, c'eſt le ſubiet qui fournit de plus grands outrages, aux plus grands courages. Comme on vid ces iours paſſez que le deſaſtre nous aprit à porter, les choſes humaines, d'vne façon inhumaine, lors que voſtre generoſité (eſperon vnique des plus braues) vous

E iij

porta parmi la multitude innombrable
de vos ennemis, qui deuans plus à l'accident qu'à leur vertu, vindrent à vous
prendre, & nous perdre tout enfemble.
Ce leur fut vn bien, qu'ils n'euffent ofé
efperer fans prefumption. Ce nous fut
vn mal, que nous n'euffions peu craindre fans foiblesse. Mais toufiours les
meruelles cerchent les chofes mer-
ueilleufes,& ce qui excede noftre opinion, s'attaque volontiers à ce qui excede le refte des hommes. On n'euft iamais peu croire, qu'on vous peuft for-
cer. Non, on ne l'euft ianiais deu croire,
fi l'on n'euft voulu redouter vn grand
mal-heur, aux perfonnes plus redouta-
bles. Mais quoy? la valeur qui eft naturelle comme voftre ame, (ie ne deba-
tray pas fi c'eft mefme chofe) vous faifant refoudre à vous ouurir vn beau
chemin à l'honneur, nous en ouurit vn
grand à la plainte. Vous marchiez où
vous vouliez pour dóner de l'affeurance à vos feruiteurs, & vos ennemis en
prenoyent pour vous faire marcher où
vous ne vouliez. Vous n'auez rien que
voftre efpée qui vous affeuraft, & eux

rié que leur multitude. Vous n'eſtima-
ſtes pas tant le nombre que le cœur , &
vos ennemis augmenterent le cœur par
le nôbre. De ſorte que ſi vous perdiſtes
de l'heur , vous acquiſtes de la louange
qui ne mourra iamais, tandis que le merite aura de la vie. En meſme iour , on
eſprouua la boaté de voſtr̃ Courage , &
la malice de la fortune , qui voulut mô-
ſtrer que pour ne trouuer trop d'ennemis, il ne faut cercher trop d honneur,
que pour n'eſtre iamais abbatu , il ne
faut iamais combatre. C'eſt ce qui fait
nommer les armes iournalieres, & fait
iournellemẽt renômer les armes, parce
que qui vaincroit ordinairement ne
trouueroit à la fin plus d'ennemy. Sa
vertu languiroit ſans reſiſtáce, & ce peu
de reſiſtance luy laiſſeroit peu d'honneur. Ce deſaſtre ne vous rendra que
plus ardant à vous bien-heurer. Ceſte
petite perte de liberté ne vous amaſſe-
rá que plus de gloire. En ceſte priſe le
ſort vous a fait libre du doute que vous
pouuiez auoir , qu'vn grand peut eſtre
priſonnier, faiſant ſerf celuy qui vous
print du penſer qui le poſſede , que le

niefme luy peut arriuer. Mais ces confiderations n'empefcherent pas qu'ayans receu la nouuelle, nous ne formaffiós de nouueaux fupplices à noftre ame infiniement alterée par ce fuccez. Auffi toft de mefme que les eaux douces deuiennent ameres entrans dans la mer, ainfi toutes allegreffes entrans dans noftre penfée fe transformerent en douleurs. C'eftoit fait de nous, fi la fortune n'euft fait de vous ce que maintenant elle a fait: Nous allions acheuer noftre vie, auec voftre liberté. Ce qui vous oftoit le pouuoit de fortir, nous oftoit le vouloir de viure. Bon Dieu! que nous fut-il arriué fans voftre arriuée! Nos ames fortoient de leur prifon, pour vous aller trouuer en la voftre. Nous faifions de nos penfees errantes vn arrefté penfer de noftre mort. Nous faifions de nos attentes irrefolues vne refolution de ne rien attendre. Nous n'auions qu'vn defir de finir volontairement nos iours, cóme on confinoit contraintement, voftre perfonne, Mais ainfi que nous faifions ces appareils, vous voicy venir: mais auec vne longueur qui nous rem-

pliſſoit de langueur. Vous venez donc
ruiner noſtre guerre ſecrette, par vne
manifeſte paix. Car toute celle que
nous faiſions à nos ames, s'eſt maintenant eſuanouye: & ne reſte rien pour la
perfectió de noſtre heur, ſinon que l'excez de la ioye ne vous porte à la fin, où
le malheur nous eſlançoit. Mais comment pourra lon rendre vn effet moderé à vne cauſe exceſſiue ? Et comme
ſe pourra il faire q̃ rien ne nous retenát
de vous voir, nous nous retenions de
nous eſiouyr ? Veritablement la modeſtie nous eſt interdite, comme la conti-
nuation de la plainte, & n'eſt pas poſſible, qu'vne grande faueur nous porte à
vne petite allegreſſe. Hé ! qu'il y a du
plaiſir à vous voir libre, & de la diffi-
culté à le declarer. Combien eſt-ce que
voſtre veuë contente de vœux ? combien
eſt-ce que voſtre retour rameine de
vies ? La vertu qui eſt accomplie en vous,
& ne ſe fait que commencer aux autres
reuenant luire en ceſte terre ? Il ne ſe
peut, que nos deſirs accomplis, ne nous
facent produire les plaiſirs de ceſte grace. Il ne ſe peut que vos merites, eſtans

les eftoiles du Ciel de la gloire nous ne les allions efleuant fur les autres dé ce Ciel, qui cachât les autres quelquesfois, rend toufiours les voftres voyables. Mais, ie ne veux pas entreprendre chofe fi haute, & qui peut eftre mieux cogniië, que recitée. Ie la quiteray donc pour en laifler parler la nommée, qui dira, que la fueur que vous produifez aux combas eft vn eau pour appaifer la foif, que vous auez de l'honneur. Que les guerres vo⁹ font pluftoft exercices, que trauaux. Qu'on n'oferoit defirer ce que vous accompliffez à toute heure. M'attendant donc que ce foit elle qui annonce aux plus eftranges nations de la Terre, les eftranges merueilles de voftre courage, ie vous diray feulement que puis que vous auez mefprifé les vains plaifirs, pour auoir les vrais honneurs, nous allons parmy les honneurs qui vous font deuz, inegaux toutesfois à voftre merite, nous plonger dans des plaifirs veritables, voüans au fupreme bien de voftre liberté le plus humble deuoir de noftre feruitude.

A VN GRAND.

Pour vn de mes amis.

IE ne fçay lequel eſt plus puiſſant, ou voſtre grãdeur pour me
porter au ſiléce, ou voſtre debó-
naireté pour me conuier à vous requerir, de paſſer de vos dignes occupatiõs
à la lecture de ces lignes. Toutesfois ie
me range du coſté que mon deſir me
propoſe, m'aſſeurant qu'il vaut mieux
entreprendre cecy par la perſuaſion
de voſtre douceur, qu'en abandonner
la pourſuite par ma deffiance. Ie com-
menceray donc à vous ſupplier bien
humblement de conſiderer, combien
le malheur me pourſuit auec de cruelles atteintes, puis qu'il faut que ce papier vous aille voir au lieu de moy,
qui voulant vous honoter en preſence
ne puis que regretter mon abſence. Ie
ſçay bien, que la triſte facé de ce peu
de lignes, ne vous pourra guieres ag-
gréer. Mais puis que ie n'ay point de
contentement, il eſt impoſſible que ie

vous en donne , Mon difcours ne peut
eftre plus doux que mon fort , & mes
conceptions moins en defordre que
mon ame. Auffi ie cerche de la com-
paffion , & non de la louange par ces
doleances, que ie defireroy n'eftre pas
miénes , & qui toutesfois eftans miennes, font plus heureufes que moy, d'autant qu'elles iouyront de la gloire de
voftre veuë. Or puis que ie ne ceffe
d'endurer , ie ne cefferay pas de me
plaindre. Car fi lors que ie me figure ceste nuiét, qui me donna tant d'ennuis,
& m'ofta tant d'amis , ie ne puis que ie
ne m'efcrie inceffamment , & que ie ne
permette non plus de repos à ma langue, que mon mal en promet à mon
cœur. Mais ie ne m'eftonne pas , que
chacun fe bendaft lors contre moy,
veu que ie fçay bien, que fçachant d'e-
ftre hay de vous pour mon offence : de
peu s'en fallut que ie ne fuffe hay moy
mefme. Toutesfois ie me pardonnay,
pour l'efpoir , que i'eu de vous voir
faire le mefme, & prefageay , quelque
douce fin , à ce commencement plein
d'amertume. Il eft vray, que i'ay fou-

ment pensé,comme ie pouuois esperer, & si estant entierement perdu , ie puis ne l'estre pas en quelque sorte. Puis ie considere, que vostre bonté resuscitera par sa pitié,ce qui est mort par ma vio- lence. Aussi quel pardon octroyeriez vous si on ne vous offençoit ? & com- me pourriez vous monstrer la façon, de laquelle vous sçauez releuer les ac- cablez , si ma fortune ne vous fournis- soit autant de subiet d'estre pitoyable, qu'elle m'en dône d'estre malheureux. Mais ce qui m'afflige plus, c'est de vous auoir occasionné de m'affliger, & me desplay merueilleusement de ce que ie viens à vous desplaire. De maniere que mon absence ne me fasche tant, que la cause d'icelle, & i'abhorre plus de me- riter la peine , que de la souffrir. En fin estant pauure d'effets , pour tesmoi- gner la fidelité que i'ay tousiours ap- portée à vostre seruice, & n'ayant aussi que bien peu de paroles , parmy beau- coup de ressentimens , ie ne vous puis esmouuoir qu'en vous disant , que pen- sant à mes malheurs, ie croy l'imagina- tion d'aucun ne se pouuoir si loin

eſtendre, que ſi l'infinité d'iceux,& que
ce meſchef n'arreſtera de mettre fin, ou
à ſoy, ou à moy. Car, ou par voſtre
commandement ie quiteray toſt la triſte vie que ie meine, ou par ma reſolution ie quitteray la vie tout à fait.
Mais non, ie croy que ie ne mourray
iamais, puis que ie ſuis deſ-ja mort de
ceſte triſteſſe. Regardez comme mon
deſaſtre, me promet l'immortalité! Mais
voyez pluſtoſt, combien ceſte immortalité me promet de deſaſtre? Il eſt
vray que ma douleur eſtant telle, que
ie ne la puis exprimer, ie m'eſtonne,
comme ie pourray l'endurer. Puis ſur-
ce point, ie voy que ie la ſouffre bien,
& ne la deſcouure de meſme, & que
plus grand mal de mon mal, eſt de ne
le pouuoir tout dire. Là deſſus ie m'ad-
uiſe, que l'eſtonnement m'oſte la parole,& que ſi mon malheur, me porte à
des eſlancemens, ſa charge m'accable
auſſi toſt en telle ſorte qu'elle m'oſte le
reſpirer. De maniere, que comme la
peine me rauit au contentement, ſa violence me rauit à moy-meſme. Or Mon-
ſeigneur(ſi mes humbles prieres, peu-

uent quelque chose en vostre endroit,
comme vos commandemens font au
mien, faites moy ce bien, pour mille
seruices que ie vous desire rendre, &
que toutesfois ie ne puis, que de me
retirer de ce lieu, qui me retire de la
vie. Faites, s'il vous plaist, que le bien
que i'espere, ne soit pas esloigné du desir que i'en ay. Le bien que ie vous re-
quiers, est que vous ayez pitié de mon
mal. Donnez moy par grace, ie vous
supplie, ce que ie ne puis acquerir par
merite. Faites que mes ennemis soyét de
verre : & mes contentemens de Diamant : & rendez mon plaisir, d'autant
plus grand qu'il a esté plus attendu.
Vostre vouloir presuppose infallible-
ment la compassion : ne contrariez pas
à vostre nature. Ie sçay bien, que lors
que contraint, vous affligez quelqu'vn,
vous receuez vn peu de sa peine : tant
vostre ame se laisse manier à la douceur.
Vos seruiteurs, n'endurent rien visi-
blement : que couuertement, vous ne
participiez à leur fascherie. Cessez dóc,
de vous tourmenter, ne m'attristans
pas : & si vous ne voulez rien octroyer

à mon indignité , donnez au moins
quelque chose à voſtre repos. Quand
il vous plaira de le faire vous differe-
rez ma deffaite : vous ferez que ie ne feray iamais rien, qui ne vous puniſſe ſa-
tisfaire.Me figurant (Monſieur) que vous
eſtes las d'ouyr mes maux, autant que
moy de les porter , ie vous prieray treſ-
humblement me permettre de finir icy
ma complainte , bien que mon malheur ſoit entier , & m'octroyer
que la vie que ie n'ay peu
acheuer auec la dou-
leur, ie l'acheue à
voſtre ſer-
uice.

SVR LA HARANGVE QVE fit Monsieur de Cheurieres, Aduocat du Roy, an Parlement de Dauphiné, à la publication de la paix.

VICONQVE ouyt ce grand personnage parlát de la paix ces iours passez, en plein Parlement, ne confessa-il pas que la paix auoit choisi vne personne paisible, pour estre annoncée? Mais ne fut-il pas estonné voyant qu'auec vne si grande douceur, il tira si violemment les esprits à son opinion? Ce sont veritablement des effets d'vne ame choisie, d'autát plus admirables, qu'ils sont plus frequens. Vn homme peut bien, vne, deux trois fois, de mille sentences qui le louënt en faire vne seule: il peut en sa belle disposition faire naistre le silence par ses paroles, & attacher plusieurs aureilles à vne langue. Mais d'estre ordinairement semblable

à foy, de ne parler iamaisqu'en bien
parlant, c'est vn ordinaire, qui produit
vne merueille extraordinaire. Or en
ceste derniere action, principalement
le Sieur de Cheurieres, parlant de la
paix, se procura vne telle tranquilité,
qu'on la iuge la vraye image d'icelle, le
ressort par lequel elle se mouuoit, non
vn Aduocat du Roy, mais pluftoft vn
Roy des Aduocats. Mais on euft dit
veritablement, que soubs ceste apparence de paix, il venoit guerroyer nos
ames, de la pointe de sa langue: qu'il
venoit solliciter l'enuie à se defcoutrir:
qu'il n'auoit autre desir en se declarant
qu'on nous rendoit noftre repos, que
de nous rauir à nous mefmes. Combien
y eut-il ce iour d'efprits confus? Combien y eut il d'efprits infus, par les ope-
rations de son bien dire, qu'il influa
d'vne fecrette vertu dans l'entendement
des efcoutans? Il n'y auoit aucun qui ne
defiraft, ou la promptitude de fes propos, ou la longueur de fa louange. Bref,
il fembla que l'eloquence ne fuft qu'en
vn Cheurieres, ou qu'vn Cheurieres
fuft la vraye Eloquence, Ce venerable

Parlement, autant admiré pour ſa do-
ctrine, qu'honore pour ſa ſincerité, oyát
tant de belles raiſons, tant de propos
ſoudainement s'entre-ſuyuans, & toutesfois diſcrettement balancez, tant
de conceptions bien eſtenduës à la ſub-
ſtance, bien reſtraintes au diſcours, ne
ſçauoit que iuger de ce iugement, qui
abaiſſoit la guerre, qui eſleuoit la paix,
& qui toutesfois blaſmant la guerre,
diſoit ſi bien, qu'encor il la rendoit glorieuſe, daignant parler d'elle. Ce par-
lement(dy-ie)qui auoit l'ame aux oreilles, qui pendoit d'vne langue bien pen-
due, qui regrettoit que Romans ne fuſt
l'Vniuers tout entier, à fin d'ouyr ceſt
oracle, voulant donner arreſt ſur ceſte
harangue, pouuoit donner arreſt à ce
diſcours. De ſorte qu'on eſtima que le
parler auoir vaincu le Parlemét,& que
ceſte action ne pouuoit pas moins ſur
la voix vniuerſelle de ce Senat, que la
voix de ce Senat ſur les actions vniuer-
ſelles des autres hommes. Quel Aduocat ! qui impetre de ſes Iuges, auant
preſque que de requerir, qui n'impetre
pas, mais qui arrache ! C'eſt vne perfe-

ction qui finiſſant ne finit iamais, qui
tariſſant ne tarit point, qui ceſſant de
faire voir ſon eau, ne ceſſe pas d'en
auoir. Il a le droiⁿ pour la neceſſité,
la Philoſophie pour la profondeur &
ſubtilité, là Theologie pour l'aſſeurance, l'humanité pour l'ornement, & tous
ces biens la pour le bien commun. Il
penſe qu'il faut eſtre vniuerſel pour
rendre ſa renommée vniuerſelle, qu'il
faut ſçauoir tout pour viure par tout.
Les choſes exterieures, dont il eſt ſuffi-
ſamment douë, ne bornent pas ſon excellence. Il tire ſon embelliſſement de
ſoy : luy-meſme porte ſon threſor en
ſoy : luy-meſme ſe fournit de luſtre à
ſoy-meſme. De ſorte qu'on peut d'o-
reſnauant appelle pour luy ce qu'on
nomme les biens de fortune, les biens
de la meſme vertu. Il meſle la memoire au iugement, la prudence au ſçauoir, les dignes humeurs aux loüables
mœurs. Brief, il a vne infinité de belles
parties, qui le font reuerer de ce Tout.
Mais ie me ſuis laiſſé trop emporter à
l'aiſle de la verité. Peut eſtre qu'on iugera que i'aye voulu aſſembler de tous

les endroits de son ame les plus pre-
cieuses pieces. Non, non, ie n'ay que
commencé de razer les bords. Ie ne fay
que lecher le riuage, ayant peur qu'en
haute mer ie me perde. Car si le vent
de sa voix, qui semble n'estre qu'vn
doux vent, pour pousser ma nef, se con-
uertit vne fois en vn vét fort & violent,
comme il fait au milieu de son haleine plus moderée, qui quelquesfois emporte tout, ie feroy naufrage pour mon
plaisir, & sembleroit que i'eusse appellé tous les foudres de son bien dire,
pour me faire ferir. Il est vray qu'il faut
vne grande suitte de paroles pour exprimer la grádeur de ses raretez. Toutesfois puis qu'il les desploye au petit
instrument de sa langue, ie pourray
bien en descouurir aumoins vne partie sur la petitesse de ce papier. On me
nommera (comme ie soupçonne) trop
hardy, d'auoir entrepris cest ouurage:
mais on ne considere pas combien l'audace de ce grand homme m'en inspire.
Maintenant que ie parle de luy, c'est
de luy que me vient ce que mieux i'a-
geance. S'il y a quelque trait messeant,

il eſt tout de moy. Or pour venir à nós
premieres erres: ceſte paix qu'il a faite
maiſtreſſe de la France, par ſa bouche
infiniment obligée. Car elle a gaigné
ſa cauſe en Dauphiné, par le moyen
d'vn tel Aduocat, qui la fit monter ſi
haut, que les eſprits factieux ne la ſçauroyent deſloger en aucune ſorte. Ayant
doncques beaucoup de ſubjets de le
benir, beaucoup d'occaſions de le re-
cognoiſtre, il ne ſe peut que particulie-
rement ie ne rende ſon merite public,
& que ne die aux hommes ce qu'ils ont
accomply, qui remettoyent ſur mon
enuie, ce qui ſe deuroit à ma foibleſſe.
Ie l'ay donc declaré peur m'oſter le reproche, pour reprocher mon infirmité,
pour faire cognoiſtre qu'il doit
eſtre cognu, pour faire cognoiſtre que i'ay l'heur
de le cognoiſtre.

SVR L'OFFICE DV SERVI-
ce fait à la chandelle, & la repen-
tance du lendemain.

V'A Y- I E affaire de retenir l'impreſſion fauſſe, pour a-uoir vn mal veritable ? Ie veux aimer le noir durant la nuit noire. Ie veux aimer le blanc , du-rant le iour blanc, & clair. Ie ſuis hóme de bien : ie hay les tenebres: i'aime la clarté. Mon ame, ma veuë, ma cognoiſ-ſance eſtoyent obſcures, comme le Ciel. Le feu, la beauté, la bonne grace eſtoyét artificiels, comme le iour emprunté de la chandelle. Ie proteſtay de viure eſ-claue d'amour , mais les promeſſes ne vallent rien, quand on nous trompe. Si ie parlay , c'eſtoit de nuiĉt, que ie pouuois eſtre endormy. Si ie promis, c'eſtoit comme ceux, qui ſemblent con-ſentir, lors qu'en ſommeillant, ils baiſ-ſent la teſte. Ie fis ces ſermens à vne

beauté imaginée? Mes sermens ne peuuent ils aussi estre imaginaires? Si ceste
beauté ne demeura tousiours en pareil
estat, pourquoy y demeure mon ame?
Si elle changea de visage, ne puis-ie
pas changer de vouloir? D'autant que
la nuict doit ceder au iour, d'autant
la fantasie à la verité. D'autant que le
iour est plus excellent que la nuict, ses
offres doiuent estre plus honorez. La
lumiere qui m'a trompé m'excusera
donc, & ie diray que le feu de mon
amour, s'esteignit auec celuy de la chandelle, qui donna source à ma deuotion.
Ha non! ie la seruiray la nuict, puis que
elle causa l'offre de ma seruitude, & le
iour me seruira de relasche, pour sous-
pirer mon infortune. Hé! quoy si elle
me paroist aussi belle toutes les autres
nuits, que la premiere, gousteray-ie
pas ce contentement de la nuit, & ne
mettray-ie bas la memoire de la descouuerte du iour? Non, mes yeux, puis
qu'indiscrettement vous fustes portez à vostre perte, arrestez vous y desormais, & que mon ame suiue l'illusion,
non la chose. Sus, mes yeux, soyez aussi
malheu

mal'heureux clair-voyans , que bien-
heureux priuez de lumiere. L'obſerua-
tion de mes ſermens me fait reſoudre
à ce trauail, que l'imperfection me propoſe parmy la perfection de mes vœux.
Ie ne puis que vouloir ce que i'ay voulu pouuoir. Peut eſtre qu'entre mille
deſdains il ſe trouuera quelque Amour.
Poſſible eſt que parmy les tenebres de
la face, on y verra quelque clarté d'eſprit. Car alors que i'attaquay ceſte
trom+pereſſe ignorante , & ſçauante enſemble, ie deſcouury que l'artifice de
ſon langage aidoit à celuy de la nuict,
& qu'elle couuroit auſſi bien les mau-
uaiſes apparences par ſes propos , comme les apparentes beautez couuroyent
les laideurs voilées. Ie vy donc, & ie ne
vy pas tout enſemble. Car ie ne vy pas,
en voyant ce qui n'eſtoit pas. De ſorte
que ie fay des merueilles de mes yeux,
qui peuuent operer, & n'operer pas en
vn meſme temps. Or venant à deſcouurir par apres, ce qui m'auoit en ſe ca-
chant caché le trait de l'amour en l'a-
me, ie m'opiniaſtray apres les douces impreſſions du ſoir, & me perſua-

F

day qu'il ne me falloit faire iuger aueugle, ou de fens vn peu racourcy. Et trouuay qu'ayant recerché mon bienheureux
mal, il me falloit eftre meflé de cefte maniere, de peur que le bien tout feul ne me
perdift de ioye, ou le mal tout feul me
confumaft d'ennuy. Dites moy, vous
qui confultez en Amour, fi ie n'ay pas
droit, ayant fi peu de raifon, & fi la laide
que ie fers ne merite d'eftre honorée,
puis qu'elle fçait ainfi vaincre la nature?
Non, non, il faut que le progrez ne foit
pas menteur comme l'origine, qui m'ar-
refte fur la refolution, d'honorer la couleur des tenebres en tenebres, & feruir
la nuit cefte Dame, qui conuertira pour
moy les obfcuritez en lumieres, forçant
auffi bien l'ordinaire office de la nuit,
qu'elle a forcé les ordinaires affections
de mon cœur.

SVR L'ABVS DE CEVX
qui me nommoyent paſſionné, &
les louanges du chan-
gement.

E y x qui par des opinia-
ſtres diſcours, me rendent
paſſionné, ne recognoiſſent
mon humeur en Amour, &
ſe forment autant de Chimeres, que
moy de maiſtreſſes. Veut-on pouuoir
ſur moy, plus que moy, & me ranger à
des extremitez, dignes de l'extremité
de la vie? Ie chery la liberté, plus que
la ſeruitude, & ce que i'aime la ſeruitude quelques fois n'eſt qu'vne plus
belle monſtre de ma liberté. Si i'aime,
c'eſt pour me donner carriere, pour re-
cognoiſtre du merite, pour meriter d'e-
ſtre aimé. Mais les œillades ne me per-
çent pas, ny les refus me troublent, ny
les perfections amoureuſes me rendent
amoureux parfait. I'ay banny de moy
tous ces baiſemens de ſerrure, tous ces
riblemens de paué, tous ces œillade-

mens de fenestres, tous ces desirs de
rencontre, tous ces embrassemens de
seruice. L'amour tient de l'homme, &
la passion de la beste ; l'amour, & la
passion sont des choses, qui ne vallent
toutes deux gueres : mais en fin le premier est maistre, le second est seruiteur.
Or Adieu petits museaux troussez, qui
courez les ruës. Ie vous veux laisser
maintenant, puis que vous allumez souuent vn feu sans vouloir l'esteindre, &
ne veux estre de ceux, qui logent leur
heur à se faire voir miserables. Car ie
veux que les faueurs m'arriuent plustost
que les desirs, & les effets que les pen-
sées. Toutesfois i'oserois bien trop
morguer les Dames, appellant tout le
feu de leurs yeux, qui pourroit reduire
en cendre ce papier, pour lequel ie me
promets quelque vie. Non, mes Dames, ie veux honorer vos vertus, & me
rendre esclaue des esclaues d'Amour.
Car de suyure les filles qui n'aiment
point en estant aimées ; ce seroit faire
l'amour au desamour. Non, il faut viure ordinairement parmy les galantes,
& n'aimer rien, en aimant tout. Ie

veux dire qu'il faut estre constant, en
l'humeur de l'inconstance, que pour
bien aimer il faut tout aimer. C'est
auoir trop peu d'amitié, que de s'arrester en vn seul subiet. C'est se faire
hayr aux autres, que de n'en aimer qu'v-
ne seule. Et se peut-il dire plus belle
chose, que de se faire aimer à chacun?
Pourquoy fait-on des aisles à l'amour,
sinon parce qu'on veut qu'il vole par
tout, & qu'il picote quelque douceur de
chaque fleur à la maniere des Abeilles?
Ce seroit faire tort à la Nature, qui se
rend admirable par ses diuersitez, de
ne l'imiter en ses actions. Il faut qu'vn
Amant soit comme le Soleil, qui passe
par mille lieux establis pour sa course,
& leur communique, mais n'y laisse pas
vne seule estincelle de sa lumiere. Les
cheuaux borgnes, & les langoureux
Amans, qui n'ayans qu'vne maistresse
sont estimez n'auoir qu'vn œil, sont dá-
gereux de perdre le bien qu'ils posse-
dent, par le moindre accident qui sur-
uienne. On voit bien peu souuent vne
seule perdris en l'air, non-plus qu'à vn
Amant, de bel air & bien aduenant,

vne feule Dame. Ne fçait-on pas auffi,
que celuy qui n'a qu'vn habillement la
toft vfé, ou faly? que celuy qui n'a que
vn liure s'é degoufte toft? feroit-ce pas
vn beau royaume qu'vne ville? vne belle rufe à vn cónil de n'auoir qu'vn trou?
vne belle maifon qu'vne chambre? vne
belle defcouuerte en vn chafteau qu'v-
ne guerite? Pour moy ie me refouls de
rendre mor amour pareil aux nuës, qui
couurent le Ciel, & puis fe perdent.
Me rapportant donc au commun Pro-
uerbe, qui trouuant toute prifon hy-
deufe, nous confeille de l'efcarter, ie
baftiray ma fermeté fur le ferme pro-
ject de ma franchife, & feray voir qu'en
changeant d'amour, ie ne change iamais en Amour, & que l'humeur
eft toufiours femblable à la
fuite de chofes dif-
femblables.

A VN CERTAIN VOVLANT

espouser vne fille qui ne l'aimoit pas, &
que ses parens luy vouloient donner.

O y qui d'vn bien-heureux en veux estre deux bien empes-chez, iuge qu'en fin tu ne seras rien estant d'auantage. Tu n'espouseras pas tant vne femme, qu'vne charge, & receuras pour peu de douceur, beaucoup d'armertume. Considere qu'on n'a que deux bós iours en mariage, & de ces deux, tu n'es asseuré que de l'vn. Tu cours à son profit, qu'elle ne recognoist pas, & à ton dommage que tu cognois. Tu penses la prendre, & elle te prend, ainsi que ta passió luy laisse faire. Croy moy, ie te prie, puis qu'elle te fuit quand tu la suis, elle t'aymera peu, & feindra fort si tu l'espouses. Elle te fera voir vn feu, dont tu sentiras tátost la fumée, & iamais tu ne seras plus mal, que lors qu'il te semblera d'estre mieux. Tu ne veux plus l'aimer, puis que tu la veux espouser. Tu quittes la pretétion

F iiij

de son cœur, pour la iouyssance de son corps. Tu seras aussi tost marry, que mary, & plustost degousté, que content. Tu te rauis à toy-mesme, en la rauissant à soy. Elle t'aymera par le commande-mét des siens vne seule heure, & t'haira par son opinion vne eternité. Elle es-pousera tes moyens, & non ta personne, & toy sa beauté, & non son affection. Si tu emportes vne fille, tu em-porteras vn repétir, Les premiers fruits que tu en auras, ce seront des ennuis & des plaintes. Elle te produira des effets de sa contrainte, & de ta soudaineté. Si tost que vous serez conjoincts par le Prestre, vous serez separez par vos vo-lontez. Si tu es cótent de sa jouyssance, tu seras fasché de sa lógueur. La conti-nuation des caresses sera la discontinua-tiondes plaisirs. Quoy que ce soit, si tu la prens en estant hay, tu te hays toy-mesme. Si tu la prens de son bon gré, tu la posséderas quelque iour cótre le tien. Où que tu puisses aller tu n'affection-nes rien que ta perte. Car en fin le ma-riage est vn mal desiré auant qu'estre co-gnu, & detesté apres la cognoissance.

SVR VNE LAIDE QVE IE
ne voulu baiser en vn lieu qui
m'y forçoy.

J'Eusse pluftoft baisé quelque
boffe hideufe, que le plain de
cefte bouche de loue, qui fait
peur aux plus affeurez coura-
ges. Il eft vray que fi cefte laideur fe perdoit, les autres beautez perdroyent leur
beau luftre. Il eft bon de la côferuer pour
en tirer du paffetéps, & recercher mieux
la perfection. Comme recognoiftroit-
on la rareté des Diamans, s'il n'y auoit
point d'autres cailloux, & la beauté de
l'or, fi le cuyure n'eftoit en vfage. Le
iour paroift beau par la contrarieté de
la nuict: & le calme aggreable, par la
malice des tourmentes. Il faut qu'il y
ait des Hibous, & des Cignes, des Cra-
paux & des Sereines. Car d'autant que
l'vn fafche par fon enroüement, l'autre
contente par fa melodie. Or le vray
contraire qui s'oppofe directement à la

F v

perfection, c'eſt ce viſage de chaude-
ron, qui ne ſçauroit auoir plus de marques de laideur, qu'elle a ſemé dãs moy
de viues pointes de colere, approchant
ſa gueule d'enfer de ma bouche. Offrir
cela à de bons Chreſtiens ! Ah ceſte
choſe n'eſt pas tolerable ! C'eſtoit fait
de ma vie, ſi i'euſſe approché ceſte grã-
de ouuerture, où elle ſe fuſt precipitée.
Approcher ma vie de la mort ! mon ame
de ceſte retraitte des Diables ! ou plus
toſt de la faim de ce Diable ! Las ! belle
ſageſſe, qui m'auez touſiours guidé,
vous vous en fuſſiez trop plainte. Braue deſdain, qui brauas le meſme deſdain, que ie veux de bien à ton courage.
Sans toy ie trouuoy le lac de la paix:
ſans toy ie trouuoy les cauernes du
charbou. I'alloy bruſler, ie te iure, non
point du feu de l'Amour, mais du feu
de la fureur. On ſçait bien qu'on paſſe
legerement les ſolfes noires de la Mu-
ſique. & i'en fis tout de meſme de ceſte
bouche noire. Mais ie la paſſay ſi legerement, que ie ne la touchay point du
tout.   C'euſt eſté choſe bruſlable d'aſſembler yne More, auec yn François.

C'euſt eſté choſe moquable d'accou-
pler le dueil de ſa bouche, auec la couleur de la mienne. Qu'on ne me blaſme
point, ſi ie me loüe quelque peu, quand
elle eſt ſi digne de blaſme. Ie ne ſçauroy
la faire paroiſtre indigne d'vn baiſer
de ma leure, que par la dignité d'icelle.
Apres que ie ſeray trouué raiſonnable-
ment deſdaigneux pour ceſte-cy, ie per-
mettray bien aux autres de me baiſer
tout à leur aiſe, & meſme ie les iray recercher bien loing, ſi ie ſçay qu'elles
me vueillent bien pres. Mais ie ſuis ſi
deſnué de tous attraits, que ie n'oſe eſperer aucune grace. Or toy malheureu-
ſe furie, va t'en ſaouler cependant les
ſouillons du centre de terre, de toy vil
excrement de la terre. Car c'eſt toy qui
fais cacher le Soleil à ta venuë, qui
noircis le Ciel de ta veuë, qui nuages
les eſtoilles de ton obſcurité. Il n'y a
point de nuit que celle que produit ton
viſage, il n'eſt point de Baſilic que tes
yeux. Il n'eſt point de peſte que celle de
tes narines. Il n'eſt point de plus horri-
ble monſtre que toy. Tu fais changer
les boyaux de place. Tu fais auorter les

femmes enceintes. Tu fais peur aux petits, & horreur aux grands. De ton noir
on soüille le papier, on torche les souliers, & tu as encor ceste proprieté, que
estant la mort de tes regardans, on porte de ta couleur aux mortuaires. O galant poyure pour eschauffer tous les
Asnes du pays. Veritablement ie me
perds parmy les louanges de cest Ebe-
ne, & ne voyant autre porte pour sortir que celle du despit, ie veux escarter
ce groing espouuantable, qui estouffe
les paroles en ma bouche, qui redoute encores l'abord de
la puanteur intole-
rable de ses
leures.

Fin des Discours Courts.

LETTRES
MISSIVES,

DE PIERRE DAVITY
DE TOVRNON.

AVX BONS LECTEVRS.

VN homme qui n'a guieres de lettres vous
en vient offrir vn bon nombre. Ie vous appelle, Bós, lecteurs, pour voir cest ouurage.
Ie repousse les ames impitoyables d'icy.
Vous y verrez le Denoir, la courtoisie, l'Honneur l'A-
mour, la Bouffade, l'Instruction. Et tout cela n'est que
bien peu, de ce qui m'est coulé de la plume aux occur-
rences. Le reste a fait naufrage au port des mains de mes
amis. Ces pieces que i'ay sauué vous saluent. Puis que
ie les ay cousuez, ne les deschirez point par vos censu-
res. Aussi ne ferez vous (Bons lecteurs) autrement vous
ne serez plus bons. Toutesfois vous pourriez bien estre
mauuais, pour estre trop bons en me flattant. Mais flat-
ter pour empescher le desespoir est chose louable. Icy donc
se verront les bons, d'icy fuiront les mauuais. Icy mettray
mes lettres bonnes & mauuaises que i'ay mises d'accord
& logés ensemble. Doncques puis qu'il y a des lettres de
toutes façons, accourez y Lecteurs de toutes sortes. Car
s'il m'a esté permis de dire mal, il vous sera bien permis
de faire le mesme en me blasmant. Il est vray qu'on dira que vous imitez celuy que vous reprenez. Dites
donc bien de moy, Bons & mauuais, seulement à fin de
n'estre accusez de m'auoir suiuy.

A MONSEIGNEVR LE
Duc de Montmorancy, Pair &
Conneſtable de France.

ONSEIGNEVR,
Ie crain de me faire enuier à
chacun, ſi pour vous remercier
tres-humblement, ie publie q̃
i'ay receu de voſtre grandeur, vne lettre
merueilleuſement douce, en eſchange
de la rudeſſe de mes eſcrits, veu qu'il
n'eſt aucun qui ne ſouhaittaſt pareille
fortune. Ie doute auſſi d'eſtre blaſmé
de meſcognoiſſance, ſi ie me reduis au
ſilence, lors qu'il vous plaiſt m'offrir
auec des paroles affectueuſes, ce que mes
demerites me denient. Penſant donc à
ceſte faueur, ie me tais, non comme ingrat, ains comme eſtonné. Puis mon deuoir rompt ce deſſein de me taire, & me
fait rendre mille actions de grace à ceſte grace, qui m'accable tellement de ſon
poix, qu'elle me fait ployer le genouil,
pour vous demander pardon ſi ie ne
m'en acquitte. Toutesfois ceux de voſtre rang ſont couſtumiers de donner

simplement, & de n'eschanger iamais:
& vos biens, de mesme qu'ils n'ont
rien qui les esgale, aussi n'ont ils rien
qui les recompense, Pour les louanges
qu il vous plaist m'attribuer, ce sont
(Monseigneur) les ordinaires actions
d'vne ame parfaite, d'estimer qu'il n'y a
rien d'imparfait. Et en cecy vostre grandeur monstre qu'elle ne se contente pas
de bien faire, ains encore qu'elle veut
bien dire de ceux-là, qui disent mal.
Les desirs qu'il vous plaist conceuoir
pour m'aduantager, que ie sçauoy deuant que les sçauoir (tant ie viuoy certain de vostre debonnaireté) me font
mieux embrasser la passió que i'aporte,
à l'effet de l'honneur de vos commandemens, pour lesquels, mon ame se
conuertira tousiours en l'obeissance
mesme. Imposez moy doncques telle loy
que mon imbecilité pourra souffrir, &
ie l'obserueray tres-estroictement, àfin
d'estre iugé de tous.

   Monseigneur,

         Vostre tres-humble, & tres-
         obeissant seruiteur.

           P. DAVITY.

A MONSIEVR DE
Langes, Conseiller du Roy, President en
la Seneschaucée & siege Presidial de
Lyon, & Cour de Parlement de Dom-
bes.

MONSIEVR,

Ie vous demeure infiniement
obligé pour tát de faueurs qu'il
vous plaist me faire. Ne vous ayant iamais rendu seruice, qui puisse esgaler la
moindre de vos soutenáces, la redeuan-
ce en est plus signalée. Mais ni vostre
qualité demande le reuáche, ni la mienne me donne le pouuoir. Et puis vos
graces estans telles, qu'elles ne se peuuent ni conter ni exprimer, à grand
peine vous en peut on dignement remercier. Or (Monsieur) il vous plaira
permettre, que l'affection supplée au
deffaut des paroles, & agréer que ie
vous rendre graces comme ie puis, ne
pouuant ce que ie desire. Et ceste action
de graces, que ie conçoy mieux que
ie ne figure, n'est qu'vne bien humble
priere que ie vous fay, de tirer seruice

de moy, en tous les endroits où vos
commandemens me troüueront capable
de leur donner l'ame de l'execution.
Vous asseurant que ie raporteray touſiours mon ame & ma vie, comme estant,
Monſieur.

Voſtre humble, & obeiſ-
ſant ſeruiteur.

A MONSIEVR DE
L'Eſtang, Seigneur de Len, Lentie, &c.

ONSIEVR,
Vous auez acquité, voire doublement, ce que vous auez promis de vous. Si vous eſtes allé deſireux
à la Cour, vous en eſtes reuenu iouyſ-
ſant. Vous auez eſté bon meſnager du
temps, & auez tiré des bonnes cópagnies
le bien de pouuoir profiter tout ſeul.
En fin rien ne vous eſt difficile, ſinon
que de faire mal. Car voſtre bon naturel ſe changeroit, & contraindroit en
ceſte action. En cela ie veux que vous

n'en croyez que vous mesme, qui iugerez tousiours à l'aduantage de la verité
qui sera le voftre. Or maintenant que
vous faites deffein de voir l'Italie, i'e-
ftime que ce n'eft pas tant pour voir les
beaux murs des bonnes villes, que les
bonnes mœurs des citoyens. C'eft le
chemin qu'ont pris les plus aduifez, &
qui de la perfection de beaucoup d'ames
ont voulu former vne ame parfaite.
Vn grand efprit comme le voftre, qui
comprend & apprend toute chofe en
vn moment, n'y fçauroit que beaucoup
aduancer. La difcretion que vous faites
ordinairement paroiftre par tout, me
fait croire que reuenant de voir beaucoup de Terres, vous ferez voir beaucoup de vertus. Ie vous loüe auec le
deuoir, & non auec l'affection, laquelle
neantmoins viura perpetuelle en moy,
qui ne vy, que pour mourir,

Voftre, &c.

A MONSIEUR DU FAVRE,
Conseiller du Roy, & son Procureur
general de la Cour de Parlement de Dauphiné.

MONSIEVR,

Ceste dignité que vous auez iu-
stemét acquise, n'est pas tant vn
ornement de vostre nom, qu'v-
ne recompense de vostre vertu. Vous
estes sa dignité mesme, puis qu'elle est
en vn lieu si digne. Ie vous le dy sans artifice, & vous en gratifie auec plaisir. La
nouuelle que i'en ay eu n'estoit vieille,
veu q̃ ie ne douroy point q̃ ne paruinssiez
à quelque chose d'esleué. Ayant cest hôneur de tenir quelque rang parmy ceux
que vous aimez, il ne se peut que ie ne
soy bien aise de vous voir tenir quelque rang entre ceux que i'honore. Mais
ie vous prie que le changement d'estat
n'ameine celuy du courage. Car le Ma-
gistrat est l'essay de l'homme : & le
Temps est meilleur iuge de tout cela,
que le iugement des personnes, lesquel-
les ne vous verront iamais que rigou-

reux à l'obseruation de l'amitié, comme
de la iustice. Il vous plaira donc de me
continuer le bien de vos bonnes graces,
& conurir mon indignité de voltre dignité, qui fait que i'eternise encores plus
ardamment le vœu de voltre seruice.

A MONSIEVR LE DVC
mon Cousin.

LEs vers qu'auez enuoyez à mon
Pere en ont fait naistre d'autres
en son fils. La graine n'a esté bóne
de prendre si tost. Ie vous enuoye ce
qui m'est eschapé, sur celle qui nous est
eschapée. D'y mettre vne consolation,
i'ay iugé qu'on pensoit assez, qu'vn peu
de terre retourné en terre, ne demande
pas tant d'eaux de nos larmes. Ce monde seroit confuz, si les vns ne faisoyent
place aux autres. Toutefois vous me
direz qu'elle estoit si vertueuse, & qu'il
est dommage. Et ie vous respondray,
que la moitié de ce siecle vicieux se colore de ioye, voyant perdre ce qui le

faisoit rougir de honte. Aussi le mal des
vns, est le bien des autres. Ainsi tout
tourne au gré de la fortune : mais tout
ne retourne pas , quand ce ne seroit
que ceste Dame. On dira qu'elle estoit
belle : & re respondray que le Soleil,
qui est la plus belle lumiere de l'Vniuers, se cache bien souuent à nous, sans
nous esmouuoir à la plainte : Que ses
beautez estoient plus dignes du Ciel,
que de la Terre : Que le beau cerche
son semblable. Les autres trouueront
son bon-heur trop court : & ie le trouue le plus long, qu'on se puisse figurer,
puis qu'il se borne de l'eternité. Mais
apres tous ces espointemens de que-
stions, ie vous diray sans tant de sail-
lies, qu'vn si bel ornement de terre,
ne deuoit estre si tost permis au Ciel:
Que la vertu motrice des autres, ne deuoit essayer le vice du Temps. Là dessus
on me satisfera, disant, qu'on luy a procuré sa Paix auec la nostre generalle;
qu'on n'a pas voulu que la malice com-
batist la bonté, & que la guerre des
qualitez regnast apres celle de nos sub-
stances. Or prenez tout en bonne part,

& receuez ces caprices comme d'vn'hô-
homme libre,& toutesfois voſtre eſclaue. Et ne craignez point l'ignorance de
mon deuoir pour mon ignorance : Car
ie ſçay trop ce que ie vous doy , & ſçay
bien qu'on ne me ſçaura iamais diſtraire de vous honorer.

A MONSIEVR DE
Bramet.

QVitez ceſte fille qui vous quite;
& n'ayez plus memoire de ſon
oubly.Elle a changé pour châ-
ger voſtre malheur: elle a changé pour
ne changer pas l'inconſtance de ſa nature. Son peu de cognoiſſance vous doit
faire cognoiſtre voſtre faute. Voſtre
bon iugemẽt vous doit faire voir le
peu qu'elle en a. Vous ne ſçauriez plus
gaigner que de la perdre.Si vous perdez
vne amie vous gaignez vne liberté. Il
vous faut garder de l'amour pour vouſ-
meſme , & non le ietter tout hors de
vous. Si vous aimez quelque choſe, ne

vous hayſſez pour cela. Si la fortune
vous donne quelque recompenſe, penſez qu'elle ſe recompenſera bien. Si elle vous priue du bien, penſez qu'il n'e-
ſtoit pas à vous. De quel coſté que vous
alliez rendez vous à voſtre contentement, & n'aimez point ce qui vous eſt
contraire, ſi vous ne voulez contrarier à
celuy qui vous aime.

A MONSIEVR DE
Bramet.

P Viſſant Bouleuerſeur des plus
furieux: A combien de recer-
ches de reuache pouſſes-tu mó
ame, deſtinée à ton ſeruice par
tes belles qualitez, & renflámée en nulle
façós, par mille nouuelles faueurs? Vertu de ma main, que ne vas tu foudroyer
ceux qui s'oppoſeront à ce Morgant,
de qui ie veux porter les merites iuſqu'aux nations plus eſtranges? Puiſſances de mon ame, & de ma vie, que ne
meditez vous quelque effet, digne de
ſa-

fa valeur , & de mon vouloir ? Commande feulement, Braue, puis que ie ne
cognoy pas ce que tu veux. Et ne crains
point mon impuiffance. Car, puis que
tu donnes vie à mes actions , quel des
humains leur portèra la mort de la foi-
bleffe? Perfonne ne l'entreprédra iamais
qu'à fon defauantage,& à ta gloire, Ainfi fe confumera l'enuie , & noftre affection fe bornera de l'eternité.

A M A D A M O I S E L L E
d'Ambreuille.

L E Ciel de ce pays à qui vous vi-
ftee pleurer voftre depart , &
noftre perte auec fes pluyes, no⁹
cuida rauir la vie , auec voftre
prefence. Vous l'auifaftes tout couuert
de dueil , & il nous vid coüuers de larmes. L'eau de la douleur pouuoit plus, q̃
le feu de l'affectió. L'efpoir eftoit la piece de noftre cœur la moins affeurée,& la
plus defirable. Mais le foupçon de nos
malheurs trop certains, parmy l'incer-

titude de la gloire de voſtre veuë nous
a d'autant plus affligez, que plus vous
n# auiez animez. Pour moy, ie vous dy,
que iamais ſeparation de choſe, à laquelle ie porte beaucoup d'honneur,
ne me porta plus d'horreur. Il ſemble
que ie ne ſoy qu'vn corps viuifié de
toutes les miſeres de la terre, qui luy
tiennent lieu de cœur & d'eſprit. Mais
la miſere ne corrompra iamais la fidelité, que i'ay iurée à l'honneur de voſtre
ſeruice. Car c'eſt pour eſtre zelé que ie
ſuis mal'heureux. Or, Madamoiſelle,
encor que l'impuiſſance vainque le courage, commandez moy toutesfois, car
vous auez aſſez de pouuoir pour tous
deux. De ſorte qu'en me retirant de
vous, ie ne me retireray iamais de l'o-
beyſſance que ie vous ay iurée, & vous
rejure par ceſte-cy, qui ne porte pas
plus de lettres que i'inuoque de fureur
à l'encontre de moy, ſi ie mãque de deuoir, à l'endroit de vos perfections, qui
ne manqueront iamais.

A MONSIEVR DE PONAT,
Conseiller du Roy en sa Cour de Parlement de Dauphiné.

Ous ne m'accuserez iamais de
silence, ni d'ingratitude: l'vn
m'estát deffédu par l'occasion,
l'autre par mó naturel, & tous
deux ensemble par le deuoir. C est chose
que l'effet vous fera croire. Aussi ne se
peut-il que vous blasmiez vn humble &
fidéle seruiteur de ce vice, qui ne peut
habiter auec le vœu, qu il a fait d honorer eternellement vos vertus. Pourvous,
ie croy que ce que ie ne merite rien, fait
que vous n'escriuiez rien : Mais ie ne
demande pas tant, d eftre sur le papier,
qu'en voftre cœur. Il eft vray qu'vn petit tesmoignage me seruiroit d vn grád
soulagement, Vous verrez, si voftre loisir le vous permet, & si vous pourrez escrire à celuy qui ne peut viure que par
voftre souuenir, qui eft son esprit & sa,
vie. Si ie peux auoir ce bien de vous
combien de louanges receurez-vous de
moy?

A MONSIEVR DE MONT-
larron mon Cousin.

E ne mesure pas l'affection au
papier, ny aux paroles. Ie suis
de ceux qui trouuét les lettres
courtes les meilleures. Car elles penetrent d'auantage, & se trouuent
plus ardantes. Ie n aime point vn charla-
tan, & qui auec mille propos dit vne
chose. Mais vous faites les vostres si
courtes, qu'on n'en voit point. Rõpez ce
silence, ie vous prie, & escriuez nous en
peu de paroles beaucoup de choses. cela
ne vous sçauroit en nuyer, comme ie pē-
se, ains si vous n'estes du tout oisif, que
ce soit vn essay de nostre plume. Les lettres monstrent que les hommes ont
esté. Escriuez, quand ce ne seroit que
pour faire voir d'auoir vescu. Et si ie
suis importun à vous enuoyer d'oresnauant de mes lettres, ie vous prie de me
offencer souuent de la mesme sorte.

A MONSIEVR
de Bramet.

VO v s qui ne fongez que d'affiler voſtre eſpée, pour en mal
traicter les jaloux de voſtre
vertu, ou d'enfiler vne bague
à la courſe d'vn viſte cheual, receuez
ceſt eſcrit fait ſoudainement, par celuy
qui vous oubliera tard. Ie vous eſcry deuant que les Dames vous eſcriuent leurs
loix en l'ame, à fin que vous donnant à
elles, ie demeure à vous. Ie vous eſcry, à
fin que la gloire du prix de la courſe, ne
vous face apres courir, au meſpris de celuy qui vous la ſouhaite. Ne faites pas
tāt d'eſtat de la creation d'vne maiſtreſſe, que vous n'en façiez aucun de l'entretien d'vn fidelie ſeruiteur. Et quāt à celles qui donnans de leurs couleurs, pen-
ſent animer la dexterité par des choſes
inanimées, ne les cercher pas. Car la
plus belle faueur q̃ vous ſçauriez auoir
c'eſt celle du Ciel, qui vous a fourny l'a-
dreſſe. Faites la paroiſtre en ceſt endroit,
& rapportez en la loüange, comme vous
y auez porté le deſir.

G iij

A *MONSIEVR DE Lacassagne.*

Ous m'auez tellement desfait de courtoisie, que ie puis iuger quel dómage vous portez à vos ennemis, puis que ceux que vous aimez font tant accablez au milieu de la plus digne preuue de la douceur. Toutesfois bien que vous me faciez declarer ingrat en pouuant peu, ie ne m'en foucy' pas, pourueu que ie fois cogneu plein d'affection. Tout ce que ie vous puis donner pour tant de faueur, c'eſt vn hóneur eternel que ie iure de vous porter, ou n'en auoir point en moy : vous proteſtát auſſi de vous aimer autant de temps, que ie m'aimeray moy-meſme, & de me hayr auſſi moy-meſme, s'il eſt beſoin, pour rendre preuue de mon deſir. Ce pendant ayez agreable ceſte eſcriture, qui part d'vne main venuë au iour pour en priuer vos ennemis. Et lors que vous voudrez quelque reſponce qui vous ſatiſface, eſcriuez vous à vous meſme. Car pour moy, ie m'excuſe & m'accuſe de mon pouuoir tout enſemble.

MONSIEVR FORGET.

ONSOLEZ vous, & ne vous côſumez pas en ceſte ſorte. Car vous offencez la reputation de voſtre courage. Qu'il vous ſuffiſe q̃ voſtre merite mal recogneu, accuſe ceſte fille de peu de iugemeut, & le Ciel de beaucoup d'enuie. Auignon eſt moins ſouhaitable que Tours : voſtre fortune vous deſtine quelque choſe de plus fauorable. Il ne vous pouuoit arriuer vne meilleure commodité que ceſte-cy, qui vous remettra ſur le deſſein, de ce que vous regrettiez en ma preſence, & à quoy vous vous ietterez en mon abſence. Si vous le faites vous ferez choſe digne de vous, & deſiree de moy. Que aduanceriez vous auſſi d'aduancer voſtre perte ? Non, voſtre belle ame recerche trop, d'eſchapper de ceſte recerche. Quitez la donc, & ſoyez auſſi deſireux de noſtre contentement, que le ſuis de voſtre ſeruice.

G. iiij

A MONSIEVR FORGET.

CE n'eſt pas ma lettre, ains voſtre inclination au bié, qui vous pouſſe à celuy-là. Voſtre amitié me dóne ce que la verité me deſnie. Mon aduis a eſté des plus vtiles, mais voſtre conſideration eſt des plus ſages. Car quoy que ce Demon ſoit agreable en ſes entrées, toutes fois l'aage qui doit arriuer plus moderé & moins paſſióné, demande vne retraite de bonne heure: veu que ce ſeroit vne honte d'auoir bié chanté, & rien amaſſe pour l'Hyuer. Vous ſçauez que le ſouuenir d'vne beauté eſt l'oubly de la raiſon. Pardonnez ie vous prie à ma liberté, c'eſt vne mauuaiſe couſtume que i'ay, de me meſler des affaires d'autruy. Mais puis que vous m'auez tant de fois aſſeuré de voſtre amitié, i'ay iugé de parler comme à moy meſme. En vous diſant cecy, ie me le dy, & couche ſur ce papier qui vous eſt adreſſé, ce qui me dreſſe entierement. Tandis que ie vous deuiſe ie

m'aduife, & le fay à fin qu'en vous ci-
ueillât ie ne demeure pas endormy. Courage, voftre popos eft trop folide pour fe
ruiner. Suiuez feulement ce que vous
auez fuy iufqu'à cefte heure:& vous acquerrez vne louange, qui ne vous fuira
iamais. Le faifant, vous m'obligerez à
vous louër: ne le faifant, vous ne ferez
pas que ie ne vo⁹ ferue. A quoy que vous
foyez porté, ie rapporteray de l'effet à
vos volontez, que ie feray toufiours fu-
ure aux miennes. Affeurez vous de cefte
verité, fignée de la main, de voftre fidelle.

A MONSEIGNEVR DE
Nancel.

DE tant d'efcriuains qui fourmil-
lét en noftre Fráce, les vns plus
fages qu'heureux, les autres pl⁹
heureux que fages, ie trouua la premiere troupe du tout digne de mon enuie. Ceux-là donc qui font de cefte
bande, tant plus ils font efperer d'eux,
tant plus ils me font defefperer de moy

Et bien que le vulgaire ne s'en contente pas, si est-ce qu'ils me contentent, & mescontentent par ensemble, à cause de mon emulation. Car il ne faut pas douter, ͥ les vns ne meritent la louange que les autres ont. Mais en matiere de liures, ie m'en croy lors que ie les espluche, & si i'y trouue du bien, ie fay peu d'estat de tout le mal qu'on en peut dire, sçachans bien que toutes testes de bestes, n'ont pas tant de ceruelle qu'vn bœuf. Et c'est ceux-là que i'imite plus que ie n'enuie, encor que l'enuie soit la cause de la suitte. Quant aux autres, qui par des discours de huit pages, deduisent huit mots, & qui n'ont autre dessein, sinon de donner du vermillon à leur langage, laissant là le beau naturel de la riche conception, ie leur quitte leur bon-heur Damoyseau, pour me ranger auec ceux de l'autre party. Et les lisant, ie veux mal à l'Imprimerie, ie dis à cest art, qui descouure tous les autres arts. Ils veulent estre vniuersels, & le premier subiect qui s'offre, ils l'embrassent, sans iuger de son poix, & de leur legereté. Ie trouue cela fort estran-

ge, il faut que ie le vous die. Car ce
n'eſt pas tout de faire tout, mais c'eſt
bien tout de faire bien. Tel eſt propre
aux choſes amoureuſes, qui ne vaut rien
aux ſerieuſes. Et toutesfois, faiſant diuorce auec l'vn, ils eſpouſent l'autre,
leur ſemblant que tous ouurages ſoient
ſemblables. En fin, on ne veit iamais
tant d'Auteurs, & ſi peu d'autoriſez.
Ils ſont en telle multitude, que ſe ren-
contrans, ils ſe gaſtent l'vn l'autre. Mais
ie n'en veux plus dire, veu que leur diuers bordonnement empeſcheroit auſſi qu'on m'ouyſt : car i'ay l'organe mal
diſpoſé pour crier haut. Que ſi i'eſcry
maintenant, c'eſt pour viure ſelon le
ſiecle : & faut que vous eſtimiez, ce que
ie deſire mettre au iour, eſtre pluſtoſt
vne ſuitte forcée du vice commun, que
vne oſtentation d'vne particuliere vertu, de laquelle ie me recognoy deſnué.

A MONSIEVR
de Nancel.

VO v s me loüez la composition que ie vous ay enuoyée, cela part d'amitié, non de deuoir, car autre chose me dit voftre lettre, autre mon propre iugement. Ie fçay que mes efcritures ne font que pour feruir de paffetemps, mais fi ie ne compofe bien, ayez cefte confideration que ie veux & vous pouuez. Et iugez, qu'encor vous me deuez aimer auec mon infuffifauce, veu que le fçanoir que i'ay de ne rien fçauoir, me vient de la vertu de quelque modeftie. Bref, d'autant plus que ie fçay mon imperfection, ie cognoy vos perfections, que i'honore & chery, fur tout ce qui s'offre à moy d'admirable.

A MONSIEVR DE VEYNES,
Comte de S. Iean de Lyon.

IVgez mon silence, pluſtoſt vne pareſſe qu'vn oubly, & mó diſcours preſent pluſtoſt vne cótrainte qu'vn deſir. En fin vne choſe qu'on ne voit guiere, m'a fait entreprédre ce que ie ne ſay guiere ſouuét, qui eſt d'eſcrire, trouuant le trauail en la plume, au lieu que les autres y trouuét le repos. Or pour ne vous ennuyer, en me confeſſant vous deuez ſçauoir, que N. lequel vous auez cogneu ſi libre, eſt maintenant eſclaue de ſa conuoitiſe. Il eſpargne le bien, pour s'eſpargner au bien. Il ne penſe que d'amaſſer des richeſſes, & de perdre les vertus. Il ayme tát ſon coffre, qu'il oſte à ſa bouche meſme pour luy donner. Ie plain cela, parce que nous y perdons tous deux vn bon amy. Car il s'ayme tant, qu'il n'ayme plus rien. Viſtes-vous iamais vn ſi ſoudain changement, ou vn deſeſpoir peu eſperé? Il n'eſt pas mai-

ſtre , ains receleur de ſon argent , & ne
ſe ſoucie de viure pauurement , pour
mourir richement. Que ferons, nous
pour euiter tant de mal , ſinon de ne recercher pas tant de bien?

’Ay veu de voſtre part , celuy
que me marquaſtes par vos derniers propos : mais il eſt ſi froid
que le feu de voſtre affection ne
le peut eſchauffer. Vous en faiſiez vn
Coloſſe d’amitié, & ce n’en eſt qu’vn
fourmy. En voſtre cóſideratió il m’a offert, que ſi i’auoye beſoin de quelque
choſe, ie m’en pourueuſſe ailleurs que
chez luy. Il ne m’a reſpódu que par ho-
chemés de teſte, il me m’a parlé que des
yeux. Il vo⁹ a ouy nómer cóme vn hóme
mais il n’en a pas fait d’eſtat cóme d’vn
amy. Ie ne m’eſtóne pas qu’il ſoit ſuper-
be: car c’eſt le naturel des choſes legeres
de tendre en haut. Que ferons nous de
ceſt Ange reuenu du Ciel , reueſtu de

gloire? Si ie fuis creu, puis qu'il eſt ſi
grand, il ſe deffendra tout ſeul : car a-
mitié cerche les ſemblables. Pour ce
qui eſt de nous, ie vous promets de l'affection de ma part, & i'en eſpere de la
voſtre. Noſtre familiarité ne permet
plus de miſtere. Ie vous recognoy trop
des amis, faits par vn bon vouloir, &
non par vne bonne fortune, & vous en
deuez iuger de meſme de moy, qui pour
changer d'air, ne changeray point de
volonté. Et pour fin ie vous prieray
vous perſuader, que la plus belle gloire
qu'on ſçauroit auoir, c'eſt de n'auoir
point de gloire.

A MONSIEVR SAVZEA
Aduocat ed Parlement.

S I i'ay laiſſé d'eſcrire, ie n'ay pas
laiſſé d'aimer, voſtre douceur
ordinaire cauſe ma nonchaláce,
ce que vous eſtes ſi bon amy, m'a fait ſi
mauuais eſcriuain. Quittons ces ſolen-
nitez, que ie ne trouue pas ſeante en-

tre nous deux , & dites, moy , ſi l'honneur de vos lettres ſera ſuyui de l'heur
de noſtre veuë. Si vous reſoluez cela,
ie vis , ſinon ie treſpaſſe, car voſtre veuë
eſt ma vie:& ſi i'ay veſcu iuſqu'icy ſans
cela, ce n'eſtoit que de l'eſpoir de ce
bien. Venez donc, & faites que nos
ames s'entrecommuniquent leurs affections, & que nous appaiſions le debat
du deſir & du deſaſtre. Quant à ma
niepce de Charlieu , que vous dites
eſtre fort zelée en mon endroit , & à
qui vous attribuez mille vertus : en peu
de mots ie luy vouë beaucoup d'ami-
tié:mais ie deſire que ſes actions,& non
vos diſcours, la recómandent. N'offen-
ſez pas la verité, pour aggreer à voſtre
bon naturel , qui ne ſçauroit que faire,
ou qne vous diſiez bien , ou que vous
faciez bien. Aſſeurez vous, & l aſſeurez,
que ie la cheriray touſiours autant que
parente que i'aye, & qu'ayant du merite (comme vous le luy voulez donner
de voſtre grace) i'auray auſſi de l'affection. Pour mon nepueu , ie croy qu'il
ne ſe trauaille pas de ce qu'il ne trauaille rien. Mais l'aage qui luy donne le

feu, luy portera la froideur. Nous esperons tous quelque chose de son Esprit,
Dieu vueille qu'il responde à nos pen-
sées. Dites à ceste mienne image, à ce
double de moy, que ie me recommande
bien à luy, qu'il se conduise bien, soit
aduisé, & aye quelque belle ambition
de paroistre entre les meritans. Or c'est
trop parlé, venez, & nous en dirōs deux
mots à coupe queuë. Mais ie ne coupe-
ray iamais queuë au desir que i'ay de
viure vostre.

A MONSIEVR MARIDAT,
Secretaire de Monsieur le
Conneſtable.

I'Ay receu tant de beaux effeicts
de vous, dont ie n'osoy seulemét
conceuoir les esperances ne les
meritant, qu'aussi tost que Monsieur de
Luc m'en à dōné la nouuelle, ie n'ay permis au silence de me deffédre le deuoir.
Ie vous remercie doncques, mais auec
plus de ressentiment que de langage,

vous priant mettre en vsage la fidelité
que i'ay iurée, au bien de voftre feruice:
où l'on ne me verra iamais defectueux,
que par impuiffance. C'eft vne protefta-
ftation auffi veritable, que voftre vouloir m'eft propice. I'enuoye maintenant
à Monfeigneur le Conneftable, l'Epi-
taphe que le dit fieur de Luc, auoit
charge de me faire faire. Il vous plaira,
par vos belles vertus, couurir le vice
de ma rudeffe, & faire receuoir mon
ouurage, d'auffi bonne volonté que ie
l'ay formé. Ie m'excufe dé cefte importunité, fur l'effay de voftre courtoifie, &
en remets le reuanche à ma bonne fortune, qui me fournira, fi Dieu plaift,
quelque bon fuccez au defir que i'ay, de
vous rendre preuue de mon zele, qui ne
fera iamais que tref-ardant comme vous
eftes tref-meritant.

A MONSIEVR DE LA
Grange, Secretaire de Monfeigneur
le Duc d'Efpernon.

Voicy vne lettre que i'ay fouftrai-
te à ma lafcheté, elle part de peu

de loisir & de beaucoup d'affection,
Receuez la, comme d'vn homme qui
reçoit vos perfections, pour vnique
object de sa memoire, & ne me refusez
vne pareille amitié à la mienne, encor
que n'ayons pareille suffisance. Ie cognoy assez vostre merite plus grand
que le mien, & cela m'empeschera de
vous discourir d'auantage, mais non de
vous honorer toute ma vie, & de recercher vne petite bluette de vostre desir, de n'aimer pour guerdon d'vn si
grand feu, que le mien. Car ie ne vy
que pour faire viure en moy, l'honneur
que ie vous porte. C'est vne harangue
naifue & courte. Croyez-la, quand ce
ne seroit que pour faire voir, que vous
manquez de l'effet du mensonge, puis
que vous n'en soupçonnez point les autres. Or disposez de moy, qui suis vostre: car ie recerche cela de vous, & si
voüs ne le faites vous me deffaites.

A MONSIEVR DE
Roſſenes, Eſcuyer de Monſieur
le Conte de Cardy.

Pres le ſon de voſtre luth enté-
dez celuy de mes paroles. Mon
goſier n'eſt pas ſi caſs' qu'il ne
vous rende de l harmonie. Si
faux, c'eſt ma plume qui parle ſans langue, & reſpire ſans poulmon. Ceux qui
la trouuent meutte s'abuſent. Elle parle
plus que ceux qui ne parlent pas tant. Or
prenant mon vol à vous à l'aide de ceſte
plume, ie voy bien que voſtre memoire
à d'autres exercices, que celuy de la re-
membrance de DAVITY. Patience:
qui ne peut piſſer plus roide le fait ſur
ſes chauſſes. Si vous ne vous ſouuenez
de moy, ie vous feray deſeſperer en me
ſouuenant de vous. Non, vous qui portez la bonté ſemée ſur le front, portez
de la ſouuenance en l'ame. Vous qui
apprenez aux animaux à ſe ſouuenir de
vous, en les dreſſant au maniage, apprenez trop à vous meſme, qui eſtes hom-

me, ie dy des plus braues, à vous souuenir de moy. C'est sans point de merite
de mon costé, & auec beaucoup de pitié du vostre: car vous sçauez bien que
ie pleureroy, si on ne me donnoit de la
bouillie. Mais seroit-il possible, que si
peu de cognoissance m'apportast tant
d'amitié? l'oseroy presque m'escroire,
ce que i'ay osé souhaiter. Toutesfois si
vous voulez que ie m'en asseure, ie vous
asseure que ie le feray. Ie vous enuoye
la Tablature que me demandiez, faites
en vostre profit, & dancez des mains, au
contraire de ceux qui dancent des pieds.
Pour moy ie danceray du cœur si vous
m'aimez, & si vous faites estat que ie
vous honore, comme ie fay.

A MADAMOISELLE M.
de Boissat, vefue au feu sieur de Giraud.

IE vous l'ay promis ie vo° le tiés,
vous m'auez donné double peine, mais ie m'y suis pleu. Ie vous
enuoye encor vne fois, la lettre de côso-
lation, q̃ ie fis pour vous, & vostre sœur,

Ceux qui la perdirent, me vouloyent
faire paroiſtre moins affectionné : mais
puis que ie l'ay retrouuee rien ne me
peut nuire. Le remede de la douleur de
deux ames, parmy leur infortune for-
tunées pendoit de ma main, mais il deſ-
pendoit bien d'auantage de leurs reſolution. Toutesfois il falloit que ie reſ-
pandiſſe les larmes par ma plume, comme vous en laſchiez par vos yeux, puis
que les miens eſtoyent ſans humeur, des
force que la chaleur de vos ſoleils les
auoit ſeichez. Il falloit bien que mon
papier portaſt le noir comme vous, &
qu'vne choſe morte, comme il eſt, par-
laſt à deux filles mortes de regret. Or la
charge que ie receu de vous maintenant
du peché d'oubly : & la ſoudaineté de
l'effect de voſtre deſir, teſmoigne la tar-
diueté de la fin de mon affection, qui
mourra lors qu'il ny aura plus rié d'immortel. La lettre eſcrite pour la deuxieſ-
me fois, monſtre que vous auez deux
puiſſances ſur moy : l'vne qui part de
voſtre merite, l'autre de mon inclination. En reuanche ie vous demande
deux biens, à ſçauoir que mon de me-

rite ne vous eſmeuue point au deſdain,
& mon bon vouloir eſmeuue le voſtre
Car cela me fera voſtre.

A MES DAMOISELLES
M. & A. de Boiſſat.

FIlles entieremét mourátes, d'vn
Pere à demy viuát. N'agrádiſſez
pas par vos opinions voſtre deſaſtre, & ne prenez pas vengeance ſur
vous, de voſtre propre malheur. Rien ne
tourmente d'auantage la fortune qu'vn
courage non tourmenté. Si voſtre pere
vous a laiſſé, ne vous laiſſez pas, s'il eſt
mort auant vous, ne mourez pas auant
que mourir, côme vo⁹ faites. Vos pleurs
ſeront tantoſt pluſtoſt deuz, à la couſtume qu'à la faſcherie: penſez vous qu'en
les perdant, vous fiſſiez encore quelque perte? Depuis que voſtre pere s'eſt
eclipſé, vous vous affligez tellement de
ſa perte que vous ne voulez que rien
vous eſchappe, non pas meſme la douleur. Car il vous ſemble que toute perte
vous ameineroit vn ſemblable ennuy:

mais que ſert de chāger de viſage, pour les choſes qu'on ne peut changer ? Non, non, il ne faut pas que vous logiez voſtre heur à vous faire voir malheureuſes:non, il ne faut pas, que le bon-heur de voſtre pere vous malheure, il a bien veſcu, il eſt bien mort : ne cerchez pas, parmy la reputation de ſa glorieuſe vie, celle d'vn treſpas reprochable. Faites que vos larmes, vous ſeruent à eſteindre l'alteration qui eſt en vous. Que ſi vous auez encor enuie de pleurer, que elle vous vienne pour auoir trop pleuré.Car en fin vos ennuis ſont ennuyeux, & vous deuez mettre quelque fin à plaindre celuy qui eſt finy.

A MONSIEVR DVCHAV.

LE gentil-homme q̃ ie vous enuoye à pied par faute de cheual, & nó pas par faute de beſte, vo⁹ va trouuer pour rapporter le contenu en ma lettre precedéte. I'ay regret de vous ennuyer, mais ie l'auroy plus grand, de ne vous monſtrer combien ie m'aſſeure

de

de voſtre amitié. Ie ne vous en diray pas
d'aüantage, par-ce que vous n'en feriez
pas d'aüantage. Au contraire ce ſeroit
douter de voſtre affection, de vous vouloir induire à cecy par paroles. I'a .. n
donc ceſte faueur de vous, & il vous
plaira attendre ſeruice de moy.

A MONSIEVR BROSSE.

IE vous remercie du deſir que
vous auez de m'eſcrire, auquel
ie ſuis du tout redeuable. Ie ne
vous eſcriuoy pas, pour vous
dóner purement ma lettre, ains pour la
changer à vne des voſtres Il eſt vray que
ie ne veux pas croire, que l'arriuée du
ſilence ſoit le depart de l'affection. Mais
ſi vous continuez en la taciturnité, ie
diſcontinueray de le croire. Que i'aye
donc de vos ettres, ou vous aurez de
mes reproches.

H

AVSSI tost que vostre lettre fut
mienne ie recerchay les commoditez de vo. srespódre, pour
vous dire que vous vous faites
tort aussi bien qu'à moy, de me dire que
ie vous ay escrit le premier, & m'en sçauoir gré. Car dire cela, est douter que
ne soyons qu'vn. ou si nous ne sommes
qu'vne chose, vous vous vantez vous
mesme, & recerchez vostre propre
loüange : ou peut estre vous me vou-
driez empescher de me souuenir de
moy, non, cela ne se peut faire. Quoy
que ce soit, sans tant de solennité, ie me
croy pas vous auoir deuancé en amitié,
ains en demonstration seulement. La
cómodité m'a rendu plus heureux, non
plus memoratif. Et puis ayant receu tát
de beaux effects de vous, pourquoy de-
manderoy-ie des paroles?

A MONSIEVR DE
Bramet.

ES heures que ie vy loin de vous (vnique Braue) me sont autant de malheurs. Ce que i'ay de relasche apres l'occupation que vous sçauez, i'en fay le loisir de ma plainte. Bref, rien n'est capable d'arrester ma douleur, que mon trop de douleur : & cependant vous recerchez vos plaisirs, parmy mes peines. Ha! vous le payerez, si ie puis tenir vostre bource. Ie ne sçay plus que dire, sinon que ie demeure tousiours en la resolution de ne t'aimer iamais, sinon tant que ie pourray, & plus que tu ne voudras. A dieu, & ne m'aime pas sinon de tout ton cœur : ne m'escry point quand tu seras mort, & ie viuray tien, malgré tout le mauuais gré que tu m'en pourrois sçauoir. Ainsi le proteste DAVITI, fidelle conseil de son espée, abbateur de tes ennemis comme de pómes:croy-le si tu veux, car tu le dois.

A MADAMOISELLE
d'Ouuray.

OIN, ie me fasche fort de vos escrits, qui sont si rares qu'on n'en voit point, i'en vay perdre l'enfant, tant i'en ay d'enuie. Euitez ce desordre par vne estroite cognoissace de vostre deuoir, & ne vous faites biffer de mon amitié, pour vn foible gage de la vostre. Autrement ie vous denonce vn refus ; car i'ay ceste vertu d'estre depiteux, qui est vne grace particuliere du Ciel, qui vous doit conuier à m'aimer, & m'animer par vostre responce. Mais non, ne commencez pas d'escrire, car i'ay telle peur, d'estre apres importuné de si frequens messages, que ie vous dispense de replique, non de souuenance & d'amitié. Ie ne demeureray dix mille ans à vous demander conte, du peu de conte que vous faites de moy.

A MONSIEVR MARIDAT,
Secretaire de Monsieur le
Conneſtable.

Ous ne pouuiez m'obliger d'a-
uantage qu'en m'eſcriuant, i'ad-
uouë que c'eſt vne pointe
d'vne ſinguliere courtoiſie, qui me perce l'ame:& fait que ie ſçache gré infiniment à voſtre memoire, d'auoir auec tãt
de merite, conſerué ſi peu de merite. Car
d'autant que ie ſuis indigne de ce bien,
venãt par le ſeul moyen de voſtre bóté,
d'autant plus vous eſtes digne de louange. Quant au los que vous me donnez,
ne m'eſtant pas deu, ie vous diray, que
ie ſens ma propre conſcience, qui debat contre vos belles paroles. Mais quel
que ie ſoy, ce qui ſera de mon pouuoir
ne s'eſpargnera iamais pour voſtre ſeruice. Ie n'oſeray receuoir vos offres
ſans vous offencer, permettant que vous
paſſiez de vos occupations ſerieuſes,
au ſoucy d'vne perſonne inutile à toute
choſe, ſinon à donner luſtre à la perfe-

ction par son contraire. Toutesfois,
l'occasion me pourroit induire à vous
prier, sans honte, de vouloir acheuer
heureusement, ce qu'affectionnément
vous auez commencé pour mon aduantage. Et i'oseray rapporter la faute de
cette audace, sur le seul & asseuré desir
que i'ay de vous tesmoigner, que ie suis
Voftre seruiteur.

A MADAMOISELLE
Rudesse.

LES escopettes de voftre beauté
bruye assez le pourpoint de
mon ame, sans q̃ le canon de voftre rigueur brise les os de mes preten-
tions. Vous auez assez fourragé le plat
pays de mon cœur, sans que d'abondant,
vous y logiez regiment du desespoir,
qui courra à la poulle iusque dás le gre-
nier de ma vie Helie vous prie, ne permettre pas, que ces Carabins de desdain
mangent le pain de mon esperance, &
defoncent les tonneaux de ma fidelité

qui sont pleins de bon vin de patience.
Ie vous ay dit tant de fois, qu'aussi tost
que le boulangier de vostre bonté, auroit chauffé le four de vostre cœur, i y
mettroy cuire le pain de mes pensees.
Mais le mauuais riche de vostre iugement a desdaigné mon pauure diable
de desir, qui va mourir dans l'Hospital
de malle rage. He! ventre-bleu que ferons les cheutes de mes conceptions, si
ceste mauuaise femme de vostre cruauté leur tire tout le laict de mon contentement, pour le faire manger au petit garçon de vostre moquerie? Non, ie
croy que la bouteille de ma perseue-
rance estant cassée vous plaindriez le
vin d'Orleans de ma deuotion, quand
vous n'auriez des autres que des vins
verds de feintise, qui fascheroyent la
langue de vostre cognoissance. Mais si
vous vous deffaites du cheual vicieux
de vostre deffy, ie croy que le reste ne
ruera point contre les Bidets de mes
pensers, qui ont la bride de la constance. A tous euenemens les Pelerins de
mes desseins, desirans des coquilles de
vostre amitié, se fourniront tousiours

du bourdon de bon courage. Mais si les pieds de mes offres prennent des vessies de refus, adieu le voyage d'amour. Les vendenges de mes seruices, seront tost faites, si la gresle de voftre orgueil tempeste le raisin de ma pourfuitte. Mais attendans que le faucheur de voftre iugement couppe le foin de vos rigueurs, ie baiferay les mains de vos perfections, & me porteray pour eternel bois du feu de voftre beauté.

A VN MIEN GRAND
amy.

VOus auez merueilleufement affligé tous vos amis par voftre depart, qui leur a d'autant plus porté d'eftonnement, qu'ils en auoyent moins de deffiance. Il faut que ie nôme le deffein fans deffein, à fin de parler côme ie penfe. Car en vne telle precipitation, ie ne veux iuger qu'il y ait rien de folide. Ces traits font plus dignes de voftre confideration, que de mon efcriture : mais le zele que ie porte à voftre

aduantage m'eſlance à ces rigoureux
termes, que vous receuez comme d'vne
perſonne, qui receura en d'autres endroits voſtre inſtruction : mais qui eſt
pouſſée en ceſtuy-cy à vne ſimilitude
de collere, regardant les effets de voſtre inconſtance. Car on n'euſt iamais
eſtimé que vos ſolennelles proteſta-
tions, eſtablies comme on iugeoit auec
tant de fermeté, que l'aſſeurance meſme ſembloit naiſtre parmi vos paroles,
fuſſent renuerſées en vn moment par
vne action ſi dereglée. Or ſi c'eſt vn
deſdain, ou quelque autre ſubjet, tiré
des ſecrettes chábres de voſtre paſſion,
qui vous aye porté à ces effets, indi-
gnez de la dignité de voſtre entendement, vous offencez voſtre courage,
vous laiſſant trauerſer à des apparences,
capables de vous accabler, Car il ne
vous faut pas figurer la preſence, de ce
qui s'oppoſe à voſtre deſir ; ains le ſuc-
ces de ce qui peut contrarier à voſtre
plaiſir à la longue. Si vous faites autrement ie vous preſage la pluye, lors
que vous ne pourrez rappe ler le beau
temps. Que ſi vous eſtes ſolicité de

H v

quelque crainte, de vous oublier def-
mefurément à la fuite du monde, & que
ce vœu foit recognu de vous pour vne
pointe du faint Efprit, qui vous pouffe
à cefte recerche de Religion : & fi
point d'autres raifon ne vous porte à ces
aufteritez mal-aifées à digerer à vn
homme, non de fer, ains de chair, comme vous eftes, c'eft à dire quelque peu
fubiet à vos aifes, ie ne trouue pas mauuais voftre adiris, & ne voudroy vous
deftourner d'vne œuure fi fainte. Mais
prenez vous garde d'y continuer, maf-
chant voftre frein d'ores en auant, Car
s'il vous prenoit quelque humeur qui
vous portaft au changement, vous feriez iuger finiftrement de cefte faillie.
Monfieur voftre Pere, qui vous fçaura
mieux declarer fes fages conceptions,
que vous ne fçauriez debatre vos fri-
uoles deceptions eft de ceft aduis, que
fi vous y arreftez guere plus, vous y de-
meuriez toufiours. Ne vous flattez
point, & n'eftimez pa squ'on vueille
apporter en c'eft endroit les vieilles cu-
riofitez de vos diuertiffemens precedens. On veut acheuer en deux mots

auec vous, & prendre vos premiers
propos pour des gaiges infaillibles de
verité. Si le repentir vous touche, la
bonté conuie ceux qui vous touchent
à vous retirer. Ie ne voudroy prendre
voſtre reſolution pour vn Arreſt de
Cour ſouueraine, pourueu que ne ſuy-
uiez pluſtoſt la particularité de vos
mouuemens, que la generalité de tant
de ſages iugemens, qui deplorent voſtre ingratitude. Que ce bon pere vous
eſmeuue, parce que vous eſtes ſon aiſné, plus capable de vous aduancer toſt,
& le ſoulager que les autres. Il a tant
fait pour vous, faites ce peu pour luy.
Que vos parens qui participent à ceſte
deſolation, changent leur mal en ioye,
par le changement de voſtre vouloir.
Quant à moy, ie vous conſeille en amy,
vous coniure en parent, vous menace en
paſſionné, de vous reſoudre toſt, ſi vous
ne voulez vous repentir trop tard. Aduiſez y, cela vous touche tout ſeul,
vous en porterez la peine, & nous n'en
aurons que le regret. La faſcherie me
feroit remplir vn iuſte volume de ces
raiſons : mais i'aime mieux dire moins,

& que vous faciez plus qu'on ne croit.
Ie defire voftre retour prompt, craignât
changement d'opinion. Ie le crain, de-
firant que fi c'eft voftre falut, ie ne vous
detourne point. Ne prenez aduis de
moy, ains de vous : & quel que vous
foyez, eftimez moy toufiours de vos feruiteurs, & plus affeurez amis.

A MONSIEVR
Du Chau.

L'Oubly ne pourra iamais rien
fur moy, qui vous fuis acquis à
toute refte. Ces lignes feront les
fideles preuues de ma memoire, & vous
aurez toufiours ferme cognoiffance de
ma bonne volonté. Mais dites moy, ne
cognoiffez vous point ces langards qui
parlent à mon preiudice ? Ie fçay bien
qu'on croit que ce ne font que propos,
mais en fin cela m'afflige. Celuy qui ne
pouuant fuiure les autres auec l'honneur, les pourfuit auec l'enuie, en eft
vn à mon aduis, qui me calomnie auec

l'autorité de ſa barbe, qu'il prend pour
ombrage de ſa vertu. Si ie le ſçauoy, ie
le feroy bien exercer à la courſe, s'il ne
ſe plaiſoit à la luitte. Il eſt vray qu'il eſt
cogneu de tous pour vn mauuais hôme.
Celuy duquel il n'eſt pas cogneu, c'eſt
de ſoy-meſme. En fin, i'attendoy touſiours cela de luy. Vrayement il eſt hôme
de bien de n'auoir pas trompé mon attente. Et puis il fait beaucoup pour moy,
de parler contre moy : car les enuieux
qui m'offencent, me rendent glorieux,
puis que ie me voy ſuiuy de l'enuie, qui
fait touſiours la guerre à la vertu : Non
point que ie me croye valoir quelque
choſe : mais puis que mes ennemis meſ-
mes en veulent faire monſtre, ie me tien
à eux. Et pleu à Dieu ǧ ie les tinſſe tous.
O la plaiſante fricaſſée : ie vous conuie
d'en manger : venez toſt, le roſt ſe gaſte.

A MONSIEVR COMBAL,

E ſont vos occupations, & non
les miennes, qui me detournent
de vous eſcrire. Ie quitteroy

tout pour ne vous quitter iamais. Mais
la crainte que i'ay d'eſtre ennuyeux, me
donne le peché d'oublieux. Non vous
ne m'auez que d'auance en effect, & non
pas en intention. I'auoy eſcrit lóg temps
auant que d'auoir eſcrit : mais c'eſtoit
en Idée, & ce que mon imagination
n'a pas eſté ſuiuie de la verité c'eſt
pour auoir douté de vous diſtraire. Or
puis que ie cognoy que vous vous plai-
ſez à mes lettres, ie ne les vous eſpar-
gneray point, & faudra que ne les con-
tiez plus qu'à dizaines. Car i'en ay tant
dans l'eſprit, que i'en vay faire vne
belle ventrée, qui vons ennuyera peut
eſtre. Mais pourquoy m'auez vous tant
rabuté. Or pour vous dire de nos nouuelles, nous nous portons bien, & y a
force mariages. Attédez, ie les vay conter par mes doigts. Non, non, vous eſtes
farcy de ces nouuelles, comme vn haut
coſté de mouton de bonnes herbes.
Nous auons fort eſcrimé des iambes, &
auons fait force fleurets, qui ſeront bons
à mettre dans la ſale du maiſtre d'eſcri-
me. On a fait force balets bien dancez,
qui ſeroyent bons pour vn ieu de paul-

me. Il y a eu des Sonnets, & des Car-
tels propres à deffier Ronsard de sortir
du Tumbeau,& pour les venir estriller.
Ils estoyent grossiers comme toille de
mesnage. Que diray-ie plus ? Ie ne sçay,
ie me vay taire, aussi bien ay-ie beu tant
de poussiere tous ces iours passez, que
i'en suis tout mal accommodé. Ni pour
cela,ie vay boire vn coup à vos bonnes
graces,vous n'en ferez pas de mesme,car
ie n'en ay point. Mais au moins si vous
saluëz mes mauuaises graces, ne laissez
pour cela de prendre du bon. Car c'est
vne recepte certaine contre l'incertitu-
de du mauuais air.

A MONSIEVR DE
Chastel, sieur de Trinoley.

I ce voyage que vous auriez
entreprins ne vous a reüssi
selon vostre espoir, ne vous
deffaites pas de vostre constance. Le Monde n'est pas fait pour
vous seruir, vous estes fait pour seruir

au Monde : vous n'euſſiez pas eſté de-
ceu, ſi vous ne vous fuſſiez tant aſſeuré.
On ne peut arreſter l'inconſtance de la
fortune: mais elle peut bien arreſter noſtre deſſein. Si cecy ne vous fuſt arriué,
peut eſtre euſſiez vous plus mal ren-
contré en quelque autre choſe. Or en
cecy, c'eſt voſtre affectió qui vous tourmente, & non voſtre mauuais ſuceez.
Vous faites petite perte ſelon la verité,
& grande ſelon le deſir. Mais celuy qui
ſe faſche pour les pertes, outre qu'il
perd encores ſon contentement, il ne
recouure pas ſa perte. Il faut bien (& ie
le permets) ſentir quelque peu de douleur au dedans comme homme? mais il
la faut cacher au dehors comme ſage.
Or puis que c'eſt voſtre ſeule opinion
qui vous afflige, prenez la mienne pour
l'abbatre, & ayez d'oreſnauát, ou moins
d'aſſeurance en vos deſſeins, ou moins
de tourment en vos pertes.

A MONSIEVR DE
Seuille, Astrologue Normand.

Ous me demandez le iour de ma
Natiuité, pour en baſtir l'Ho-
roſcope, & par les rencontres
desPlanettes me figurer mon futur eſtat.
Encor que ie donne fort peu de creance à
ces iugemens des Aſtres, & que i'aye re-
marqué en pluſieurs predictiós des euenemens tous contraires à ce qu'elles por-
toyét : Toutesfois pour vous cõtenter ie
vous dy, que ie naſquy le trezieſme iour
du moys d'Aouſt, en l'année mil cinq cés
ſoixáte treize, entre les dix, & onze heures auant Midy. Vous y paſſerez voſtre
temps comme il vous plaira: mais ie vo⁹
prie de croire, que ie n'en veux rié croire. Car ces predictiós ſont pluſieurs fois
de vrayes perditions d'eſprits. Et puis
ie ſuis tellement cloué à la Terre, que
ie ne peux bien eſplucher ce qui eſt du
Ciel? Ne vous mettez pas en peine de
me faire voir, ces conionctions des

luminaires. Car ie feroy tout auſſi toſt
voir la diſionction du papier, veu que
la lecture laiſſe touſiours quelque reſ-
uerie. La plus belle conionction que ie
ſçauroy voir, c'eſt de deux amis, comme de vous & de moy, qui ſuis voſtre
à tout faire, ſinon à prendre la Lune à
belle dents.

A MADAMOISELLE
de Champier.

VOYEZ en ces caracteres, le
deuoir dont ie m'aquite vous
ayant quitté, & ne me rendez
coulpable, pour n'eſtre capable de quelque choſe eſleuée, comme voſtre ame.
C'eſt aſſez que mes deſirs retirent à voſtre eſtre parfait, & mes effets ſuiuent
ma foible nature. Que ſi pour m'auoir
peu veu, vous me venez à meſcognoi-
ſtre, ie vous accuſeray de nonchalance,
pour ne cognoiſtre pas ce qui eſt voſtre.
Cela ſeul dequoy ie me plain, c'eſt d'e-
ſtre paruenu à la gloire de voſtre veuë,

à fin de vous faire voir mon demerite,
qui me feroit volontiers desirer, d'eschanger au iour d'vne si courte visite,
la nuit d'vne bien longue mort. Me
voila doncques pres de ma fin, belle infiniment meritante, & faudra que cet
escrit s'acheue auecques ma vie. Ha
non? vous (qui faites mourir de vostre
parole) voulez seulement qu'on meure
de parole. Bien s'il vous plaist que ie
viue, ie me desdy. Que si mon langage
vous importune, iugez moy tellement
iugé, que ie n'ay plus de iugement, que
pour attendre le vostre, lequel ie vous
supplie vouloir rendre aussi fauorable
pour moy, que le mié est veritable pour
vous. Adieu Soleil du monde, ou
pluftost monde de soleils: ie
ne puis plus souffrir vo-
stre clarté, qui fait
que ie me re-
tire.

A MONSIEVR FRERE,
Aduocat ou siege Presidial
de Lyon.

IE gratifie à vostre bonne fortune cet heureux retour, vous ne sçauiez arriuer, ni plus desiré ni moins esperé. Veritablement vous vous estes rendu à nous, pour nous rendre à nous mesmes, qui nous estions perdus esloignez de vo⁹. La fin de vostre voyage est le commencemēt de nostre bon-heur. Nous n'auons rien plus à desirer, sinon que vous nous fassiez desorma is viure, aussi longuemēt & heureusement pres de vous, que vous nous auez fait mourir cruellement pour l'absence. Ie ne faudray de vous aller voir en peu de iours, à fin de vous voir pour beaucoup. Cependant ne vous forgez pas tant de plaisir auec vos amis, qu'il n'y en aye quelque peu pour moy.

A MONSIEVR DE
Nançel.

Bstinez vous plustost à ne voir
iamais rié, qu'à jetter vos yeux
sur ce sonet, que ie vous enuoye.
Mon peu de loisir me l'a arraché: vostre
amitié ma rendu libre à le descourir:
& mon peu de honte me l'a fait produire. Ainsi ie passe de la prose aux vers, &
de la liberté à l'impudence. Pardonnez
moy ceste faute, qui vient de vous, &
i'en feray demain vn autre. Puis que
vous en estes la cause, n'en blasmez pas
l'effet, & ne pensez que ie puisse auoir
ensemble la loüange du bien dire, auec
la grace de la promptitude. C'est assez
dit, vous excuserez ce-cy librement, &
ie le proposeray de mesme. Ne me hays-
sez pas pourtant : car si ie ne suis bon
maistre de vers, ie suis bon valet de mes
amis. Essayez, & vous me recognoistrez
veritable.

A MADAMOISELLE
de Burillon.

N'Vsez point de tel supplice, ie vous supplie, à l'endroit de mõ amour: car en me donnant de la diffimulation, vous vous oftez du meri-te. Ce feroit à dire que yeux n'ont affez de rais, pour m'efchauffer, & penetrer. Non, la multitude de vos belles qualitez, ne fçauroit qu'engendrer en moy vn grand nombre de defirs. Vous me croirez, fi vous ne voulez croire la def-raifon. Mais cela porte autant de verité, que vous de beauté.

A MADAMOISELLE
de Fleurs.

IE vous veux reprefenter en ces lignes, puifque ie me puis prefenter à vous, cõbien ie regret-te mon efloignement, qui me fit ce tort que de vous le faire. La foy violée par-

my la violence de mon affection, ne me
peut apporter que pareille peine. Vous
en tirerez tel supplice qu'il vous plaira,
pourueu que ne me puniffiez du rebut
de voftre feruice : car cela ne peut eftre
en aucune forte. Eftant dóc priué d'ex-
cufes valables, pour me iuftifier en voftre endroit ie vous diray , que ce n'eft
faute d'affection, qui ma fait choir en
cefte faute: & que fi ie commence auec
honte, ie finiray auec fidelité.

A MADAMOISELLE
de Burillon.

BSTINEZ vo⁹ à me boucher
tous les paffages de mon bien,
i y trouueray touſiours de l'entrée: ou quelque reffource s'offrira fans
efpoir, ou quelque efpoir fans reffource.
L'vn ou l'autre m'entretiendra, tandis
que ie tiendray cópte auec vos defdains.
Il n'y a qu'vn chemin à l'amour, qui eſt
celuy de noftre veuë : il y en a mil au
changement , qui font ceux de vos
cruautez. Commandez donc à vos ri-

gneurs de s'arrester, si vous voulez que
i'arreste mes desirs en vous:autrement
vous rauirez l'ornement de la grace à
vos perfections,& la perfection de l'a-
mour à mon ame.

A MONSIEVR DE
Luc mon Cousin.

Vis que vous estes sur vostre depart de ceste ville, comme moy
sur celuy de ceste vie, receuez
ceste memoire de celuy, qui l'é-
ploye toute pour vous. Receuez, dy-ie,
ce dernier Adieu, d'vn homme qui le dit
à ses contentemens dont il a espousé les
contentemens. Pourroy-ie faire moins
que de prendre ce congé de vous par
escrit, puis que la parole m'est interdite? Rien ne me sçauroit persuader le
contraire, & quant i'y seroy persuadé,
ie seroy contraire à moy-mesme, L'affection de laquelle ie suis porté à vostre seruice, ne me permet, ny plus de
retardement,ny moins de paroles. Mon
vouloir

vouloir donne lieu au deuoir, & ce deuoir fuiuy de l'impuiffáce de faire bien,
ne me laiffe toutesfois mal faire. Or ce
que iene vous ay peu dire, ie vous l'ef-
cry, à fin de vous le dire mieux. Ceftuy-
là fe peut nier, celuy-cy fe prouuer
toufiours. L'vn perit, & l'autre demeure. Laiffez donques, puis que la refolution y eft, vn homme qui ne remporte-
ra iamais tant de ioye de fon heur, qu'il
porte de mefcontentement de l'importunité qu'il vous donne. Allez vous-en
feulement, fans vous arrefter par ma
priere, ou m'arrefter par voftre fecour s.
Ie fauoriferay cependant voftre voyage de mes prieres, à fin qu'il vous foit
autant heureux, qu'il m'eft ennuyeux.
Et pour fin ie vous requerray, que vous
efloignant de ce pays, vous ne m'eftoi-
gnez de voftre penfee.

AV SEIGNEVR MARIO
Dornano, Gentilhomme Corfe.

 Et comme fe fait cela, que ie
ne face ce que doy? morbleu,
vous m'auez vaincu en môftre,

I

& non en defir. Comment rabattray-ie
cefte eftacade de courtoifie? Et bien, vous
m'auez efcrit fans deuoir , & ie vous
refpons fans excufe. Que feruiroit auffi
cela , lors qu'il s'agift de vous feruir?
A quoy voudroyent les difcours, où les
executions font defireees ? Rien , rien.
C'eft pourquoy ie ne veux vous dire autre chofe, finon que vous me ferez gran-
diffime tort, de ne m'eftimer voftre, en
toute façon, fans autre façon. Mais vfez
& vous verrez.

A MONSIEVR BARRAVT
Aduocat au Siege Prefidial
de Lyon.

Velle quintefféce de la valeur!
qui s'opofe à toy, vnique Braue, qui portes les merueilles
au courage, & les mádes à ton bras pour
les efclorre. Il ne fe peut que tu ne fra-
caffes toutes chofes : tu es Morgant dix-
huiêt fois, & les plus defefperez redou-

tent ta feule parole : que feroit-ce s'ils
venoient aux mains auec toy ? Et puis
ayant pour infeparable D A V I T Y, qui
contrecarreroit en vn befoin, l'vniuers
pour ton feruice , que redouteras-tu
d'orefnauant , finon de n'auoir fubjet
de paroiftre tel que tu es, veu l'eftonnement du monde ? Non , non , tous ces
ennemis qui fe vantent de faire fortir
ton ame à l'entrée de leur efpée : n'ont
des mains que pour des quenouilles, &
les noftres apprendront toufiours aux
leurs, à ne fe rebeller pas contre leurs
maiftreffes. Ne penfe pas donc à cefte
querelle comme tu fais, car s'ils te prennent en appareil , tu feras coulpable de
trop de meurtres. Vn de tes coups fait
peu d'eftat de cent vies , ce ne font que
tes de jeufners, les camps du grád Camp,
font des dignes effais de ta dextre, autant de veues, autant d'abbatus. Pour
moy , ie te iure bien , que penfant à tes
inimitables faits d'armes, ie me laiffe
tellement emporter au deffein de te
fuiure, que i'efcrafe defja mille teftes
opiniaftres, & leur laiffant vn fouuenir
de moy, fay qu'ils ne fe fouuiennent

plus deux. Atten moy donc, pour aller
estoquer ces femmes desguisees en demy diables, & tu verras si le tuer & le
menacer, ne sont pas mariez ensemble
chez moy.

A VN DE MES AMIS.

ON m'a rapporté que vous dou-
tiez de mourir, de ce mal qui
vous tourmente: pauure homme,
si vous faites ce chemin maintenāt, auez
vous peur de le refaire? Il vous y faut
passer tost ou tard, & le plustost vous de-
liurera le plus de peine : il ne sort d'vne
longue vie, qu'vn long malheur. Considerez que vostre n'auoir pas esté autresfois, requiert vn non estre quelque
iour. Qu'esperez-vous en viuant d'a-
uantage, sinon plus d'années, & moins
de repos ? Mais bien qu'esperez-vous
de ceste mort, sinon vne plus belle vie?
Que vous apportera ceste peur, sinon
double peine, & la resolution sinon vne
belle dissolution ? Vous mourez mainte-
tenaut par interualles, & vous viurez

lors sans entrecesse. Ne prenez pas toutesfois mes paroles , pour vn arrest de vostre fin : car ceux qui vous traittent, me commandent de bien esperer. Mais ie vous escri cecy, afin de vous oster ceste impression dommageable, qui vous fait plus de mal que vostre mal : & à fin que estant vne autre fois en ces termes , vous y rapportiez plus de constance. Car enfin, ceste crainte n'est qu'vne risée de vos voisins , & vn rengregement de vostre douleur.

A MADAMOISELLE
de Burillon.

Oyez l'extremité de mes peines, non pour en deuenir pitoyable, mais à fin d'en reciter la verité. Et ne soyez pas si cruelle , que vous ne vueillez escouter, à la fin de n'estre obligée à les secourir. Ie ne me suis peu deffendre de vous seruir , ie ne me garderay pas de vous escrire : mais vous apres m'auoir condamné me ferez (comme ie croy) ce bien de mourir. Ie sçay

bien que vous estes fasché dequoy
i'escry, & encores plus de ce que ie vy:
mais puis que suis remply de fascherie,
ie ne vous sçauroy fournir autre chose.
Il faut que vons souffriez mon importunité, comme i'endure vostre rigueur.
Que si vous ne me voulez entendre, ie
puis bien patienter à perdre mes paroles, puis que i'ay perdu ma liberté. Ie
me contente de mon mescontentement,
puis qu'il vient de vostre main : i'endure vostre desdain, puis qu'il est inseparable de toute beauté : mais en reuanche, ie vous prie de vous souuenir, de
vous estre fort peu souuenuë de moy, &
de m'auoir fait oublier à moy-mesme.

A. MADAMOISELLE
de Eurillon.

L'Audace que ie pren de vo° escrire, me viét de trop endurer : car
vne si longue douleur en veut
estre si lóguemét muette. Mon cœur s'e-
stóne d'auoir tant souffert, & ma plume
tremble en ma main, essayée de tracer

ce que i'endure. Amour me dit que ie
demande , & que peut estre i'obtien-
dray : mais ie croy que ce peut estre,
durera iusqu à tant que ie ne vienne
plus à estre. Que ferez vous maintenant
à mon mal , l'estendrez vous au lieu de
l'entendre ? rendrez vous l'esperance la
piece la plus vaine de mon cœur ? Possible mesme , que si ie vous requeroy la
mort, pour esteindre ma douleur : vous
ne la me donneriez pas pour fa'aire de
ma foy. Non , ie voy bien que mon a-
mour peut bien peu sur vous , & le penser de la haine encore moins dessus
moy : mais que le mal aille où il voudra que s'il ne m'arriue point de remede
en fin la mort arriuera.

A MADAMOISELLE
De Burillon.

Vis que ie suis tourmété selon
vos desirs ie vous desire seulement faire voir que ie merite
par ma foy, ce que ie ne puis meriter de

moy-mesme. Mais ie vien apres à considerer, que la recōpése ne me seruiroit de rien : car ie suis tellement accoustuméau mal que le bien ne me feroit plus de bien. Desastré que ie suis, si cela seul de l'estre pour l'amour de vous, ne m'épesche de l'estre ; Il faut dire que ie suis du tout miserable, puis que mesme ie ne desire point d'estre heureux. Que si ie vous demende quelque faueur, ce n'est en espoir de l'auoir, mais en intention de vous declarer plus cruelle. Et vous la demandant, ie ne croy pas de vous desplaire, car à ceux qui ne dōnent rien, la demande ne fasche rien. Or ie me tairay, pour tascher de perdre le souuenir de peine : mais le souuenir de vostre beauté ne me le ramenera tousiours. Seray-ie doncques sans parole comme sãs cœur? Ha ! c'est trop de ne pouuoir descouurir, ce que vous auez graué dans mon ame! Il seroit dommage de cacher vostre œuure, faite à vostre honneur & mon dommage : mais en fin, si vous me continuez le dommage, vous perdrez l'honneur.

A CERTAIN.

E veux ne me refiouir iamais, si voftre maladie ne m'afflige, vous en auez le dômage & i en ay la fafcherie, vous eftes trauaillé du corps & moy de l'ame. Or fçauez vous qne vous ferez, iugez que voftre fanté fi longue, vous demande ie ne fçay combien d arrerages, & penfez que ne penfer pas au mal ofte la moitié de la peine.

A MONSIEVR FRADEL
Aduocat au Parlement de
Dauphiné.

Ve dités vous de ce leuron qui voit ma maiftreffe ? ie l'en uoiray courtifer les ombres. Vous m'efcriuez qu'il eft bien receu, mort d'amour, il ira voir les noires chaudieres d Enfer, pour n importuner plus la blancheur de nos Dames, Il eft mort, il eft enterré, n en parlons plus. Et de celle qui veut tromper nos yeux,

I.v.

ne pouuant abuſer noſtre iugement
qu'en dirons nous? ſinon que les per-
ſonnages de la farce ſont fort deſgui-
ſez ? On ne voit iamais ceſte vieille
qu'en peinture, elle eſt touſiours em-
bourée cóme vn poupelin. C'eſt vn fard
ſans fard, puis qu'on le deſcouure ſi
fort : ſon viſage, eſt le maſque meſme
de ſon viſage. Toutesfois le mignon
n'eſt pas ſot de faire la Cour à ſes eſcus,
s'il l'eſpouſe, ô qu'il fera bon voir vn
couteau neuf, à vne vieille gaine ! Pour
le regard de celuy que m'eſcriuez auoir
ſoupçonné cela de moy, ie vous diray
ſeulement, qu'il ne ſera pas mon palle-
frenier, puis qu'il penſe ſi mal. Vous
ſçauez ſi ie m'amuſe à ce qu'il m'impo-
ſe, mes actions ſont autant eſloignées
de ceſte action, comme luy de bon iugement, qu'il fera adiourner apres ce
deffaut. Or c'eſt trop dit & trop parlé,
jaſons : ça, ça mon courage Page, ça,
ça que ie m'en aille à la guerre, auec vn
pot de terre ou de fer, tout eſt bon,
pourueu que i'y piſſe. Morbleu ce n'eſt
pas mocquerie, ie m'y en cours, ſi vous
n'y voulez rien mander ie feray le meſ-

sage. Portez vous bien cependāt, & mon cheual me portera, bien ou mal à l'armée, où ie vous verray si ie vous regarde. Ha, côbien nous en ruinerons d'hôneur! Ha combien nous en priuerons de vie! l'ay horreur de ce que ie projette. A dieu, Paix vous soit donnée de par la guerre.

A MONSIEVR DE LA
Condammine, Enfermier de S.
André de Vienne.

E feray tort à mon desir de le taire, & à vostre merite, de ne descouurir combien ie vous ay voué de seruice. Les subjets vous en marqueront la verité, la verité vous en imprimera la creance. Mais ce qui m'afflige d'auantage, c'est de n'auoir moyen de me porter au reuanche de tant de courtoisie. Qui me fait vous prier de m'obliger tant que de ne m'obliger plus, de peur qu'vne trop grande grace, m'apporte vn trop grand regret de l'impuissance de m'acquiter. Maniez moy doucement, & croyez à

des vœux si saintement establis, que
ceux de voftre seruice & de mon depart.
Ce sera la plus belle faueur qne ie sçauroy receuoir de vous, que d'en obtenir
la persuasion, qui me grauera celle de
la continuation du desir, parmy la dis-
continuation de la veuë.

A MONSIEVR DV
Bouchet, commandant à sainte
Colombe de Vienne.

VN crime irremissible, comme
l'oubly d'vne personne à qui ie
me doy, ne me fera iamais reproche, au desaduantage du dessein que
i'ay fait de mourir à voftre seruice. Le
siléce, d'où pourroit naistre le soupçon,
ne permettra q́ l'on m'accuse:& si ie suis
accusé se sera d'excez, en matiere d'affection. Mais quoy! puis que vo surpassez le commun en effects, ie le pourray
bié passer en projets. Et si vous me vainquez en merite, ie vous veux bien vaincre en cest autre poinct. Ie m'en vante-
ray tousiours auec raison & sans gloire,

& recercheray d'eſtre aimé de vous, auec
auec gloire & ſans raiſon.

A MADAMOISELLE
d'Ambreuille.

IE le diſoy bien que vous chan-
geriez de vouloir cóme de demeure : Ie le diſoy bien, que
vous auiez plus d'vn cœur : ie le diſoy
bié que vous n'en auiez point de fidele.
Ce change me tourmente de telle forte,
que ie veux plus de mal à ma conſtance,
qu'à voſtre oubly. Ie pouuoy bien auoir
la crainte auant la douleur. Mais on a
eu pitié de moy, de ne me dóner double
peine. Non point que ie n'euſſe touſiours creu ce que ie voy, par le moyen
de la raiſon : mais non amour me le fit
touſiours meſcroire. Et lors que ie l'accuſe d'auoir voulu que ie vous aimaſſe,
il m'accuſe de n'auoir pas merité d'eſtre
aimé. Toutesfois ie ſçay bien que ma
fermeté ne meritoit pas ce changement:
Mais il falloit cercher quelque choſe

meure, pour eſtre bonne:il falloit cercher quelque choſe qui euſt plus long
temps veſcu,pour aimer long temps. Il
eſt vray que quand vos yeux me pro-
mettoient ce que voſtre cœur me nioit,
il eſtoit impoſſible que mon cœur ſe
niaſt à vous. Or maintenant que vous
auez changé d'amour, pour ne changer
pas d'humeur arreſtez vous ſur l'inconſtance : & cependant ie me rangeray ſur
le deſdain , qui me fera hayr vos chan-
gemens,& les eſpouſer auſſi.

A MONSIEVR FORGET.

AFin d'eſtre autant eſloigné du
ſoupçon de l'ingratitude,cóme
ie le ſuis de l'effet , ie vous ay
voué ce peu de lignes,trop de-
biles à la verité , pour vous figurer la
force de ce qui m'afflige. Et ce qui m'affligé plus c'eſt vo⁹,qui n'eſtespas pluſtoſt
eſloigne de moy, que ie m'eſloigne du
plaiſir. Vous verrez en iugeant de vos
qualitez,ſi le cótraire m'eſt ou loiſible ou

poſſible : mais vous euiterez le iugement de voſtre deſauantage. Car vo-
ſtrebon naturel ne ſe ſçauroit tant oſter
de merite ſans raiſon, que la commune
opinion luy en a attribué auec le deuoir. Mais ie ne vous eſcry pas, pour
vous deſcrire. Parlons d'Artus, pour lequel i'ay fait alte pardeça, pour le voir
venir auec la dague & le cimeterre, ac-
compagné des mouuemens eſcrimeurs
de ſa furieuſe deſmarche. Mais on luy a
touché la veſſie, il s'eſt deſenflé. Auſſi
n'eſtoit-il pas beſoin qu'vne belle ame
qui demeure ſi bien çabas, y demeuraſt
ſi peu. A noſtre premiere veuë ie le feray mon receueur, mais ce ſera de coups.
Et ſes compagnons auſſi (quand ils au-
roient mangé iuſqu'à creuer) en diſne-
ront pour plaiſir. I'ay peur qu'ils ſoient
trop legers, ie les veux charger, & les
rendre ſi glorieux, qu'il faudra qu'on
les porte. I'atten de leurs nouuelles de
voſtre main, & ils en peuuent vn iour
attendre de la mienne, qui les penſera
ſelon leur merite.

A MONSIEVR DVCHAV.

QVe fera-ce de mes penfers? que deuiendront mes defirs? cóment reüffiront mes projets? Helas! la vie de mes deffeins, eft la mort de mes attentes: Ie ne fçay fi ie doy efperer ou craindre. I'efpere pour ce que ie defire, & crain auffi pour defirer. Toy qui fçais mes conceptions, comme veux tu que ie limite mes vœux? Seray-ie ferme en mon infirmité? Feray-ie ma ruine de la recerche de mon bien? Tu fçais fi ie puis attaindre, à ce que ie veux attendre. Tu cognois fi l'on recognoift dignement mes effais. Confole moy, me défcouurant ce que tu fçais, ou ie me defoleray, pource que ie ne fçay. Ie fuis en efpoir de bonnes nouuelles, & fi i'en ay des mauuaifes, i'ay vne bóne refolution de laiffer la vie, auant qu'elle me delaiffe. Il eft vray que ie viuray toufiours pour te feruir. Mais n'auoir moyen de rien faire pour ton feruice, fera-ce pas doublement mourir?

A MADAMOISELLE
de Burillon.

IE ne sçay de quelle sorte ie payeray à mes yeux, ce que ie leur ostay partant de vostre presence. La mort est trop peu de chose pour m'acquiter en leur endroit. Mais il faut que ie confesse, que mon principal tourment, vient de n'endurer pas à l'esgal de ce que vous meritez. Et ce qui me tue le plus, c'est l'impuissance qui est en moy, de ne mourir point. Et c'est vne merueille bien estrange qu'il faut, que ie guerisse en vous voyant, du mal que m'a porté vostre veuë. Helas! que ce depart m'ennuye, puis qu'il m'empesche d'acquerir, ce que ie ne puis requerir. Mais puis que la contrainte m'arreste en ce pays, faites s'il vous plaist que vostre vouloir m'arreste en vostre amé. Et si vous voulez que mó absence soit suiuie d'vne autre, ie vous le permetray, pourueu que ce soit de celle de vostre ancienne cruauté.

A MONSIEVR DE
Beau-semblant.

L'Escriture d'vn homme faſché
vo⁹ pourroit nuire, ne la voyez
point, ſi ce n'eſt que (degouſté
du contentement) vous cerchiez de la
triſteſſe, à fin de ne redouter trop de miſere apres trop d'heur. Celuy qui vous
trace ces lignes, eſprouue tãt de rigueur
du Ciel, qu'il eſt impoſſible ou qu'il viue plus malheureux, ou qu'il meure plus
faſché de viure. Ie n'oſeroy vous eſcrire
vn diſcours vain, ſans attendre vn ſupplice veritable. Mais vous ſçauez aſſez
le pouuoir d'amour, & mon inclination
à le ſuiure. Voſtre cognoiſſance me fera taire, pour vous dire ſeulement que
ie ſuis merueilleuſement eſclaue, d'vn
homme merueilleuſement rare, & que
ie vouë vn eſcadron de mes ſeruices, à
l'armee de vos merites.

A MONSIEVR DE
Quays.

NE faites pas ce tort à voſtre fidelle, de le laiſſer couler de vo
ſtre memoire. Car i'en appel-
leroy de voſtre iugement à voſtre bonté, & feroy voir, que ſi vous me quittez
pour mon demerite, vous me deuez conſeruer par voſtre courtoiſie. Vous ne
ſçauriez à mon aduis me traiter autre-
mêt qu'auecques faueur, & ſi vous faiſiez autrement, ie la tireroy du treſpas.
Non, vn braue cóme vous, que i'honore iuſques à la ſuperſtition, n'abuſera
iamais la croyance qu'on a de ſa douceur. Non, vn Perçeſer comme moy ne
ſera que bien receu d'vn braue. Nous
nous accorderons donc, comme deux
hommes de haute intelligence. Ie le dy,
vous le confirmez, on le cognoiſtra.

A MONSIEVR DE Nancel.

IE ne sçay quelles paroles pourront satisfaire à l'honeur de vostre memoire. Tât de faueur me defend aussi l'effet du reuanche. De sorque ie suis confus, & ne sçay si ie me doy desesperer, ou m'asseurer pour trop de douceur: mais i'aime mieux attendre presumptueusement le bien, que me donner du mal deffiamment. Au reste, ceste absence que vous figurez par la vostre n'agit point sur moy, veu que ie me suis tellement imprimé vos vertus en l'imagination, que mon ame n'est plus que leur image. Si bien que vous prenant par le meilleur, qui est par vos belles qualitez, ie vous ay autant present, que ceux qui iouïssent de vostre veuë. Toutesfois estant coustumier de voir ces perfections, qu'imparfaitement ie me represente, la priuation de ceste coustume me porte l'ennuy. Or c'est assez discouru de ce qui m'impor-

tune, parlons de ce qui me contente. Et
pour y venir , croyez que l'asseurance
que vous me donnez de voftre amitié,
me perce l'ame auec tant de douceur,
que mourir auec l'eftafe d'vne fi belle
penfée, feroit vne affez digne recompenfe de tous mes defirs. Mais dites
moy par les graces que vous poffedez,
qu'efperez vous de ma difgrace? Quoy
que vous me mandiez que chacun me
verra de bon œil , l'œil de mon penfer
me guide à d'autres figures Et ie me
propofe de ne m'abandonner pas tant
que d'abandonner ce lieu, que l'oppo-
fition de celuy qui peut me foit vuidée.
Car pour les autres qui veulent ce font
moucherons, qu'on chaffera d'vn coup
de queuë. Et lors ie me rendray pres de
vous à mon aduantage & voftre fou-
hait , que i'ay peur d'conuertir en regret par ma prefence. Car ie cognoy
que ie ne fuis rien, ou fi ie fuis quelque
chofe ie fuis l'inutilité de ce monde , &
le mefpris des belles ames, entre lef-
quelles la voftre qui me poffede parfai-
tement, s'appropriera mes affections.
Et ie vous prieray cependant, que vous

ſoyez d'autant plus proche de nous d'a-
mitié, que vous en eſtes eſloigné de perſonne. Adieu, & croyez que i aimeray
touſiours vne Iane entre les trous, & vn
Nancel entre les cheuilles.

A MADAMOISELLE
d'Ambreuille.

IE ne puis agrádir ce q̃ ie vous
doy, qui fait que ie laiſſe ſentir
au cœur ce q̃ la langue ne peut
dire. Cecy ſe loge mieux en
l'ame, qu'il ne ſe decouure au papier.
Heureux moy ſi mon deffaut ne me de-
ſtournoit de payer ce bien à voſtre merite. Dieu me doint mille morts, ſi ie ne dó-
noy mille vies, pour eſchange du pouuoir. Mó deſtin de voulát pas, ie demeure auec le deſir: & vo⁹ dy qu'vn bó vouloir eſt preſque reduit en puiſſáce, quäd
il eſt pris aux prix de ſa nature. Vous
auez neantmoins de l'obligation à mon
enuie, & mon enuie à voſtre perfection,
qui la fit heureuſe en la faiſant naiſtre.

Toutefois i'ay peur que l'heur de mes
defirs : n'engendre du mal-heur à mes
efperances. Il eft vray que ie m'affeure,
que mes foufpirs & mes larmes vous
adouciront, bien qu'il n'y ait rien de
plus mal affeuré, que l'eau & le vent. Si
vous venez à efplucher les raifons de
m'aimer, ie fçay qu'il ne fe trouuera
point de guerdon pour moy, non plus
que de merite auec moy. Mais fi vous
confiderez combien ie fouffre de diffi-
cultez, vous me ferez facile. Pour recompenfe de cela , i'efpandray le plus
pur de mon fang pour voftre feruice. Et
s'il eft befoin, ie me defpoüilleray pour
vous iufqu'à la chemife au cœur de
l'Hyuer. Et ie m'ofteray mefme à moy-
mefme pour vous donner. Vous reco-
gnoiftrez en fin, que mes vœux ne portent autre chofe, finon que vous viuiez
auffi contente, comme ie vy voftre fer-
uiteur. Et fur ce propos , ie vous baiferay les mains, auec la bouche de l'affection.

A MONSIEVR
de Veruille.

Ermettez moy de prendre ce cõ-
mencement de vous honorer: &
faites moy ceste grace, que recerchant les voſtres ie n'en ſoy priué,
pour en auoir peu. Ce vous ſera beaucoup de gloire, d'é octroyer aux choſes,
qui en ſont les plus eſloignees. Le peu
de cognoiſſance que vous auez de moy
ne me ſera qu'aduantageux, par-ce que
mon imperfection ne vous eſtant du
tout deſcouuerte, ma priere m'ouurira
pluſtoſt le chemin que ie cerche. Ainſi
ie louëray par la preſence de ce bien,
l'abſence que i'ay regretee. Voyez comme ie transforme vn mal en vn bien.
Mais craignez auſſi que ce gain, arriuant apres tant de deſir, & ſi peu d'e-
ſpoir, ne ſoit l'entiere occaſion de ma
perte. Et penſez en cela que vous auez
dequoy punir l'audace de ma requeſte,
par l'octroy de ma requeſte meſme.
Toutesfois ſi vous le trouuez bon tuez
moy

moy de ceste sorte, pourueu que ie viue
de l'autre. La vie que ie vous demande
me viendra de voftre memoire. Et fi ie
reçoy tant d'honneur , vous receurez
mille remerciemens en efchange. Cependant vos beaux efcrits , que tous les
efprits reuerent auec merueille, s'offri-
ront continuellement à moy, qui me
dedie à vous. Car celuy qui ne vouë de
la feruitude à vos vertus , à plus de ja-
loufie , que de mefcognoiffance, & qui
porte enuie à voftre bel Efprit , enuie
le bien à la Terre. De moy qui l'admire,
autant de foisque i'y penfe(qui eft toufiours) ie n'en diray rien, pour n'en rien
diminuer. Mais attendant que ie me
puiffe rendre pres de vous, pour baifer
ces mains, d'où partent les figures de
fi riches conceptions, ie vouëray vne
eternité de fiecles à mon affection, de
mefme qu'à voftre louange , vous adiurant par tout ce que vous poffedez de
plus meritant de m'eftimer inuiolable-
ment fidelle à voftre feruice.

A MADAMOISELLE
Rigueur.

LE clystere de voſtre deſdain, m'a vuidé de la mauuaiſe humeur de voſtre amour. Le balay de ma coğnoiſſance a nettoyé l'ordure de voſtre figure: le ramóneur de mon iugement, à jetté au feu la ſuye de voſtre beauté. Le barbier du Temps m'a arraché la dent de la paſſion, qui me faiſoit crier. Le braſſal de vos rigueurs, à repouſſe le balon de mes deſirs. Voulez vo' que ie vous le die en vn mot. Adieu.

A MONSIEVR VERMENTON
Docteur és Driects.

NE iugez par la ſeparatió de terres celle des amis. Vous feriez tort à noſtre amitié, qui ne ſe peut des joindre, non point quand le Ciel en rauiroit vn enuieux de l'autre. Les preuues que vous en tirerez aux occa-

fions-vous en ofteront le doute. Soyez
feulement libre à me fignifier ce que
vous voulez de mes effects, & vous verrez fi ma gloire confifte en ma parole.
Pitié merueilleufe d'eftre foible, où l'on
eft fi courageux. Cependant ie vous réds
graces de voftre illumineure que ie feray trauailler comme elle merite. Elle
eft de bel efpoir : il ne la faut laiffer oy-
fiue. Auffi ne feray-ie, ou ie mourray
toft fans me figner. Et ce que ie figne-
ray fera, "qu'en tous mes faits il n'y aura aucun figne, que de fidelité. Vous
croyez DAVITY, qui vous le dit, &
vous le doit par enfemble.

A MADAMOISELLE
de Eurillon.

VO vs vous mettez en deuoir de
me faire mourir en trauail,
pour me faire viure en repos.
Vo⁹ voulez dóner fin à ma vie, pour có-
mécer voftre gloire : mais vous ne fçauez
pas qu'en me voulát tourmenter, i'auray
pour le moins ce plaifir à ma mort, que

vous en ferez la cause. Car ie ne gaigne-
ray iamais d'auantage, que lors que ie
perdray ma vie pour voftre feruice. Et
bien que ie perde la vie en vous aimant,
ie ne perdray pas toutesfois le defir de
vous aimer. Car c'eft folie de dire que
le temps desfait toutes chofes: Y ayant
fi long temps que ie vous fers, s'il euft
desfait mon amour, ie me fuffe ja deffait moy-mefme. Car ie n'aime l'eternité, que pour vous aimer plus long
temps: & ce que ie vous aimeray long
temps fera la gloire de l'eternité. Or fi
vous ne me recompenfez de tant de
paffion, vous en ferez declarée trop
pleine. Prenez vous garde, qu'eftant
douce de toutes les graces, finon que
de la douceur, la douceur appelle à foy
les autres graces, & que vous ne foyez
plus victorieufe pour auoir fait defefperez les vaincus, par vos cruautez ex-
ceffiues.

A MADAMOISELLE
de Burillon.

NE considerez vous pas voyant
mes souspirs, que lors qu'ó voit
fumer vne cheminée, il y a du
feu? Ne voyez vous pas que mes soulpirs
esmeuuent d'auantage ma flame ? & si ne
les voulez appaiser. Ha ! belle rebelle,
vous feriez mieux d'establir vn salaire à
ma souffrâce, que de recercher vne souf-
france , pour ma foy. Que si i'ay fait
d'autres amours(cóme vous me reprochez) iugez que c'estoit pour essayer
comme ie me conduirois aux vostres.
Mais en fin ie ne pouuoy dóner ailleurs
ma foy, puis que ie n'en auoy que pour
vous. Que me respondrez vous maintenant , sinon que vostre vouloir vous
porte ailleurs? Non ie voy bien qu'il
ne me faut plaindre de vous, ains de
moy, parce que mon peu de merite a
poussé vostre grande beauté à m'estre
cruelle. De sorte que ie suis, & la four-
ce , & la descharge du dommage. O que

me voila bien accouſtré ? Maintenant
vous me battrez des armes que ie vous
donne, apres m'auoir donné les armes,
dont ie me bats. Mais ie vous laiſſe diſ-
poſer en toute ſorte de moy, qui ne puis
que ce qui vous plaiſt. Et tandis par
imagination ie vous baiſeray, non pas
les mains , (car peut eſtre elles ſeront
occupees à former ma mort :) mais la
belle bouche, où n'y a rien à redire, ſinon de me dire qu'elle eſt pour moy,
comme mon cœur eſt pour vous.

A MONSIEVR BOFFIN, Aduocat au Parlement de Dauphiné.

Vous m'auiez tant teſmoigné que
vous m'aimiez, que i'euſſe creu
vous faire tort, de ne vous monſtrer combien ie m'aſſeure de vos effets.
Ce que vo⁹ voulât faire voir, & ceſt hó-
neſt'homme s'en allant en vos cartiers,
pour taſcher d'y faire quelque fortune,
ie luy ay conſeillé de ne faire election
de point de demeure ſans voſtre conſeil.

Ie croy que ma priere ou ſa preſence,
vous inciteront à le luy departir, & que
vous l'aſſiſterez premierement pour l'a-
mour de moy, & puis en l'ayant cogneu
pour l'amour de luy-meſme. Et meſme
ie crain que vous m'appelliez vn iour,
ou pauure amy, ou pauure diſeur, de
vous auoir ſi mal exprimé ſes qualitez. Mais ſes œuures le rendront aſſez
recommandable, ſans mes paroles. Encore vous direz vous peut eſtre mon
redeuable, vous ayant procuré d'amis
ſi galants. Ie vous adiure donc & read-
iure, par les plus eſtroits liens de voſtre
amitié, de receuoir fauorablement, &
l'homme, & la lettre, & luy rendre autant de bons offices par delà, qu'il a de
merites, & que i'en ay d'eſperances.
Baiſemens de mains amples, & à bour-
let à toute la troupe des meritans.

A MONSIEVR DV BOV-
chet, commandant à fainte Colombe
de Vienne.

Roiriez vous que ie fuffe tranf-
formé vifiblement en vn conil,
& que i'euffe efpoufé fa memoire? Veritablement vous me priueriez
d'vn outil, qui ne me plaift guiere moins
que tout mô refte. He! que feroy-ie auffi
deftitué de cefte piece? I'eftime que ie
me deftinerois à me plôger entierement
dans le Rofne pour efteindre le feu d'a-
mour qui me tourmente. Il eft vray que
ce me feroit vn grand bien d'eftre fans
memoire, à fin d'oublier la beauté qui
me bourrelle. Mais d'autre part, la crainte d'oublier ce Bouchet que i'aime, me
fait quitter ce defir. I'en veux donc
auoir pour le dernier poinct, & fi i'en
ay encor pour la beauté, i'en pourray
bien auoir pour la rudeffe, qui me fera
d'efdaigner la perfection. Car ie me re-
fou toufiours à mon profit, aime toufiours pour mô plaifir, & me fouuien de
ceux qui ne m'oubliét point côme vous.

A MADAMOISELLE
de Fleurs.

IE vay difputant auec moy de voftre fouuenáce, & m'efgare tellement que ie fonge d'eftre en voftre cœur. Vous me direz que fonges fōt menfōges:il fuffit fi ie me repay de cefte viáde.Car pourueu que ie me contente de foin ou de paille ie m'en fentiray. Quand ie me feray fatisfait qu'on face des choux du refte. Thibaud, Guillot, & Martin,ne font pas tant que Pierre, que i'aime, i'eftime, ie chery, careffe, flatte, mignarde, dorelotte, & tout parce qu'il eft forty de ma mere. Quant à vous i'en fay beaucoup d'eftat, & vous le feray voir à mon retour ; lequel vous n'attendez pas fi long temps que i'ay fait vos lettres, à l'inuifibilité defquelles i'offre, bien honneur & feruice, pour ce peu d'obligation que ie leur ay. Puis qu'elle ne font pas au monde, faites le leur fçauoir s'il vous plaift, & vous me rendrez voftre redeuable. Car ie les honore comme choſes du tout reſſerrées, & precieuſes, Tandis ie deſire d'eſtre couché en l'eſtat, d'eternel baiſeur de vos belles mains, mais encore plus de voſtre bouche.

A' MONSIEVR DE Q ays.

PLuſtoſt pour vſer de mon deuoir, que pour eſperáce d'auoir de vos lettres, ie vous ay voüé ce mot qui ne ſera qu'vn foible reſmoignage, de l'ardéte paſſion qui me poſſede, de ſacrifier mes volontez à vos vertus. Car ie veux maintenir, encore que ie ſache bié peu, ǫ ie me cognoy quelque peu (pour le moins) en la cognoiſſance de vos merites, ſi par malheur vous n'appellez non-ſçauante, la foibleſſe qui eſt en moy de ne deſcouurir capablement la grandeur de vos raretez. Obligez moy donc de tant, que de vous aſſeurer de ma fidelité, qui viura parmy la mort meſme. Et croyez que mon deſir me portera touſiours à demeurer voſtre.

A MONSIEVR DE
Buffiere.

S I le regret de l'abfence fe pouuoit bien exprimer, ie cerche-
roy des paroles, pour vous faire quelque demonftration de l ennuy,
que i'ay porté depuis noftre feparation.
Mais puis que c'eft vne chofe impoffible, ie me referue le tourment, & vous
en laiffe la croiance. Et vous affeureray
dc viure memoratif de l amitié qu'il
vous à pleu me voüer : vous adiurant
auffi de ne vous voüer à l'oubly, aux
defpens de celuy qul fera touſiours tel
que vous le defirerez.

A MONSIEVR DV CHAY

HA! vous me rendrez infiniemét
voftre redeuable, & ie veux que
iamais LANCE-VIE ne m œil-
lade que defdaigneufemét, ſi ie n'œillade
ordinairement vos lettres. Voftre memoire m'a tellement obligé, que ie feray

touſiours importun enuers la fortune
pour la prier de me faire naiſtre quelque ſubjet, où ie vous puiſſe rendre
preuue de ce que ie conçoy pour voſtre
ſeruice. Vous me marquerez, où ie puis
exercer mes affections, & vous cognoi-
ſtrez que les œuures ne dementiront pas
les offres. Car ie ne viuray iamais que
plein d'affection, à l'endroit de ce Braue, qui s'eſt acquis vn pouuoir immortel ſur l'immortalité de mon ame.

A MONSIEVR DE Mont-larron, mon Couſin.

NE m'eſtimez pas ſi nonchalant
que de me rendre amoureux de
moy-meſme, & croire que les
autres me ſont eſträgers. Si tout le monde s'aſſembloit pour me le dire, ie le de-
mentiroy pour voſtre ſubjet : car puis
que ie vous ſuis allié, ie ne m'en veux
iamais deſlier. I'ay auſſi trop de cognoiſſance de voſtre bon vouloir, pour
permettre l'ingratitude à mon ame. Que
ſi ie n'eſcry pas ſouuent, c'eſt pour eſtre

aſſez aſſeuré que vous me croyez voſtre
ſeruiteur: & ſi i’eſcry quelquefois à mes
autres amis; c’eſt pour ſçauoir qu’il ne
ſont pas du tout aſſeurez de ce point.
ou à cauſe de quelque ſubjet ineuitable,
ou pour faire voir que ie ſuis encor en
vie. Que ſi vous demandez que ie vous
face ſouuent ſçauoir ſi ie vy, ie vous diray, que vous ne craignez que ie meure
tant que vous viuez , puis que nous ne
ſommes qu’vne choſe.

A MONSIEVR BOFFIN,
Aduocat au Parlement de Dauphiné.

PArce que mon Couſin porteur
de la preſente, a quelque affaire en voſtre ville, où voſtre aſ-
ſiſtance luy eſt non ſeulement vtile, mais
neceſſaire, ſçachant bien que voſtre faueur eſt vn aſſez digne ſubjet pour au-
toriſer ſon deſir, ie vous l’ay dreſſé, à fin
q̃ vous l’adreſſiez où vous iugerez eſtre
expedient. Il vous recitera ce qui luy a
dóné occaſió d’aller par delà, & vous la
prendrez pour cófirmer l’opinion d’vn

chacun, qui croit que vous m'eſtes ſin-
gulier amy. N'abuſez pas ceſte perſuaſion de tant de perſonnes, & traitez ce
Caualier comme mon frere, ou pluſtoſt
comme moy-meſme. Ses obligations ſeront miennes, & ne ſera iour de ma vie,
que ie ne me nomme voſtre obligé.

A MONSIEVR DE Chaſtel, ſieur de Tinoley.

NOstre ancienne affection aura
encor en nouueau teſmoigna-
ge, vous eſtes trop en mon ame
pour n'eſtre pas en mes papiers: mais ie
ſuis faſché d'eſtre touſiours oublié aux
voſtres. Vous vous faites tort, vous me
faites tort, vous faites tort à tout le mô-
de. Vous vous faites tort, de ne vous
côſeruer pas vn ſeruiteur. Vous me faites tort, de me laiſſer mourir de regret.
Vous faites tort à tout le monde, trom-
pant la croyance qu'il auoit de voſtre
ſouuenance. Mais ie croy que l'amour ou
l'ambition de vous eſleuer, vous occu-
pent ordinairemét, & cela m'occaſionne

de ne m'aigrir pas. Mais au moins ſi
vous auez de l'amour, donnez m'en vn
peu, & ſi vous auez quelque ambition
de vous eſleuer, que ce ſoit par deſſus le
nombre des plus fidelles amis qui furent
iamais,

A MONSIEVR FRADEL,
Aduocat au Parlement de
Dauphiné.

E V x qui verront que ie vous
eſcry, iugeront fort aiſement,
que ie vous aime & honore.
Ceux qui ſçaurót que ne m'eſcriuez, iu-
gerót que cela procede de haine. Si vous
m'eſtes ennemy, enuoyez moy vn car-
tel de deffy, encor ſeray-ie trop content,
voyant voſtre charactere. Si vous eſtes
de mes amis, ne gardez pas tant ceſte
amitié dans voſtre ame, qu'elle ne ſe
voye en vos actions: car que me ſert
d'eſtre aimé, ſi ie ne le ſçay. Eſcriuez
moy donc, n'eſpargnez p.. vn peu de
papier & d'ancre, à celuy qui n'eſpar-
guera iamais ſa vie pour vous.

A MONSIEVR FRERE,

Aduocat au Siege Presidial de Lyon.

VOVS parlez Grec, Latin, Italien, Espagnol, & François, & toutesfois ie ne puis auoir vn mot de toutes ces langues. Vn ignorant seroit excusable pour ne sçauoir, mais vous estes du tout inexcusable pour ne vouloir. N'est-ce pas vne offence estant si sçauát, de permettre q̃ ie soy tellemét ignorát de vos nouuelles? Et estant si curieux cõme vo⁹ estes, n'est-ce pas vne erreur de ne vo⁹ soucier pas d'vn qui vous est affidé? Vous auez bié souci de la cõseruatió de vos liures, faits par des hõmes morts & incognus, & vo² aurez encor le coũrage de ne vous peiner de la santé d'vn viuant que vous cognoissez de vos seruiteurs! Ha! rompés ce silence, ie vous prie, & sçachons que vous ne pouuez oublier ceux que vous aimez, quand ce ne seroit que pour monstrer, que ne pouuez oublier ce que vo⁹ aprenez. Adios Don Hermanico, grande de ingenio, Chiquito de cuerpo.

Fin des lettres Missiues.

DIALOGVES.

La Courtisane mariée.

PREMIER DIALOGVE.

Le Caualier, la Damoiselle.

Le Caualier.

MAdamoiselle, vous rencontrant à propos en si bóne compagnie, & sçachant ce que vous meritez, i'ay creu que l'honneur m'obligeoit de vous aborder, pour vous faire offre du seruice qui se doit à vostre perfection.

La Damoiselle.

Vne femme liée & qui a maistre, ne doit pas auoir des seruiteurs.

Le Caualier.

Mais bien, si vous en auez vn qui vous maistrise, & mesprise tout ensemble, ce vous sera du plaisir d'en auoir vn autre qui vous serue.

La Damoiselle.

I'ay tel maiſtre, que i'aime plus le ſeruir, que commander à d'autres.

Le Caualier.

Si m'accorderez vous qu'vn qui cõ-
mande, ne peut qu'eſtre merueilleuſe-
mét ennuyeux à la longue, & qui eſt bon
d'auoir vn autre ſoy-meſme pour verſer
dans ſon ſein toutes ſes faſcheries.

La Damoiſelle.

Mais vne femme qui n'a point d'ennuis comme moy, n'a pas beſoin d'autres
ſoy-meſme, que de celuy que les loix
luy ont ordonné.

Le Caualier.

Vous vous abuſez. La creance qu'il a
que luy deuez tout, luy fait meſco-
gnoiſtre ſon bien: au lieu que celuy que
vous luy ſubſtituez, ſe ſent touſiours voſtre redeuable.

La Damoiſelle.

Ie ne veux obliger perſonne, eſtant ſi
fort obligée à mon deuoir.

Le Caualier.

Trouuez vout pas du deuoir à n'eſ-
conduire point de la vie, vn miſerable
qui la perd priué de vos graces?

La Damoiselle.

Ie trouue du deuoir à n'efconduire
point de demeurer auec moy, l'honneur
que i'eftime plus que ma vie. Aduifez fi
ie doy faire eftat de celle d'autruy.

Le Caualier.

Eft-ce pas honneur d'eftre feruie d'vn
Caualier, qui perdra la vie en le foufte-
nant? *La Damoifelle.*

Eft-ce bien honneur d'eftre moquée
d'vn Caualier, qui perdra la vie pluftoft
que l'enuie de vous defcouurir?

Le Caualier.

Ouy la cotte, & non la fureur que
vous luy ferez.

La Damoifelle.

Ha! par ma foy, vous eftes trop libre,
fi vous pourfuiuez, ie m'en iray.

Le Caualier.

Pardonnez moy, ie parle à la folda-
de, & felon l'air de la guerre, où tout
eft permis.

La Damoifelle.

Monfieur, nous ne fommes pas dans
vn camp, cefte compagnie eft fi honorable, qu'elle vous doit faire refoudre à
changer de termes.

Le Caualier.

Qui ne ſçait mieux dire, Mademoi-
ſelle, dit ce qu'il ſçait. Mais vous ayant
expreſſement abordé pour vous deſcouurir ce que nos mérites peuuent ſur mes
affections, il a falu que ie ſuiuiſſe en mon
jargon vos conteſtes de mes foibles re-
parties. Que ie ne vous ay peu eſmou-
uoir, & ſuis priué de la gloire de vos
bonnes graces, ie me reſous de me priuer du bien de la vie.

La Damoiſelle.

Tout beau, Monſieur, vous auez trop
de bons amis, vous ne mourrez pas, mais
ie voy l'aſſemblée qui ſe diſſout, & me
conuie à vous quiter. A demain au bal du
grand Creneau, ou vous me direz des
nouuelles.

Le Caualier.

Mais pluſtoſt les anciennes ardeurs,
qui m'ont ordinairement aſſailly apres
l'offre de voſtre veuë, qui fait tort à ma
raiſon, ou pluſtoſt à qui ma raiſon a fait
tort de demeure libre ſi long temps. A-
dieu Rebelle, gouuernez bien voſtre fidelle.

LA BELLE
DESDAIGNEVSE.

SECOND DIALOGVE.

Le Pasteur, La Nimphe.

Le Pasteur.

BElle Nimphe, dites moy quel
les passions tourmentent vostre
ame, quelles affections elle reçoit, quelles sont ses imaginations ordinaires? Mais belle, vous ...

La Nimphe.

Berger, mes passions sont desdains de
tant de seruices, mes affections des desirs
de gloire, mes imaginations s'esleuent
par dessus toutes les nuës.

Le Pasteur.

Vous auez donc vn esprit qui se guin-
de au Ciel, qui se range entre le diuini-
tez, & qui campe auec les astres.

La Nimphe.

Ouy Berger, mon ame est separee de
l'humanité, ie me ren tousiours au Ciel
ma seule origine, & suis sens assez forte pour faire que mes yeux disputent la
lumiere au Soleil.

Le Pasteur.

Mais belle, vous estes extremement
froide, comme est-ce que vous entre-
prendriez d'eschaufer le monde.

La Nimphe.

Ha! ie retireroy tout le feu que i'ay
disperse en autant de cœurs qu'il y a d'e-
stoilles, & en armeroy mes yeux qui s'en
font deffaifis, pour apres fournir la chaleur à mille mondes.

Le Pasteur.

Mais belle, vous estes si molle, & si
delicate, ne craignez vous que le Soleil
vous confume, & fonde ceste neige qui
paroist sur toutes les parties de vostre
corps? *La Nimphe.*

He! ne sçais tu que ie porte vn Roc de
rigueur, que i'opposeray tousiours à
l'ardeur d'vne si penetrante lumiere?

Le Pasteur.

Mais si la violence de ses rais venoit
à percer ceste durté, que feriez vous ex-
posée à vne chaleur dont l'embrasement
est ineuitable?

La Nimphe.

Vrayement tu ne recognois pas mon
pouuoir, car ie tireroy toute l'humeur

qui coule des yeux de mes passions, &
par l'abondance de tant d'eaux, ie pour-
roy faire mourir le Soleil au milieu de
sa course.

Le Pasteur.

Mais si la Lune contestoit les droits
de son frere, & comme plus ancienne au
Ciel debatoit le chariot du iour.

La Nimphe.

Mon amy, nous sommes femmes, nous
serions tost d'accord, & puis i'ay meilleure teste qu'elle, & son cas est de froideur, & de crainte, Outre que i'ay mille
braues Esprits pour moy, qui luy mon-
teroyent sur le ventre.

Le Pasteur.

Comment monter, belle Rebelle, ou
est l'eschelle, ou le chemin?

La Nimphe.

Ie te marque maintenant ton ignorance, dy-moy, ne sçais-tu pas que mille
Esprits desesperément amoureux ont
quitté la Terre pour me voir au Ciel,
remarquans que i'estoy vne diuinité,
dont Idée s'offroit icy bas, pour assu-
ietir auec autant d'œillades, autant de
pensees?

Le Pasteur.

Doncques ceux-cy seront vos Caualiers, & fauoriseront vos desseins, animez de l'objet de vos merites.

La Nimphe.

Ouy, quand le danger seroit euident, car ils sont encor armez de la dureté de leur constance, qui rebouchera les traits de nos ennemis.

Le Pasteur.

Het belle Nimphe, mettez moy de ce rang, comme vn des plus zelez à vostre seruice.

La Nimphe.

Qui t'a fait si presumptueux, Berger, que de vouloir accompagner vne Deesse.

Le Pasteur.

Pardonnez moy doncques Deesse, si mon desir & vostre beauté m'ont fait produire ces paroles. Ie n'estimoy pas que la rudesse vous fust si familiere. Mais, Adieu belle, & rigoureuse Deesse: & si vous, voyez la Lune au Ciel, recitez luy vostre cousinage.

Fin des Dialogues.

SONETS REVESTVS.
SONETS NVDS.
EPIGRAMMES.
STANCES.
POEMES.

DE PIERRE DAVITY
DE TOVRNON.

L

O N me nommera peut estre bizarre Parrain, de donner à mes œuures des noms de caprice. Mais si vous espluchez bien mes raisons, vous trouuerez ceux-là n'en auoir guiere, qui me fourniront ce tiltre. Car ie nomme les vns Soucis reuestus, c'est que ie les ay trouuez si froids, qu'il m'a esté necessaire d'en reuestir bonne partie, & les accompagner de la prose, qui leur donne auec leur peau naturelle, vn habillement artificiel. Si ie nomme les autres nuds, c'est pour difference des precedens, & pour voir si vous auez de la charité en les voyant si panures, puis que ie les laisse nuëment, & simplement comme ils sont venus au monde. Pour le reste, l'ayant communément qualifié, ie n'vseray point de recerche de responce auant-coureuse de reproche, ains vous prieray seulement, que comme ie vous donne cecy de bon cœur vous le receuiez aussi de mesme. Vous ne me croyez pas, hausseurs de becs, cordeurs de nez, & d'ardeurs de langue. Mais si vous me croyez, ie sçay bien qu'on ne vous croira pas aussi. Car on ne doute pas que les meritans ne soyent les plus sobres à reprendre. Quoy que ce soit, voyez moy, Lecteurs, & donnez moy l'œil de ma maistresse, c'est à dire, celuy de l'affection. Adieu.

SONETS REVESTVS.

A MONSIEVR DE LVC
mon Coufin, luy enuoyant vn
Sonet fur la Paix.

RECEVEZ ce Sonet de la Paix, d'vne perſonne qui n'en experimente aucune. Mes vers ſont plus paiſibles que mon eſprit, & les effets plus heureux que leur cauſe. Iugez-en pl⁹ auec amitié qu'auec rigueur & ne plaignez pas de me plaindre ſi i'ay mal fait. Si i'eſtois au ſómet de bié dire, on diroit, que i'en tóberoy. I'aime touſiours mieux monter , que deſcendre. Donnez du blaſme à la compoſition s'il luy eſt deu, & de la louange au deſir que i'ay de mieux faire. Excuſez ma foibleſſe parmy mon audace, & ne me troublez point au milieu de la Paix que ie ſaluë. Autrement ie me porte pour ap-

pellant de la seuerité à la douceur. Mais
ie ne demande pas tant, qu'on me face
droit que faueur. Voulez vous me de-
charger honnestement, estimez que cecy vous est enuoyé, pour vous donner
plus à rire qu'à lire. Lisez, riez, faites ce
qu'il vous plaira: ie suis contét que vous
hayssiez tous les escrits, pourueu que
vous aimiez la personne.

Sur la Paix publiée en Esté.

SONET.

Allumez voz grands feux, quand la guerre s'e-
steint,
(François dont la douceur la doleance apaise)
D'espoir plus que de peur vostre cœur soit atteint,
Ou si vous craignez rien, craignez de mourir d'aise
Que le nom de la Paix inuiolable, & saint,
Chasse violemment la discorde mauuaise.
Que le Dieu des guerriers soit durement estreint:
Et que plus le plaisir à vos yeux ne desplaise.
François viuez certains qu'on ne verra iamais
Sortir le trouble vieil de la nouuelle Paix,
Car le temps, & le Ciel font la chose sacrée.
Ostez moy toute Eclypse à si belle clarté,
Non, ceste Paix ne peut, ni doit estre fourrée,
Puis qu'elle vient paroistre au milieu de l'Esté,

SVR LES BRAVETEZ APA-
rentes de Madamoiselle
de Burillon.

SONET.

TOut poil est vn che suon qui me tient enrethé,
  Ton front vn marbre blanc , où i'emprains ma
te sée:
Ton œil , le feu duquel mon ame est embrazée
Ton oreille vne entrée à ma felicité.

Ton nez est le tuyau d'où coule la bonté,
Taioüe vn lieu choisi pour l'amoureuse armée,
Ma bouche le charmeur de mon ame entamé,
Ton menton le riuage où ie fus aresté.

Ta gorge le vray but où visa mon œi l'ide,
Ton te in le beau fruit , qui me rendi: maladé,
Ta main de ma franchise vn voleur inhumain:

Si que , ton front , ton œil oreille nez , & ioüe,
Ta bouche , ton menton gorge , tetin & , main,
Sont les diuersitez , dont ta beauté se ioüe.

A LA MESME.

VOila des belles conceptions , &
des belles deceptions d'esprit:
faut-il qu'vne chose blanche
soit si bien noircie? ou faut-il que ce noir

luy porte apres plus de blancheur? Dites moy voſtre aduis de mes vers, comme ie fay de vos beautez. Et ſi vous me reprochez que mes vers ſont rudes, ie diray qu'ils retirent à voſtre ame. Que ſi i'ay teu ce qui eſt caché, c'eſt que cela demande plus que des paroles. Et puis quand i'ay eſté au bout de ces autres beautez, i'ay prins ſi grande vergongne d'auoir mal fait, que me ſuis caché auec le reſte de mes conceptions, pour ne deſcouurir pauurement les richeſſes que vous celez. Si ie n'ay autre choſe belle comme vous, apres mon excuſe qui eſt belle & vallable, remettez en le defaut ſur trop de belles qualitez qui ſont en vous, qui me mettent hors de moy. Et penſez que ſi i'ay aduancé cecy, bien que ie fuſſe certain d'eſtre mal aſſeuré parmy voſtre cognoiſſance, ie l'ay fait pour faire paroiſtre mon affection parmy vos beautez apparentes, & à celle fin qu'eſtant proche de tant de perfections, elle ſe rendit toute parfaite.

De la Chauue-souris.

SONET.

Ve nous sommes esgaux en infelicité!
(Triste Chauue souris que le beau iour offéce
Car ordinairement tu suis l'obscurité:
Ie te vy malheureux en la nuit de l'abséce.
On te voit sur la fin de la belle clarté.
Sur ma fin, de mes maux on prend la cognoissance.
Tu voles, on t'abbat : vne fiere beauté
Abbat ainsi le vol de ma foible esperance.
Mais helas ! d'vn seul point tristes nous differons,
C'est qu'aueques vn clou l'on coust tes aisterons,
A l'huys de quelque chambre, où le malheur t'apelle.
C'est cela que tu plains : & moy ie suis fasché,
Que d'vn clou naturel ie ne suis attaché,
A l'huis tant souhaitté d'vne ieune pucelle.

A MOY SVR LA CHAV-
ue-souris. A la Cauue-souris.
de moy.

PAVVRE Amoureux qui n'as pas
des aisles comme la Chauue-sou-
ris, pour t'esleuer où tu desires, tu veux
que la nuict couure tes deffauts, comme

les ſiens. Ha non, tu ne manques pas d'aiſles, mais bien d'elles, qui te pourroient faire aller ou l'imagination te porte! Que c'eſt oyſeau nocturne te reſſemble, ſi ce n'eſt que ſes cris eſclatans faits à meſure de ſon plaiſir, ſont plus heureux que la contrainte de ta voix. Que ceſt oyſeau de la nuict, & de l'ennuy t'aduertit bien de voler haut, à fin qu'ó ne t'abatte point. Car c'eſt au gráds eſprits que l'amour loge, & les filles de la ſotiſe, ſont touſiours plus deſdaigneuſes, plus elles ſont deſdaignables. Mais auſſi ce vol bas t'apprend qu'il ne faut exceder ta nature, qu'il vaut mieux endurer auec la modeſtie, qu'eſperer auec la temerité. De quel coſté me rangeray-ie maintenant? Dy-le moy petite Chauue-ſouris, & ie te rendray libre, ſi tu me deliures de ce doute. Ie voy bien la nuict te donnera conſeil : il faut qu'elle coule. Pauure beſte, que ne coules-tu de meſme des mains de tes ennemis, puis que tu es ſa fille? Pour moy, ie te veux laiſſer aller, à fin que ma maiſtreſſe ſoit eſmeuë au meſme. Vne pitié n'en ſçauroit elle engendrer vne autre?

Si fera (ma Chauue souris :)car elle tire vn peu sur ta couleur. Et pour cela ie
l'aime , veu que sa couleur n'estant sub-
jete au changement, i'en croy de mesme de son cœur. Mais ces friponnes de
ton sexe nous destournent trop. Patien-
te : voicy vne plume pour ioindre à ton
aisle , à fin que tu voles mieux. Et ne redoute plus qu'on t'abate. Car ie te vay
faire voller iusqu'au siege de l'Eternité.

A MONSIEVR DV LVC
mon Cousin, luy enuoyant le
Sonet suyuant.

Onsieur, ne trouuez point le
vous prie ce Sonet laid, puis que
le subiet est si beau, & vueil-
léz auoir plus d'esgard à l'affection de
l'ouurier, qu'au merite de l'ouurage. Iugez que si mon defaut me blasme, vostre
demande m'excuse. I'eusse bien desiré
faire mieux : mais i'estime auoir assez
fait, d'auoir fait le mieux que ie pouuoy. Ces Acrostics ostent beaucoup de

naifueté. Ma naifue ignorance leur
oſte beaucoup de grace. Qu'y feriez
vous, ſi i'ay ſuiuy vos volontez, ne ruï-
nez point mes infirmitez. Vous m'a-
uez choiſi pour faire des vers & non
des merueilles. Si voſtre deſir n'a pas
eu de l'effect, accuſez-en voſtre deſir
meſme. Car ſans luy ie n'auroy iamais
entrepris cecy. Si i'ay peu loué, penſez
que c'eſt pour vn peu ſçauoir. Malheur!
qu'vne telle perfection s'exprime par
l'imperfection meſme, & qu'vne ame
infiniement meritante, ſoit tombée en
l'imagination du demerite de la terre.
Mais puis que i'ay fait ce que vous,
voüez à vne Dame ſi parfaite, ne me
faites point acheuer ma vie auec mon
Sonet : ains pluſtoſt liſez auec plaiſir ce
que i'ay eſcrit auec peine.

SONET ACROSTIC,

Pour Madamoiselle de Marches.

erueille de la terre , & Soleil de nostre âge,

e quels mots recerchez vous iray-ie esleuant?

t quel vers fournira dignement à l'œuurage,

onorant les beautez de ce Soleil leuant?

stre des raretez vous me donniz courage,

ontre mon impuissance , & le contraire vent,

uey vouloir vous louër d'vn prophane langage?

ne mortelle voix voleroit trop auant.

t passeray-ie aussi celuy qui nous surpasse,

ostre espoux dont le nom renforce mon audace

uge digne du Beau dont il est combatu?

arrons nous le subiet de vostre sainte flame?

as! non, mais vous serez l'ame de sa vertu,

t vostre espoux sera la vertu de vostre ame.

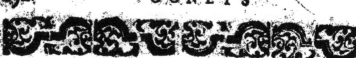

A MES-DAMOISELLES,
Ieanne de Luc, & Ieanne de Poyols,
mes Cousines, sur leur Ba-
let des Boulan-
gieres,

SONET.

Vous voulez vous blanchir en blutant la farine,
Belles qui de blancheur l'yuoire surpassez:
Faisans rougir de honte & de courroux l'hermine,
Où ce que de plus bas icy bas vous pensez.

Ou si pour separer de la chose diuine
Ce qu'auez de mortel, icy vous le passez?
Ou si c'est vostre trop, que vostre ame destine
Faire passer aux lieux qui n'en n'ont pas assez.

Belles, dites que c'est : hé! qu'on me satisface,
Quoy: voulez vous aussi que ma demande passe
A trauers ce bluteau, vostre aimable tourment?

Ha! c'est vostre pitié, que vous blutez, cruelles,
Et la ietiez aux vents pour mesler seulement
Des mortelles rigueurs aux beautez immortelles.

AVX MESMES.

Pres auoir paſſé voſtre farine, trouuez ces vers icy paſſables. Maniez-les auſſi doucemét que vos bluteaux, & s il y a quelque choſe qui n aille bien, faites la demeurer dedans. Mais encor que vous ſoyez ſçauantes en tout, n en vſez pas touteſfois ſeló voſtre capacité en mó endroit. Car en blutant mes paroles, vous trouuerez que ce n eſt que ſon. Et c eſt veritablement vn ſon qui vous renommera touſiours, & fera voir à tout le monde, que vos mains s exerçans à faire aller la farine en bas, les miennes veulent faire al- aller en haut vóſtre renommée.

SVR L'INCARNAT.

SONET.

SI i'aime l'Incarnat pour l'amour de ma belle,
Ie hay ce qu'il figure, en voyant ſes rigueurs,
Ou la flamme, ou le ſang ceſte couleur appelle,
Et la flame, & le ſang ſont cauſe que ie meurs.

La flame me procure vne Mort immortelle,
Et cherir ceste flame, est cherir ses douleurs:
Le sang marque vne Dame impiteuse, & cruelles
C'est donc en l'incarnat que logent les mal'heurs.

 I'aimeray-ie?non, non. Les hayneux de ma vie
Ne seront mes amis. Ha!c'est vne folie:
Nous tenons nostre vie, & du sang, & du feu.

 I'aime donc l'incarnat quand mabelle le porte,
Ie l'ayme pour mon bien, mais ie l'ayme fort peu
Quand à son vestement son ame ne rapporte.

A MADAMOISELLE DE

Lathoni, sur sa robbe incarnate, qui
me donna subiet de faire le
Sonet precedant.

Oſtre robbe incarnate, qui en
tournant voſtre beau corps re-
veſt toute mon ame d'amour,
eſt l'image du feu que vous eſlancez.
Vous faites parade de ce feu, & i'en fay
ma plainte. Vous le jettez hors, & ie le
conſerue au dedans de moy. Vous aimez
l'amour aux apparences, & ie le chery
aux effets. Vous en portez la couleur,
& moy la douleur. Où me reduiſez vous
beaux yeux, qui me conſumez? Penſez

vous que ie puiſſe louër ce qui m'offence ? Ouy, ie me veux rendre remarqua-
ble pour auoir beny ce qui me peinoit.
Ouy, ie veux faire remarquer vos rigueurs, & ma patience. Soyez contenté
que comme vous auez mis dehors l'incarnat par vos habits, ie porte auſſi ſa
louange dehors par mes paroles. Que
ſi i'en ay peu pour exprimer ce qui en
deſire tant, iugez que le feu de vos yeux
& de voſtre robbe, les ont toutes coh-
ſumees. Ce peu qui reſte s'eſtant ſauué
de l'embraſement, reuient à vous, qui
auez forcé mon ame. Voyla du butin,
retenez le, s'il vous plait, mais permettez que ie vous eſchappe. Si vous ne me
deliurez, vous auez tort, encore que
i'aye peu de raiſon auec moy : car c'eſt
pour vous que ie l'ay perduë. Mais non,
comme voſtre robbe incarnate eſclaue
voſtre beau corps, il faut que ie demeure eſclaue de ce ce qui l'eſt, & le fait. Car
Amour s'eſt mis expres à la campagne,
pour me courir tout de ſes flammes.
Gardez ſeulemét que ie ne vous bruſle
d'abondance d'ardeur que vous me donnez. Et n'approchez pas tant ce papier

du feu de voſtre incarnation, qu'il change de couleur, & reçoiue enſemble la
mort de celle, qui eſt cauſe de ſa vie.

AVX DAMOISELLES
de Serres, de Grenoble
ſur le nom.

SONET.

VOus SERRES qui ſerrez aux Amans la for-
        tune,
De voſtre cœur cruel, SERRES qui ne ſerrez,
Serrem̃t le ſerrail de vos eſpriis dorez,
Faiſans de vos diſcours vne riche ouuerture.

Vous SERBES qui ſerrez maint ame qui en-
        dure,
Les ſerres de vos poils, des amans adorez,
Qui voſtre cruauté ſur chaſcun deſſerrez,
Et reſſerrez en vous vne ame toute pure.

Permettez moy, de grace en louant les vertus,
Dont vos diuins eſprits ſont touſiours reueſtus,
D'enſerrer quelque peu dans moy par mainte ſerre.

Mais ne permettez pas que l'on m'eſtime peu,
Si toutes vos vertus ie n'enſerre en ce lieu:
Ie ne puis enſerrer cela qui tout enſerre.

AVX MESMES.

PVis que voſtre ſeul nõ me fournit tant de ſubjet; aduiſez que
feroyent toutes vos qualitez a-
maſſees? Ie ſeroy ruiné, ie le confeſſe, ſi
i'entreprenoy de voler plus haut. La parolle me faudroit auſſi toſt, qui me pri-
ueroit d'honneur. Et perdant l'honneur,
que ſeroit-ce de ma vie? Rien qu'vn ſonge vain, comme ce que ie dy de vous eſt
vne grande verité.

A MADAMOISELLE
de Reynier.
Sur vn ſonet qu'elle me demanda
pour ſa Belette.

ME voulez vous faire paroiſtre
beſte parmi les autres? Voulez
vous que i'aye ſi peu de raiſon?
Aumoins vous me deuez attribuer de
l'entendemét, à fin q̃ ie vous cognoiſſe

digne de ces vers. Et vous m'en deuez aussi donner, si vous voulez que ie vous donne ce que vous voulez. Non, non, c'est par mon contraire que vous desirez me faire paroistre, & voulez qu'vne chose infime me rende plus haut. Vous auez des merueilleuses inuentiós à mon profit : Dieu vueille qu'elles soyent à vostre contentement. Encor m'auez vous rangé auec la Belette, pour me faire toucher quelque chose proche de la beauté. Le sujet porte le nom du beau bien-heureux l'effet s'il y rapporte. Pour vn si petit animal, il ne falloit pas vn grand ouurage. Vne chose si soudaine qu'est la Belette, requeroit la soudaineté de l'execution de vostre desir. Mais ne iugez pas promptement d'vne chose si soudaine, ains amadoüez-le plustost comme la Belette. Autrement ie courray par desespoir, comme elle fait par gayeté. Or c'est trop arresté pour vne chose, qui ne fait que courir. Courez viste ce papier des yeux, comme i'ay fait de la main, & ce pendant arrestez vostre cœur à la consideration du desir que i'ay de vous seruir.

A LA BELETTE.

SONET.

Elette c'est assez: retirez vous Belette:
C'est trop postillonné, reposez vn petit.
Il faut faire au besoin vn honneste retraitte:
C'est assez tracassé pour prendre d'appetit:

Arrestez vostre corps, arrestez vostre teste:
Pour faire vn grand effort tout vous est trop petit,
Pour tempester si fort vous sçauez la tempeste,
Qui cheut hier sur vous, alors qu'on vous batit.

Mais quoy? i'ay beau prescher à teste sans ceruelle,
Ma foy vous n'estes plus, ny Belette, ny belle:
Car cela n'est pas beau d'aller tousiours errant.

Mais non, courez, courez, ie vous donne licence,
Car vous serrez tousiours assez sage en courant,
Mais vous deuiendrez folle en prenant patience.

A LA MESME.

Oicy encor de l'ennuy, Madamoiselle. Il faut que vous voyez
ce qui m'est eschappé, cóme ie
vous ay veu souuent eschapper vostre
belette. Vous auez veu cy dessus la beste,
prenez cecy pour son attache : aussi bien
est-il assez long.

LEcteur bien que cecy ne soit vn Sonet, toutesfois estant de mesme subiet, ie n'ay pas
fait conscience de l'y ioindre. Tu prendras le
tout en bonne part.

A LA BELETTE.

Etite follastre Bellette,
Bistelette folatrelette,
Belette au corps du vif argent,
D'vn pied dispost, & diligent.
Belette de couleur roussastre,
A tousiours courra, opiniastre,
Qui n'as rien de plus arresté
Chez toy que la legereté:
Qui tantost contournes la teste,
Tantost d'vne façon discrette,
A fin de couurir tes fals tours,
Par vn Dedale de destours,
Desrobes à la compagnie,
Le doux plaisir de ta folie,
Te rengeant au dessous du lit,
Pour seule y prendre ton deduit,
Ou sous le banc, ou sous la table:
Puis d'vne façon amiable
Te transportant dessus la main
De quelqu'vn, puis d'vn trait soudain
Glissant d'vne façon habile,
Ainsi que feroit vne anguille.
Que penses tu l'heur que tu as,
Au milieu de ces doux esbats?

Qu'estime-tu belle belette?
Que iuges-tu petite beste
Du penible contentement
Qu'on reçoit de son doux tourment?
Qu'on laisse aux Lyons le carnage,
Aux Loups leurs impiteuse rage,
Aux tigres leur viste fureur,
Et aux Ours leur cruelle horreur.
Ce ne sont que des grosses bestes:
Ce ne sont que des grosses testes.
Tu vaux plus qu'elles mille fois:
Car tu ne cerches pas aux bois,
Ny le meurtre, ny le rauage:
Aussi n'estant pas si sauuage,
On te fait volontiers la cour,
Et n'estoit que tousiours tu cour,
Et declares ton inconstance
Par les traits de ta vehemence,
Seruiteurs mille te seroyent,
Qui pour ta querelle mourroyent
Car en toy n'as point de furie,
Tu es la mesme courtoisie,
Tu Mignardes tes mignardeurs:
Tu regardes tes regardeurs,
Et puis quand tu ne sçais que faire,
Tu parfnis ta course ordinaire.
C'est vn heur de te voir trotter,
C'est vn plaisir de te guetter:
Où tu fais tes vistes glissades,
Tes avances, tes reculades,
Tes passades, & tourdions,
Pleins de belles inuentions,
C'est de toy petite Belette

Que pour lors ton maistre fait feste.
C'est de toy beste au leger cours,
Que chacun dresse des discours.
Car tes manieres sont plus belles,
Que de tant de bestes cruelles,
Qui viuent en cest Vniuers:
Et ton seul mouuement diuers.
Suyuant le mouuement Celeste
Rend ton bon esprit manifeste.
Et puis tu n'es pas seulement,
Pour follastrer iournellement:
Car tu scais bien faire autre chose.
Tu fais qu'vn rat point ne repose
Dans la maison, car en courant
Tu les vas tousiours atterrant.
Tu succes le sang de leurs veines:
Tu leur vas donnant mille peines.
Bref d'vn grand cœur & genereux,
Tu fais fuyr ces malheureux.
Que pleut à Dieu petite beste,
Qui leur laues si bien la teste,
Que tous le soldats de ce temps
Eussent comme toy combatans,
Terraçans d'vn bras aduersaire
Ceux qui ne scauent que mal faire.
Pleust à Dieu qu'au lieu du Taureau
Tu fusses vn Astre nouueau,
Et pleust à Dieu Belette digne
Que tu fusses vn nouueau signe.
Car tu es gentile, & tousiours
Tu fais vn million de tours.
Au lieu que le Taureau s'apreste
A tousiours hurter de la teste.
Au lieu qu'il est trop furieux

Pour se loger dedans les Cieux,
Et au lieu petite Belette,
Que c'est vne trop grosse beste.
Mais ainsi que de ce discours
Ie m'en vay poursuiuant le cours
Ie ne sçay ou va la Belette:
Ie croy que son corps qui n'arreste
Veut recercher autre seiour
Pour passer ainsi tout le iour.
Sus va, va petite Belette
Ie ne veux pas que l'on t'arreste.
Va Belette, que desormais
Tu sois ioyeuse pour iamais.
Va, que iamais nul ne t'arreste,
Petite & folastre Belette.

A MADAMOISELLE de Lathomi estant enrouée.

Aut-il donc que ie supplée au
defaut de vostre parole, & que
m'estant transformé en vous,
par le moyé de mon amour, ie parle par
vous & pour moy : Quoy que vous me
recómandiez le siléce en le prattiquant,
& q̃ ie doiue suiure vos actions, toutesfois ie veux parler maintenát, que vous
ne vous pouuez defendre. I'attendoy
de vous attaquier à mon aduátage, pour

vous difcourir de mon def-auantage.
Puis que fon office eft interdit à voftre
langue, & que voftre defence eft petite,
dites moy, des yeux que vous eftes vain-
cuë. Et peut eftre que la flame d'amour
efchauffera la froideur qui vous tourmente. Helas! fuffe-ie froid comme
vous, ou bruflaffiez-vous comme moy.
Il n'eft rien de plus deplorable que mon
eftat : il n'eft rien de plus fouhaitable
que le voftre Donnez de la trefue à mes
ennuis, ou du decroiffement à vos graces,
ou pluftoft vn commencement à vos a-
mours. Auffi bien vous voyez combien
la froideur vous trauaille. En l'honneur
du Soleil, que vo' rapportez en lumiere,
foyez luy femblable en chaleur. Voftre
mal nous le commande, mon bien vous
en prie. Ie vous monftre en quoy nous
fommes inegaux. Voicy nos debats. Rendez nous amis: car vous le pouuez.

A L A

A LA MESME,
Sur son enrouëment.

SONET.

DEux maux nous vont mattant de diuerse nature,
Le vostre vous aduient d'vne grande froideur:
Le mien à pour motif vne excessiue ardeur,
Qui fait qu'vn grand brasier dedans moy tousiours dure.

Et puis ce vif tourment que mal-heureux i'endure
Se loge & se nourrit au milieu de mon cœur:
Le vostre s'est rendu seulement le vainqueur
Du gosier ou le mal a pris sa nourriture.

Ce mal certainement vous oste le parler,
Et moy i'esp in tousiours des paroles en l'air,
Et des tristes helas, qu'vn vent leger emporte.

Et puis vous esperez, que ce mal finira,
Et moy tant que vostre œil aux miens esclairera,
Ie croy que d'en guerir toute esperance est morte.

M

A LA MESME,
m'appellant dissimulé.

SI ie dissimuloy voſtre eſtre parfait, on ne ſe feindroit pas de me reprendre. Ie cognoy que vous eſtes toute belle, ie le dy. l'eſſaye que vous eſtes cruelle, ie le crie. Peut eſtre vo⁹ me nómez diſſimulé, pour ce que ie ne dy pas tout ce qui en eſt. Ayez eſgard que ſi ie ne deſcouure pas toutes vos beautez, auſſi ne fay-ie toutes vos rigueurs. Nó ie ne fein iamais en voſtre endroit, que d'aimer trop peu. Ha! ie fein touſiours en voſtre endroit, quãd ie m'eſgaye au milieu de mes tourmés. Mais la cófeſſion de vos perfectiós, ie ſuis touſiour, ſemblable. Car ſi ie n'auoy que vous me paroiſſez infiniement belle, ie ne prouueroy pas que ie vous ſuis infineiment fidelle. Et Dieu ſçait ſi ie veux que mon amour ſe cele auec voſtre merite. Mais d'autant que ie ſuis eſloigné de la feinte, eſloignez moy de la verité du ſupplice que ie

crains, & faites ou que voſtre rigueur
eſtant feircte, reſponde à voſtre reproche, ou que l'effet de voſtre reproche
arriue en moy, pour reſpondre à voſtre
rigueur auec rigueur.

A LA MESMT.
ſur ce reproche.

SONET.

IE ſuis diſſimulé, vous l'auez dit Madame,
Le propoſant par ieu vous dites verité,
Quel deuin n'a fourny de ceſte qualité?
Ou ſi c'eſt des ialoux quelque faſcheuſe trame.

De quel lieu que ce ſoit ie vous dy ſur mon ame?
Qu'il n'eſt rien de plus vray que ce mot apoſté:
Mais quoy telle feintiſe en ma captiuité
Monſtre combien i'honore vne diuine flame.

Ie le veux, il eſt vray, ie diſſimule fort:
Car ie me fay content au milieu de la mort,
Et ne monſtre le mal qui ſans ceſſe m'affole.

Iamais ce mot ne fut que fort bien medit é:
Vous cachiez vn bon ſens deſſous ceſte parole,
Voyez comme en riant on dit la verité.

M iij

A MADAMOISELLE
de Ville-neufue, Tolosaine.

S O N E T.

Ville-neufue de nom, d'apparence & de fait,
Tes chaines en tous lieux si fermement tenduës
M'ont, aueugle & chetif, fait cheoir emmy ces ruës,
Et tellement blessé, qu'elle m'ont tout desfait.

Auroy-ie contre toy commis quelque forfait,
Pour lier r contre moy toutes les nuës
De ta ville, seiour des graces plus esleuës,
Où s'escoule le beau, du beau le plus parfait?

Ha! ie voy bien que c'est, dans vne ville neufue
Tousiours qaelque discord quelque trouble se treuue:
Et ce malheur fatal m'a produit ce tourment.

Mais cela ne seroit, que trouble qu'on espreuue,
Qu'vn Roy ne souhaitast pour son contentement:
De se loger espoux dedans la Ville-neufue.

A. LA MESME.

Elas! vous n'estes pas si neufue, que vous ne cognoissez
bien ce que i'endure. Mais que

fet de ramener des chofes vieilles deuant vne neufue ? Ha! non, voſtre neufue cognoiſſance ne rendra pas mó tourment neuf. Si vous faites l'ignorante à
ſçauoir ma peine, vous ne fuſtes que trop
ſçauante à me la donner. De ſorte que
vous n'eſtes neufue qu'à voſtre profit,
& à mon dommage on vous peut iuſtement appeller vieille ville. Vous eſtes
maintenant neufue, maintenant vieille.
Mais en vos merueilles vous eſtes touſiours neufue. Ie crain ſeulement que
voſtre nom vous conuie à faire des
amours neufues, à fin que le nom reſponde à la choſe : mais ſi vous le faites, vous n'eſtes plus neufue. Or ie
veux venir maintenant des choſes
neufues, apres vous auoir dit que ie
m'accommode à vous en deux ſortes.
C'eſt que ie ſuis neuf au changement,
& à la reception de la grace.

M 3

SVR VN. SOLDAT, PREST
d'estre harquebuzé à Valence, &
sauué par vne femme publique.

SONET.

Va genereux Amour, superbe en ta victoire,
  Morguer aupres de Mars ennemy de ton heur:
Car ce combat s'est fait à l'honneur de ta gloire,
  Où le succez à fait cognoistre ta valeur.
  Et toy pauure Soldat, sauué de l'ordre noire,
  Qu'vn butin amoureux eschappe du malheur,
Bien heureux doublement tu nous force de croire
  Que le ciel dessus toy verra toute douceur.
  L'ineuitable sort t'apprestoit vne flame,
  Mars se la reseruoit comme chef de ton ame:
Mais le feu de l'amour à vaincu son effort.
  O merueille du ciel! ô gloire de ce monde:
  I a terre est de bon heur à cest' heure feconde,
  Puis que l'amour est né des apprests de la mort.

DV MESME.

E soldat fut condamné, pour
auoir receu la solde du Roy, &
s'en estre allé : & maintenant
il s'en va chez sa Venus receuoir la solde

d'amour. Pauure garçon, qui vient d'eſchapper vn feu, & ſe iette dans vn autre! Il ne fait que changer vn peu : d'vn
ſupplice public il ſe ioint au plaiſir public. Mais peut eſtre qu'il vouloit eſtre
cogneu en quelque ſorte que ce fuſt. E-
ſtrãge fait!il fut pour eſtre pris, ores il
s'arreſte pour prendre vne femme : il
ſuiuoit la guerre, il la rencontre!il fuyoit
les coups, il les dône!Heureux eſt-il veritablement, d'auoir vne femme pratique, vne femme cognoiſſante du monde, vne femme qui le ſçaura mieux faire cacher, qu'il n'auoit alors qu'il fut
pris, quand ce ne ſeroit que de honte
d'eſtre embarqué en ceſte choſe publique. Mon amy, c'eſt vn grand bien
pour toy. Tu n'en foiſonneras que plus
en amis. Tu n'en viuras que plus long
temps. Tu n'en ſeras que plus carreſſe.
Tu n'en ſeras que mieux cogneu. Cependant conſerue bien le pannache de
bœuf.

Fin des Sonets reueſtus.

M iiij

SONETS NVZ.

VN CASANIER ESCHAP-
pé d'vn combat, parle à
ses esperons.

SONET.

Perons qui m'auez eschappé des combats,
Dont la pointe pesante au salut de ma teste,
En hastant mon cheual arresta mon trespas,
Et me fit à la fin viure par sa desfaite.

Eperons mes amis, les meilleurs d'icy bas,
Eperons mes faueurs eperons de retraite;
Qui piquastes si bien qu'on ne me piqua pas,
C'est maintenant à vous que cent graces i'appreste.

Eperons par lesquels de l'heur nous esperons:
Eperons animez, animans eperons:
Qui fistes si bien battre à mon cheual la terre.

De son pied courageux, quand mon bras estonné
Ne pouuoit battre ceux qui me faisoyent la guerre,
Ie vous rends le repos, que vous m'auez donné.

SVR LA BOVCHE DE
Madamoiselle d'Ylins.

SONET.

Bouche qu'Amour embouche ou le ciel à choisie
La demeure du feu, qui rougit sur tes bords:
Bouche qui de couleur viue, & iamais ternie,
Ennoyes tout le monde au royaume des morts.

Bouche dont l'ouuerture vn chacun serre & lie,
Portiere de l'esprit, & merueille du corps:
Donnant vie à la mort, & la mort à la vie,
Aussi tost que tu mets la parole dehors.

Bouche d'où vient cela que le cœur ne te semble?
Que t'entretenant viue, & rouge tout ensemble,
Il te rende de flamme, & demeure si froid?

Mais d'où viēt qu'vne bouche, à qui faut qu'ō se rēde,
Fait que dedans les cœurs, de tout œil qui la voit,
Sa petite ouuerture en face vne si grande.

A VN QVI MESDIT DE
moy en mon absence.

SONET.

Mespris de ma colere, indigne de mes coups,
Qui ne veut atterrant que les ames rebelles,
Fils aisné de la peur, vien toy mettre à genoux,
Si tu peux que l'Enfer n'ayt point de tes nuuelles.

M v

Ta molleſſe me fait deuenir mol & doux,
N'eſtant pas couſtumiers à ſemblables querelles:
Vn Roland vn Renard meritent mon courroux,
Non pas toy, dont les pieds changent touſiours des aiſles,
Mais non, ne t'offre point aux tereurs de mes yeux,
Qui font perdre aux meſchans la lumiere des Cieux,
Et n'approche ma main qui fait mourir de crainte.

M'ayant point en derriere, oſte toy deuant moy,
Tu mourrois auſſi bien, & receurois l'atteinte:
Ou pour moy trop indigne ou trop digne pour ſoy.

SVR L'AGILITE ET
merueilleuſe diſpoſition de Mada-
moiſelle M. de S. André.

SONET.

Est-ce vn corps que ce corps? tant de legereté,
N'eſt au corps: car il ſort de nature peſante:
Seroit-ce quelque eſprit ? La viſibilité
N'apartient à l'eſprit qui ne ſe repreſente.

Non ce n'eſt l'vn ny l'autre, & ſi tout arreſté
C'eſt bien ou l'vn ou l'autre : Ah ce ſubit m'enchante!
Ie ne ſçay plus que c'eſt , voicy l'extremité,
De toutes les raiſons, que mon eſprit inuente.

Ah ! c'eſt vn corps ſans corps, s'il faut ainſi parler:
C'eſt vn eſprit qui s'eſt formé ce corps de l'air,
Ah cela n'eſt pas cela ce n'eſt choſe ſi vaine.

C'eſt élement de feu, le plus leger de tous,
Qui nous donne leger vn grand fardeau de peine,
Et fait bruſler ça bas tout le monde à tous coups.

SVR LA DOVCE ACTION DE
Madamoiselle Y. de Lyonne
ma Cousine.

SONET.

Bien que ie soy contraint d'honorer la rudesse,
Quand la Dame que i'aime en sçait son ornement?
Faut-il que la douceur san louange se laisse?
Faut-il que d'vn doux vers ie ne l'aille animant?

Si ma parente est douce, & rude est ma maistresse,
Le sang plus que l'amour il faut que s'aille aimant:
Doncques le parentage à moy premier s'adresse,
Car l'vn donne la gloire & l'autre le tourment.

Nous auons mesme sang, & l'autre est dissemblable:
I'aime ce qui me touche, & hay ce qui m'accable,
Recerchant la douceur ie la veux louanger.

Dy moy Ciel, en voyant l'air doux qui l'enuironne,
Si tu as iamais veu tant de douceur loger
Aux femmes d'icy bas, que dans ceste Lyonne?

SVR LE IFV DE LVTH MA-
damoiselle M. de Iosserand, Tholo-
saine, má Cousine.

SONET.

Voyons vne beauté, qui n'a point de pareille,
Fredonner sur le luth mill'accords gracieux,
Aduisons vne main qui meine la merueille,
Sortir de mal d'amour d'vn lieu delicieux.

Le luth pres de ce feu de brusler s'appareille,
N'estoit qu'il se cognoit delice de ses yeux:
Ceste main le pinçant les amoureux esueille,
Et dit qu'on ne doit pas aimer en d'autres lieux.

Mais ie m'estonne fort, que brulant tout le monde,
Le luth pour l'Vniuers à ce feu ne seconde,
Estant sec, & le monde estant de pleurs laué.

Mais le luth s'animant, quand ces mains le manient,
Dit, ie ne puis brusler, tant d'amans me le nient,
Qui se priuans d'humeur, m'en ont trop abbreuué.

LE POLTRON
RODOMONT.

Sonet.

METtez luy pour parade vn deuant de cuirasse:
Mettez luy le derriere à preuue de canon:
Mettez de bons soldats vn camp deuant sa face,
Qui soient les garde-corps de ce bon compagnon.

Faites que dans son pot peu de lumiere passe:
Tuez tout deuant luy qu'il ne faille sinon
Vous suiure à voir fuir la troupe qu'il menace:
Vous verrez vn gendarme vn homme de renom.

Il marche sus le camp, il le tue, il se masche
Estant en sa maison: & puis deuenu lasche,
Il remonstre en son cœur le meurtre estre inhumain.

Sans rien escarmoucher luy mesme s'escarmanche:
Et le fer qui deuoit estre dedans sa main,
Luy semble estre assez bien s'il est dedans sa bënche.

SONET ACROSTIC,
sur l'Anagramme de ma Mere,
fait par mon Pere.

ANAGRAMME.

IEHANE ALEMANDE.
D'AME ELLE N'A HAINE.

I mplacables esprits, que le sang viuifie,
E stes vous addoucis, aimez, vous pas la paix?
H ayneuses legions des esprits pleins d'enuie,
A ppaiserez vous point vos guerres, desormais?
N on le trouble des cœurs va perdre icy la vie,
E t toute inimitié va quittant les mauuais?
A ussi bien la vertu ne peut estre rauie,
L a gloire en est constante, & durable à iamais.
L a vertu toutesfois à tousiours d' l'enuie:
E st-ce pas encor plus de n'en estre suiuie,
M aniant à la fois, & l'heur, & la vertu?
A ste indicieux de femme sur-humaine,
N ous declarant qu'elle a le malheur combatu
D e tel heur icy bas que D'AME ELLE N'A
    HAINE.

AVX GRANDS VENTS.

SONET.

Vents qui ronflez, en l'air que vostre violence
Plairoit à mon esprit tousiours violenté,
Si desracinant tout par vne grand' puissance,
Vous arrachiez l'amour hors de ma volonté.

Lors ie vous aimeroy, vents ma seule esperance,
I'esiventeray grands vents, vostre proprieté:
Mais ie me doute fort, ô vents que ma fiance
Ne prenne son addresse à lieu trop esventé.

Non, non venez Tyrans de l'onde & de la terre:
Et me donnent la paix, menez par tout la guerre,
Faisant que vos souspirs froidissent mon ardeur.

Ou bien faites, grands vents, auec vostre furie,
Que vos souffleinens soient les soufflets de mon cœur,
Qui cognoissant mon ardeur me priue tost de vie.

SVR LE NOM DE MADAMOI-
selle I. de Corbeau, femme à Monsieur de Luc mon cousin.

SONET.

Ces cercheurs de secrets, ces fouilleurs de meruei'les,
Qui logent icy bas l'impossibilité,
N'ont assez fureté les choses nompareilles,
Et nous font descouurir leur imbesilité.

Ils ne font que prefcher à nos pauures oreilles,
Qu'il n'eſt des corbeaux blancs en ce rond habité:
I'abhorre leurs trauaux , & deteſte leurs veilles,
Puiſque de leurs diſcours on voit la vanité.

Car Tournon dans ſes murs vn blanc Corbeau reſerre,
Qui ne cede en blancheur aux blancheurs de la Terre,
Et ce qu'on trouue eſtrange , ô miracle nouueau!

Ce Corbeau fait des Lucs de tres belle harmonie:
Et fait que ie feray bruire toute ma vie
D'vn beau cor vn Corbeau qui fait voir vn corps beau.

SVR LES TETINS
deſcouuerts.

SONET.

CEs tetins qui bouffans deſſus voſtre poi trine,
De blanc & de vermeil ſe viennent colorer,
Ne ſe deſcouure-ils pour la flame aſſaſine,
Qui vont bruſlant dedans vous les fait eſſorer?

Encor que vous portiez quelque fois froide mine,
Ie croy qu'vn fer cruel vient à vous deuorer,
Et pour mieux nous moſtrer que l'amour vous domine,
Le tetin eſt l'enſeigne à nous le declarer.

Où par ces pommes là vous donnez ſouuenance
Du mal qu'on eut par vous le monde à ſa naiſſance:
Ou vous voulez monſtrer par ces pommes de laict.

Que d'vn eſpoir flateur vous allaitez les hommes,
Mais nous vous monſtrerons que ſommes en effect:
Hommes, & non enfans qu'on gaigne auec des pommes.

AV SEIGNEVR TROILE
Gentil, Gentilhomme Corse,
Sonet responsif à vn qu'il
m'enuoya en
Italien.

SONET.

EN vain vous m'esleuez d'vne riche loüange,
Non comme ie merite, ains comme desirez :
En vain vous souhaittez me transformer en Ange,
Le Ciel veut des esprits qui soyent plus espurez,

Sur les ames des choix la vertu ne me range,
Vous seul à ceste gloire ardamment aspirez :
Ne faites pas de moy quelque merueille estrange
Mais ie vay meritans plus vous me martirez.

Ie suis assez sçauant de mon trop d'ignorance,
Ie me cognoy priué de toute cognoissance :
C'est à vous qu'on deuroit rapporter vos beaux vers.

Mais vous faites paroistre vn merueilleux merite,
Me faisant tout de rien, afin qu'en l'vniuers
Vous tiriez vn grand los d'vne chose petite.

A MONSIEVR DE
Nancel, sur son liure de la
maison de Bourbon.

SONET.

Virlandez vous lauriers & que l'eternité
De vostre bel espoir à ceste heure s'auance,
Accourez à ce chef, digne de la beauté,
De vos chapeaux roüez aux fils de la
science.

Entournez ce Nancel, sur qui la deïté
Du grand Pere du iour ses plus beaux rais eslance,
Autant digne en ses vers de vostre rareté,
Que le suiet des vers l'estat de sa bien disance.

Mais non il ne faut pas à ce chantre de lis,
Vn tour de vos rameaux nouuellement cueilliss
Il luy faut vn feston, de ces fleurs qu'il anime.

C'en est fait il aura ceste riche faueur,
Pour marquer sur le front de ceste ame sublime,
Les effets de l'esprit & les desirs du cœur.

Fins des Sonets nuZ.

EPIGRAMMES.

I.

Ce mignon fraisé, que tu vois
Estre de ce lieu la merueille
A mon aduis n'a plus de doigts,
Puis qu'il a la bague à l'oreille.

II.

L'autre iour Madame François,
Se voyant estre soupçonnée,
S'est par vne estrange façon
Publiquement abandonnée,
Afin qu'on n'eust plus de soupçon.

III.

Ie croy que ceste femme cy
N'est qu'oignon, ou bien que fumée :
Car quand son amoureux transy
Pres d'elle passe la iournée,
Il pleure tousiours sans mercy.

IIII.

Vous qui auec l'allumette
Cerchez du feu la chaleur,
Venez vous en à mon cœur,
Qui de cent flammes bluette.

V.

Ceste poudre de Cypre , ornement de vos testes,
Qui cause en tant de cœurs , de mortelles deffaites:
Se deffend par nos Roys: car la poudre sans bruit,
Qu'on nomme poudre blanche, est deffenduë en France;
Vostre poudre est aussi comprinse en la deffence,
Puis qu'elle fait tirer des coups sourds sus la nuit.

VI.

Ce sont des grands dissimulez,
Ceux qui portent dessus le nez,
Ou sur le front , ou pres la bouche,
Ce qu'à la Cour on nomme mouche:
Car n'en monstrant qu'vne au dehors
Ils en ont mille dans la teste,
Qui font vne telle tempeste,
Qu'ils voudroyent tousiours estre morts.

VII.

Voyez, ces farouches morgans
Au prix desquels rien nous ne sommes:
Ils ont des mains pour les enfans,
Et n'ont que des pieds pour les hommes.

A LANCE-VIE·

STANCES.

E vy ma Lance vie admirablement belle:
Aussi tost i'estimay qu'il falloit estimer,
Mais oyez la vertu a'vne merueille telle,
Commençant de la voir, i'acheue ide m'aimer.

En ces rais i'apperçeu mes nuages funebres,
Au calme de son front de l'orage l'horreur:
En ses viues clartez mes mortelles tenebres,
Et le iour de ses yeux fut la nuit de mon cœur.

Astre brun tu me perds (helas!) mon impuissance
Recerche en vain le port à l'aide du reflus,
Mais perdant iugement pour tant de cognoissance,
C'est beaucoup de raison, que de n'en auoir plus.

Non, non ie me perdoy: mon humeur vagabonde
Faisoit incessamment viure amour & mourir,
I'en pleure & la beauté premiere de ce monde
Arrestant mes humeurs, les fais ores courir.

Et ta pointe asseurée, & ta main asseurée
Font trop petit Amour admirer ta grandeur:
Si bien que ie ne veux (tant ma peine m'agrée)
Perdre vn feu, par lequel tu as gaigné mon cœur.

Las! beau subiet du feu, dont mon ame est subiete,
Beau prix qui de chacun demeurez incomprist
Hé! pourquoy vostre vie est en nostre deffaite?
Et glacez vous les corps en bruflant les espritss?

Vous rompez, & trompez les deffeins de nos ames,
Vous nous faites deffaire en feruant vos beautez:
Vostre moins est le plus de vos plus belles Dames,
Vostre plus est le moins de ce que meritez.

Ce font vos raretez qui vous font moins humaine,
Mais la perfection doit estre fans courreux:
Sçauroit-on redouter au plaisir de la peine,
Vn courage si dur, d'vn visage si doux?

Mon ame qui de vœux, & de feux toute pleine,
A ce fleau des desirs veux ces desirs offrir,
Apprens puis que tu fus à toy mesme inhumaine,
Sçachant mal entreprendre à sçauoir bien souffrir.

Accusez vous mon cœur de couardife extréme?
il dira qu'estriuant en ce combat si doux,
Il void vostre pouuoir, pour m'oster à moy mesme,
Plus grand que ma raison pour me rauir à vous.

Brunette dont le feu fait glacer l'esperance,
Dont la glace peut rendre vn esprit embrasé:
Prenez l'aduis de moy de vous la patience,
Vous ferez gracieuse, & moy bien aduisé.

Estimez vn Amant, où l'amitié se place,
N'adherez à cela, que tout autre vous peint,
Ne me faites trouuer de la glace en la grace,
Vostre deffein soit vray, si mon amour est feint.

Le grand bien de peser les vœux non les merites,
Aux seruices plus longs refu,ant le refus:
Car dés le mefme iour que nafquites m'acquites,
Et vint, quand vous veniez, a naiftre, à n'eftre plus,

Lors apres que le fens eut furmonté voftre âge,
Voftre cœur mes defirs, & fes defdeins refeut:
Et deflors me voyant attaqué de l'outrage,
De me rendre impaffible impoffible il ne fut,

En vous mettant au iour en ouyt voftre mere
Mere qui defaillit en fon âge plus beau:
Qui dit que vous don'riez d'vne douceur amere
La naiffance aux amours, aux hommes le tombeau.

Formant mes yeux mattez, quäd l'Aube fe defcouche
Ie fongeoy, difoit-elle, ô fonges peu menteurs)
D'enfanter vne main qui fortoit de ma bouche,
Qui femoit des flambeaux, & moiffonnoit des cœurs.

La prophetie eft vraye à mon defauantage,
Voftre mere eut le fonge, & vous auez l'effet,
Mais ne fe pouuoit-il que pour l'heur de no,tre âge,
Son fonge fuft autant que fon âge imparfait?

Apres tant de malheurs qui me donnent la rage,
Si vous me retrouuez indigne d'amitié:
Ceux qui vous louëront de beaucoup de courage,
Vous blafmeront auffi de trop peu de pitié.

Mais faut-il pour vn bien que contre moy ie m'arme,
Et vueille le confeil abandonner au fort?
N'auroy ie rien de moy que l'allarme, & la larme?
N'auray-ie rien de vous, que l'amour, & la mort?

Estant nostre ame vn vent, comm'on l'a declarée,
Ce vent croistra l'ardeur qui me perd peu à peu,
Et si l'ame est de terre, & de feu meslengée,
La terre à mon trespas amort ira le feu.

SVR LA COVLEVR
Brune.

STANCES.

Brunette en qui l'amour à reposé sa flame,
Qui retenez beaucoup de la douleur du feu:
Brunette qui n'aurez tous les lieux de mon ame,
Oyez moy pour le moins discourir en ce lieu.

Vostre teint brun & beau iamais ne diminuë;
Point d'eclipse iamais n'arriue à ce beau iour:
On voit bien que le blanc des-assemble la veuë,
Mais vostre brun assemble & la veuë & l'amour.

La nuict brune est tousiours aux amans fauorable,
Aussi la couleur brune est d'amour la couleur:
Mais la nuict n'est si claire ah! soyez luy semblable:
Ayez moins de lumiere, & moy plus de faueur.

Aux lieux ou le Soleil rayonne d'auantage,
Il rend le teint plus brun & les cœurs moins toüillans;
Vostre cœur est tout froid brun est vostre visage,
Et tout cela prouient de vos Soleils brillans.

L'Aigle Roy des oyseaux en a tout le pennage:
Seul il laisse là haut la trace de ses pas,
Vous Royne des esprits dominez à cest âge:
Et rien ne va plus haut, ny fait aller plus bas.

La terre à le teint brun, mais la campagne humide,
Qui n'a rien d'arresté se colere autrement:
On presageoit aussi qu'vne chose solide:
Seroit vostre demeure, & vous son ornement,

On voit la Lune au Ciel, lors que sa voute est brune:
Et parmy vostre brun, de vos yeux les clartez,
Vos yeux qui de leurs rais retirent à la Lune,
Vous donnent ses froidures, non ses legeretez.

Le Soleil seroit brun : mais ce desir il donte,
Qui le declareroit & leger & ialoux,
Et ce qu'il est si chaud, c'est le feu de la honte,
Qui luy monte au visage, & qui descent à nous.

Ton change, & si tousiours la couleur brune est vne,
Aussi pour le iourd'huy l'on ne voit icy bas,
En tous les beaux habits rien que la couleur brune:
Le temps aime le brun, ne l'aimeray-ie pas?

Ie t'aimeray, ma Belle, & si quelque sauuage
Desdaigne qu'apres vous i'aille vsant tous mes iours:
Ie desire qu'il ait d'vne blanche volage,
Tout autant de desdains que vous auez d'amours.

C'est assez ma brunette, & si pour mon remede
Cecy n'est pas assez : le coup d'vn trait si doux
Ne peut estre guery, que ie ne vous possede:
Qu'amour ne vous attaque, & ne m'attache à vous.

Sur

SVR LA MORT DE
CYPRINE THOLOSAINE,
& l'amour de Francidon.

STANCES.

Yprine que fais-tu? ton Francidon te pleure,
Tandis tu vis heureuse en son triste malheur:
Et ta mort qui reuient en son cœur à toute
      heure,
Donne au penser la mort, & vie à la douleur.

Francidon que fais-tu? ta Cyprine regrette,
D'auoir ainsi quitté l'espoir de ses amours:
Et la Parque qui t'a desfait en sa desfaite,
N'a sçeu desfaire en elle vn regret pour tousiours.

Helas! Cyprine est morte! & n'est toutesfois morte:
Car elle vit encor au cœur de son amant,
Et l'amour Francidon qui dans le cœur la porte,
Porte auecques sa Dame vn douloureux tourment.

Las! Francidon est mort, & n'est pas mort encore,
Le souuenir le fait viure parmy la mort,
Et faisant que la mort Francidon ne deuore,
Deuore tout son-heur, sa vie, & son confort.

Cyprine à traietté l'oublieuse riuiere,
Traiettant auec soy l'amour de Francidon:
Et laissant sa beauté dans la poudreuse biere,
N'a laissé toutesfois les traits de Cupidon.

N

Francidon va former l'oublieuse riuiere,
Des pleurs qu'il fait couler de ses humides yeux:
Mais il est tourmenté de nouuelle manicre,
Car ce fleuue d'oubli la luy remembre mieux.

Qu'en iugez-vous Amant? leur fortune est heureuse,
Cyprine & Francidon esperent sans espoir:
Et si bien de sa mort la vie est amoureuse,
Que la vie & la mort n'ont qu'vn mesme vouloir.

Au cœur de Francidon vit la belle Cyprine,
En Cyprine se meurt l'amoureux Francidon:
Et viuans & mourans ils ont en la poitrine
Tous deux, & le mortel & l'amoureux brandon,

Bien-heureuse Cyprine, & bien-heureux encore
Francidon adorant ta beauté sans beauté?
Vous viuez, vous, mourez, & la mort vous honore
De tant que pouuez, viure à vostre liberté.

Mais ou sont les beaux feux de la belle Cyprine?
Ou sont tant de lueurs, & de viues clartez?
Francidon les conserue en sa morte poitrine,
Ces feux luy donnent vie en ses extremitez.

C'est l'element du feu qui ne se peut destruire,
Le Soleil qui ne meurt, & ne mourra iamais:
Et quand l'autre Soleil laisseroit de nous luire,
Ce beau feu recelé nous luiroit desormais.

A MONSIEVR LE COMPTE
de Crequy. Sur sa prise, & retour
de Piedmont.

STANCES.

Ovs nous venez donc voir seul desir de nos yeux,
Pour nous faire reuoir la lumiere des cieux,
Dont vous ayant perdu nous perdismes l'ennie:
Mais en nous r'animant vous accusez le sort,
Qui fit pour faire voir, que vous rendiez la vie,
Que vous fustes celuy qui donnastes la mort.

L'ennie auoit desia le fiel bouffy de rage,
Qui luy fit assembler la ruse & le dommage,
Et du gros du malheur sa malice asseurer:
Las 'elle (eust atendu toute vostre puissance,
Ie ne dirois au Ciel qu'il deuoit inspirer,
Ou moins de passions, ou plus de patience.

Mais ce ne fut le Ciel, ce fut vne vertu,
Sous qui dans les combats tout estoit abbatu,
Qui fournit ce dessein, & donna ce dommage.
Diray ie bien de vous ce qui n'est pas secret?
Peu de regret de nous & beaucoup de courage,
Laissa peu de courage & beaucoup de regret.

On n'a rien veu partir de si grand' violence,
Ny point de tel effet en si peu d'apparence,
On n'eust iamais iugé d'esprouuer ce malheur.
Mais tousiours vn grand mal aux grands cœurs se va
ioindre:
Et ce penser me perd qu'vne grande valeur
Nous valut en ce iour beaucoup moins qu'vne moindre.

Nous difons au deſtin, qui nous pleut ce malheur,
Pourquoy, ſa main n'eſtant propice à la valeur,
Et que voſtre perſonne en merueilles feconde,
Comprenant le merite & le bon heur de tous,
Pourquoy pluſtoſt que vous on ne prit tout vn monde,
Ou comme l'on ne prit tout le monde auec vous:

Mille & mille douleurs l'vne à l'autre enlaſſées,
Attaquoyent le ſ jour de nos triſtes penſées,
Et priuez les effets nous courions aux deſirs;
Ces deſirs jo ſp rans l'eſperance commune,
La fortune augmentoit le mal de nos ſouſpirs,
Nos ſouſpirs augmentoyent le mal de la fortune.

Las! ſi le Ciel veuloit du bien aux ennemis,
Il ne deuoit auoir voſtre priſé permis,
Ains pluſtoſt ordonner que teſt tint voſtre place,
Et vous ſauuant apres qu'auriez fait vn effort,
Faire que vous euſſ z la gloire de l'audace,
Et qu nous receuſſions la malice du ſort.

Or puis qu'auecq' vous le iour on nous preſente,
Il n'eſt point que voſtre œil noſtre cœur ne contente,
Quel regret aurions-nous ayant noſtre deſir?
Non, faiſons qu'à ce iour noſtre gloire on cognoiſſe,
Perdans pour tant de bien nos eſprits de plaiſir,
Qui jà pour tant de mal eſtoient perdus d'angoiſſe.

Le Soleil luit plus beau plus libre il vous cognoiſt,
Mais il ne luit qu'à nous, noſtre œil le meſcognoiſt,
Qui n'a veu de long temps rien que des nuits funebres,
Mais Soleil ſouuerain en ſes obſcuritez,
Vous nous ferez hayr l'horreur de nos tenebres,
Autant que nous aimons l'honneur de vos clartez.

Indignes de reuoir celuy qui nous anime,
Qu'on a veu malheureux autant que magnanime,
Contens nous meslerons nostre heur auec le sien:
Car Dieu nous ordonnant vne faueur d'eslite,
Qui vid qu'il ne falloit que manquissions du bien,
Dit que c'estoit assez de manquer du merite.

En fin vous estes nostre, & nous vostres aussi,
Vous dans vostre pays, & nous hors de soucy,
C'est grace du Ciel nos desirs fauorise:
Aucun mal n'a le cours de nos vœux arresté:
Vostre captiuité rompit nostre franchise,
Vostre franchise rompt nostre captiuité.

A MADAME DE CREQVY, sur l'acheminement de Monsieur le Comte de Crequy en Dauphiné, la nouuelle de sa deliurance, & l'attente qu'on auoit de iour en iour, de la voir deliurer d'vn Fils, dont elle estoit enceinte.

STANCES.

Oncques la liberté fauorable à nos vœux,
Qui transforme auiourd'huy tant de glaces
    en feux,
Verra de mon esprit l'allegresse captiue,
Non, ie l'affranchiray, Madame, deuant vous:
Il ne faut que ma voix de liberté ie priue,
Non plus que le destin en priue nostre espoux.

N iij

Vostre espoux genereux, dont l'ame courageuse
Tranche auecques le fer la palme glorieuse,
Retournant pres de nous, nous fait tourner à nous:
Mais rentrant dedans nous, nous sortons de nous mesmes,
Pour nous rendre à luy-mesme, & monstrons deuãt vous
Qu'vn extréme plaisir veut d'indices extrémes.

Quand ie vay repassant l'absence qui vous fit
Cent outrages presens ou bien qui vous desfit,
Ie me perds de l'ennuy qui mon plaisir deuore,
Retournay-ie au retour ie me vay retrouuant:
Mais en me retrouuant, ie me reperds encore,
Et si me gagne plus, plus ie me vay perdant.

Ie gagne, ie me perds, ie vy, ie meurs de ioye
A deux contraires vents ie suis ores en proye:
Ie cherche vne presence, & m'absente de moy:
Ie suis sur le chemin, ie suis dessus ma table:
I'ay tant plus de desir, que i'ay plus eu d'esmoy:
Et ie suis tant heureux que i'en suis miserable.

Et sur ce poinct, ie voy que celuy qui ce iour
Triomphe de l'arrest d'vn malheureux seiour,
Sans l'espoir de vous voir eust gauchy nostre veüe:
Car sa prison l'eust fait tellement despiter,
Si n'eust esté la vostre ou son ame est tenuë,
Que la sienne, & la vostre on nous eust veu quiter.

Mais estant prisonnier d'vne beauté parfaite,
Il estima bien peu sa puissance suiette,
A l'effort de la guerre, apres celuy d'amour.
Eust il plaint en voyant son courage fidelle
Esclaue sous vos loix, que sa vieille prison
Espronuast la rigueur d'vne prison nouuelle?

Non, il auoit desia trop long temps regreté,
Que son ame captiue en soy mesme eust esté:
Et qu'vn autre que vous l'eust en sa prisonniere.
Il supplia le Ciel vouloir punir le corps,
De l'auoir retenu d'vne iniuste maniere,
Le Ciel en fut d'accord pour punir leurs discords.

Voyez comme l'audace a bouffy mon courage,
De vous representer la source au dommage,
Comme le Ciel vous a vostre espoir presenté!
Voyez comme vne prise vne entreprise enfante:
Mais non, voyez celuy qui ne s'est point quité,
Afin de ne quitter vostre œil qui le contente.

C'est à ce iour ici que vostre œil qui n'estoit
Qu'vne source de pleurs, d'où la douceur sortoit,
Paroist Astre brillant au gros de ceste ioye.
C'est à ce iour ici que l'effet de l'espoir,
Fait qu'autant de plaisirs en vos yeux on renuoye,
Comme de desplaisirs on voyoit de ne voir.

Mais ce qui nostre gloire, à ce coup auantage
C'est le fruict desiré de nostre mariage,
Qui vient voir la clarté, pour donner la clarté.
Deux quittent la prison, l'vn douce, & l'autre amere.
La liberté salie vne autre liberté:
L'vn œuure de la paix, & l'autre de la mere.

Beau Soleil de nos iours, bel espoir de nos ans,
Bel astre nouueau né, pour l'h ur d'vn nouueau temps:
Qui sera à iamais fleau de nostre ruine:
Qui produis non produit de te voir les souhaits,
C'est par toy que nos biens prendront leur origine,
Que pour toy se croistront pour ne finir iamais,

Et vous, Madame, à qui le ciel est fauorable,
Quand tout est deliuré d'vn estre desplorable,
Laissez moy deliuré de cest estre importun,
Puis que ià vostre espoux à vos yeux se presente,
Et qu'otes tout obiet est abiet apres vn,
Ie finy mon discours comme luy vostre attente.

A FLORIDE, DVRANT
MA FIEVRE.
STANCES.

DOuleurs, fieres douleurs, source de mes en-
　　nuis,
　　C'est à tort que sur moy vostre fureur s'ir-
　　rite,
Mais quoy? le mal suit ceux qui sont, comme ie suis
Desastrez par leur sort, non par leur demerite.

Tu m'auois beau promettre Appollon ton secours,
Lors que ieune il se pleut m'embrasser de ta flame:
Pour moy tu conuertis en tenebres mes iours,
Et ne pouuant le corps tu ne veux guerir l'ame.

Où recourray-ie donc? prieray-ie l'amour,
Vray tyran de mon cœur me donner allegeance?
Non, car ie cognoy bien que la nuit ou le iour,
Ma plainte l'entretient, ma priere l'offence.

Iray-ie recercher les secrets estimez:
Pour rompre le dessein de la parque terrible?
Non, car de ses deux maux qui sont en moy formez,
De guerir le plus grand il leur est impossible.

La fieure est peu de cas au respect de l'amour:
L'vn tourmente le corps & l'autre afflige l'âne,
C'est au cœur que le mal establit son seiour:
Hé! qui le gueriroit qu'vn bon cœur de Madame?

Si le cœur fletrissoit hé! que feroit le corps?
Faut-il pas mieux le cœur en son entier remettre?
Les maux plus dangereux il faut chasser dehors,
Plustost que le valet on doit seruir le maistre.

Vous direz toutesfois en vrays Amans de Cour,
Qu'Amour ne renge au lict, ny rend la bouche fade:
N'en iugez pas ainsi mauuais iuges d'amour:
Ses effets ont causé que ie suis si malade.

I'ay parlé, discouru, composé, deuisé,
I'ay prié, reprié, i'ay fait du miserable,
I'ay pour la trop priser estre trop peu prisé:
Marteau d'vn diamant ny brisé, ny brisable.

Floride pourroit bien secourir son amant:
Et tant de cruauté luy fera compagnie!
Tout son plaisir sera me donner du tourment,
Et sa plus dure mort sortira de ma vie.

Ha! meure tout amour, & toute charité,
Puis qu'on laisse perir les loix d'vn bon office!
Cependant ie mourray pour n'estre visité,
On peut estre viuray pour quitter le seruice.

Fin des Stances.

POEMES.

A TRES-AVGVSTE,

TRES-CHRESTIEN, ET
tres-victorieux Henry IIII.
Roy de France &
de Nauarre.

Vel bras armé d'esclairs, de foudres animé
Voy-ie de tant de lys Royallement semé!
Où loge la grandeur ? d'où coule la iu-
    stice?
Où repairent les loix? où est le frein du vice?
Où campe la terreur? où se renge Enyon?
Où repose l'honneur, & la perfection?
En quel lieu bien heureux se bien heure la gloire,
Du bon heur des combats, du fruict de la victoire?
Ah belle renommee! Ah Deesse à cent voix,
Est ce toy qu'en ce lieu si riante ie vois?
Ie te recognoy bien à ta course emplumee,
A ta robbe en cent lieux de langues parsemee:
Ie balance tes mots, & i'offre à tes discours
Mon oreille, mon ame, & les nuicts, & les iours,
La bouffante vigueur de ta braue parole,
Fait bruire aux quatre coings, où va bruyant Eole,
Les merueilleux effets de la Diuinité,
Dont le Roy des François fait briller la clarté.

Clarté que d'autant plus le bon François adore,
Que le mauvais forcé craintiuement l'honore.
Ces esclairs annonçans mille pluyes de sang,
Que le Roy sçeut tirer aux Africains du flanc:
Et ces lis blanchissans, qui du sang des Espagnes
Firent par tant de fois rougir tant de campagnes:
Monstrent que point de temps n'a point veu de tel Roy,
Et que point d'ennemy n'a receu tant d'effroy.
Petits Demons volans, vagabondes pensees,
De tant de millions en vne ramassees,
Vous volez comme esprits autour de vostre Roy,
Et foibles à sa force engagez vostre foy,
Vostre foy, que l'honneur, le deuoir, la Iustice,
Trois Monarques puissans rangent à son seruice,
Mais où recouriez-vous, sinon à sa bonté?
De qui dependriez vous, que de sa volonté?
Vostre vouloir est serf, & le deuoir honneste,
De sa libre franchise à fait riche conqueste,
Seruage bien heureux, de l'esclaue le bien:
Parmi les rudes coups le plus doux entretien:
Ha que tu vas portant de l'heur à mes pensees,
Au seruice du Roy diuinement poussees.
Hà Roy qui vas guidant selon ta volonté,
L'Esperance Françoise, & la felicité:
Roy l'ornement des Rois: Roy des Rois l'excellence,
Qui n'as rien pour patron que la seule vaillance:
Roy de qui mes souhaits retirent leurs effets,
Qui fais mesmes sembler imparfaits les parfaits:
Que pourroient mes pensers, & que pourroit mon ame,
Et que pourroit l'ardeur d'vne diuine flame,
Sans toy vif Element de la viue clarté,
Sans toy le vif ruisseau de la diuinité?
Comme vn qui va traçant les deserts de Lybie,
Qu toute source d'eau luy va niant la vie.

Apres auoir vsé celle-là qu'il auoit,
Rentrant au bon pays vne fontaine y void:
Qui le priue de soif & propice replante
Dedans son corps seché son ame deffaillante.
Ainsi grand Roy sans toy qui fais que tout reuit,
Et nous donne l'esprit que le mal nous rauit,
Mes discours tariroyent, & la voix que ie seme
De voix viue viendroit la voix de la mort mesme.
Le renfort de ma voix c'est ta forte valeur,
Et l'audace d'icelle est le cœur de ton cœur,
Cœur le cœur des François, cœur des tiens le courage,
Cœur d'vn Prince vaillant, iusticier, fort, & sage,
De ta forte valeur les tesmoins familiers,
Les courriers asseurez, les postes iournaliers,
Sont les combats gagnez, les puissantes armées,
En moins d'vn tourne-main par tes mains desarmées,
Les scadrons terracez, l'ennemy repoussé
Et de tourner le dos honteusement pressé,
Tant de chefs estrangers à qui la noire Parque
A fait payer le port à Charon dans sa barque,
Traietter l'Acheron & raconter là bas
Le succez de leur mort & l'effort de tes bras,
Sçauent que vaut la main, qui les mains de la France
Enchaîne librement, & tient en sa puissance,
Ainsi qu'on voit souuent au pierreux Viuarez,
Vn qui va rebroßant l'espaißeur des forests,
Lors que les chiens couplez vne meute sçauante,
Poursuit la beste fauue, & des dents la tourmente,
Le chaßeur à la fin range tout sous sa loy,
Et reprend les preneurs sans morsure ou abboy:
Ainsi tant de François tous cernez de victoires,
Sont esclaues d'vn Roy qui s'acquiert mille gloires
I'apperçoy deuant toy tant de murs renuersez,
Tant de remparts rompus, & tant de forts forcez,

Ie roy ce grand Paris, le monde de ce monde,
Qui de ta maiesté les abysmes profonde,
Admire tes vertus, & repentant fait voir
Qui peut au bon subiet vn genereux deuoir,
Ie voy venir Lyon, ce grand marchand de France,
Qui de tous les trafics retire la substance,
Ce Lyon, aux deux ponts, Lyon au double port,
De farouche priué requerir son abord,
Bref, deuant toy ie voy l'impossible possible,
Et l'entrée en tous lieux à toy seul accessible,
Et tu ne forces pas tant seulement les murs,
Mais d'vne douce force as place dans nos cœurs:
Tu t'empares de nous & nostre ame contrainte
Par vn diuin effort, de tes vertus atteinte,
Ne respire que toy ne parle que par toy,
Seul appuy de la France, & de France le Roy,
Comme vn ressort duquel tous les autres despendent:
Vn Ocean auquel tous les fleuues se rendent:
Vn Soleil qui dissipe vn monde de glaçans:
Ainsi par le vouloir d'vn Henry nous passons,
Mesme ainsi que pensif ie basty cest ouurage,
La France s'offre à moy bastissant ce langage,
Subiet de ton H E N R Y, qui d'vn riche subiet
Veux suiure le dessein, la guide & le proiet:
Voy ta mere, & cognoy qu'autresfois esplorée,
En mille, & mille endroits par les siens deschirée,
Ayant d'vn coup mortel ses doux flancs transpercez,
Flancs qui par ses enfans se virent offencez,
Elle reprend la vie, & la nouuelle ioye,
Donne le vieil chagrin à l'oubliance en proye,
Las! i'ay veu dessus moy ces Marrans bazanez,
Ces Mores insolents Bisognes esrenez,
Lasches à la besongne, & prompts à la parolle,
Non point formez de pierre, ainçois de terre molle,

Desireux de plonger dans mon sein leur fureur:
Et sans auoir du cœur vouloir percer mon cœur.
Quand ce Roy courageux affrontoit leur audace,
Et marchoit furieux maschans vne menace,
Menace que l'effet suiuoit soudainement,
Effet qui destruisoit leur braue bastiment.
Bastiment contre qui d'vn HENRY le courage
Valoit plus mille fois que des canons la rage:
Tant c'est HENRY peuuoit, peut, & pourra tousiours,
Demeurant le soustien, & l'appuy de nos iours.
Cognoy donc maintenant comme mal recognuë,
On m'apperceut du tout abbatue & batue.
Cognoy donc maintenant, comme il me releua,
Me sauuant des dangers desquels il se sauua.
Voy comme il m'a tousiours en son ame prisee,
Ayant de mes haineux la puissance brisee.
Adresse luy tes vœux, & ne pense iamais,
Qu'à l'honorer, le craindre, & l'aimer desormais.
Rendsor' à sa grandeur la deuë obeyssance.
C'est vn bien fait d'auoir des biens faits souuenance.
Ainsi parloit la France, & mon cœur desireux
De l'honneur de son Roy voletoit bien-heureux:
Pensant de t'honorer vray fils de la victoire,
Et son humilité dedier à ta gloire.
Mon ame qui frayoit de mes leures les bords,
Bords qui la conduisoient au Royaume des morts,
Oyant tant de vertus, oyant tant de prouesses
Se bouffit, s'empoula d'vn monde de liesses.
Vne masle vigueur dedans moy la remit,
Et la bonté du Roy de viure luy permit.
Comme vne lampe ardente, où l'huile se consume,
Perdant sa nourriture à regret nous allume:
Sa vie est languissante, & son extremité
Sans vn huile nouueau nous oste la clarté.

Et vous, braues François, vous, enfans de la France,
Qui contre elle acerez, le fer de voſtre lance:
C'eſt à ce coup ici qu'il faut monſtrer comment
Vn cœur attira l'autre à quelque changement,
Pour vne nouueauté: mais les terres eſtranges
Doiuent auſſi reuoir, qu'vn million de changes
Ne ſçauroient alterer le deuoir, & la foy,
Qu'au grand Dieu nous deuons, & puis à noſtre Roy.
Tournez, doncques viſage, & que toſt vos eſpees
Au ſang de l'eſtranger apparoiſſent trempees.
Changez donc de courage, & que voſtre fureur
L'enuoye aux bas manoirs cognoiſtre ſon erreur.
Lors tout ſe remettra lors la France deſerte
N'aura plus ſouuenir de ſon antique perte.
Lors tu ſeras, grand Roy, de ton peuple l'honneur:
Lors ton peuple ſera l'appuy de ta grandeur.
Tu luy donras la vie: il donnera la ſienne
En proye aux eſtrangers, pour conſeruer la tienne.
Ainſi dans ſes ſubiets touſiours viura le Roy,
Ainſi viuront touſiours tes ſubiets dedans toy.
Les lys reſleuriront, l'Oriſlame ſacree
Se verra deſſus tout en triomphe eſleuee,
L'Aigle manquera d'aiſle, ainſi qu'vn froid ſerpent
Ira foible, & nauré ſur la terre rampant.
Lors ayant acheué de gagner les courages,
Et parfait les deſſeins de ſi faſcheux ouurages,
On verra deuant toy l'eſtandart des François,
Aux haineux de ton nom engrauer mill' effrois,
Lors tu nous guideras aux conqueſtes d'Eſpagne,
Et d'infinis ſoldats couuriras la campagne.
Tant de gens aguerrris les fleuues tariront,
Et les piques des tiens des bois reſſembleront.
Rien ne reſiſtera: les villes eſtonnees
S'ouuriront deuant toy pour n'eſtre canonneeſ.

Et si quelque mutin s'oppose à ton effort,

Il bronche tout soudain par la main d'vn plus fort,

Le marchand Portugal, & la noble Castille,

Grenade, Salamanque, & Tolede, & Seuille,

Te porteront leurs clefs, & t'iront requerant,

Tesmoignages certains d'vn hardy conquerant,

Du More recrespé la demeure alterée,

Du Scythe gouste-sang la cruelle contrée,

L'Arabe vagabond, le caut Egyptien,

N'adoreront plus rien qu'vn HENRY, tres-Chrestien,

I'apperçoy-ià desia les Brachemanes d'Indie,

A ton authorité soumettre leur patrie,

Admirer ta sagesse, adorer ta valeur,

Publier ta clemence, & priser ta douceur,

Mais ne vois-tu grand Roy, la grandeur Emperiere,

De l'infidelle Turc craindre ta main guerriere?

Voy comm' il se tapit, voy comme dans Damas,

Chacun fait affiler son trenchant coustelas,

Les soldats de la Grece, & de la Natolie

Les Arabes coureurs la malastre Syrie,

Viennent pres son serrail se serrer promptement,

N'ayant force ny cœur, ny poux, ny mouuement,

La grand ville des Grecs, le palais de l'Empire,

Le fort de Constantin rien que toy ne desire,

Bref ie te voy grand Roy quelque part où tu sois,

Que là tu fais valoir la valeur des François,

Tu fais tout, tu prens tout, & le tout de la terre,

N'est qu'vn point regardant ce que tu peux conquerre,

Aussi le Ciel te rit, & les Astres errans,

S'en vont en ta faueur iournellement courans,

Ses feux en sont plus beaux depuis que ta vaillance,

Vient esteindre les feux qui consomment ta France,

Le ciel dit à tous coups, que le monde est heureux,

D'auoir vn Roy si grand, vn Roy si genereux,

Et te recognoiſſant la terreur de la terre,
En ſon repos auſſi ſe faſche qu'elle enſerre,
Tes merites qui ſont pluſtoſt dignes des Cieux,
Que du petit pourpris de ces terreſtres lieux,
Ainſi la voix du Ciel retenant ma parole,
Reprend de mon penſer l'entrepriſe friuole,
Ainſi ie n'oſe plus à ta haute grandeur,
Preſenter baſſement ceſte baſſe rondeur,
Mais eſtant bas logé, ie ſonge à choſes baſſes,
Et promets peu de grace à ce monde de graces:
Et petit ſeruiteur d'vn monarque puiſſant,
Tous ces petits honneurs ie m'en vay baſtiſſant,
Meſme vn petit diſcours prend bien la hardieſſe,
D'offrir ces bas proiets, partant de ma foibleſſe,
A mon Roy qui d'autant eſt ſupréme en grandeur,
Que le preſent eſt bas, & de peu de valeur,
Mais ſi l'offre eſt petit, & le preſent infime,
Le vouloir eſt tres-grand, & le cœur magnanime:
Veu qu'vn Roy treſpuiſſant vn gräd Roy des Françoiſ,
Peut rendre grand le cœur, le pouuoir, & la voix,
D'vn tres-humble ſubiet, qui de ſa grandeur meſme,
Retire la grandeur de ſon deſir ſupreſme.

L'AMOVR DE
Filandre.

TOut le ieune troupeau des Archerots ailez,
Des petits Amoureux ſoldats encarquelez,
Sur les chäps Toloſains auoir pris ſa volee,
Seiouraſſez commun de ceſte bande aiſlees,
Quand voyci leur aiſné qui les conduiſoit tous,
Couuant beaucoup de fiel ſous vn viſage doux,

Doüillet & feminin, cerné de mainte grace,
Qui loge sur les yeux qui loge sur la face.
Ayant fait mille tours, par mille & mille prez,
D'agreables couleurs richement diaprez,
De soy mesme fourrier, mareschal de soy mesme,
Prit à gré les beaux yeux & la douceur extreme,
De la belle Floride, ornement du pays,
La bute des Bergers des Bergeres le prix
Amour n'estant qu'esprit à l'heure se transporte
Dans ses yeux ses Soleils par la diuine porte
D'vne bouche où l'œillet la Roze & le courail
Auoient mis le plus beau de leur plus bel esmail,
Les petits amoureux, troupelettes menuë
Luy vont sus aussi tost: tout ainsi qu'vne nuë
D'oyseaux se retirans sur la fin de l'Esté,
Quand du prochain Hyuer l'importune aspreté
Les contraint desbusquer, & d'vn presage sage
Euiter des froideurs le rigoureux dommage
Qui va dessus son col sur sa gorge de lait,
Et qui sur son teton rougement rondelet
Qui deça qui delà furette quelque place,
Tant ce lieu leur paroit estre de bonne grace,
Comme ils furent logez, & que ses diuins yeux
Seruirent à l'aisné de Palais gracieux:
Les bergeres d'autour allans en vn Reynage,
Inuiterent au bal leur galant voysinage:
il y auoit deux sœurs en vn mesme logis,
Sœurs du petit Amour, de la grace, & du Ris,
Belles à tout passer l'aisnée estoit brunette,
Et l'autre paroissoit plus blanche, plus doüillette,
Elles auoient des yeux pleins de flame & d'esclairs:
Elles auoient des yeux tres-brillans & tres-clairs.
Leur nez estoit traictis & dressé par mesure,
Tant s'y trauailla l'art auecques la Nature,

Leur bouche n'estoit rien qu'vne fente où l'odeur
Du musc le plus soüef, la plus douce senteur
Des Arabes heureux seiournoit à tout heure,
Faisant de ces doux lieux sa plus douce demeure.
Elles auoient les biens de mill' autres beautez,
De mill' autres douceurs, mill' autres raretez;
Outre qu'elles estoient du nombre des Bergeres,
De toute la contree heureusement premieres.
La Royne les conuie au bal qui se faisoit,
Et les prie à l'instant venir s'il leur plaisoit.
L'vne & l'autre suruint promptement à la dance,
Chacune de ses yeux monstra la violence
Chacune de son corps monstra l'agilité;
Chacune de son port la belle maiesté.
L'aisnee qu'on nommoit vulgairement Latmie
En blessa quelques vns de ceste compagnie,
Qui se plaisoient, à voir ce brun, qui descochoit
Cent traits de passion, à cil qui l'approchoit.
Mais la belle Floride à robbe incarnatine,
Déesse de l'amour, Nymphe toute diuine,
Sçeut si bien descocher mille traicts amoureux,
Mille foudres darder eslancer mille feux,
Qu'vn berger qu'on nommoit communement Filandre,
Fut surpris à l'instant comme vn autre Leandre.
Ce Filandre estoit gay, ce Filandre gaussoit,
Filandre alloit, venoit, passoit, & repassoit,
Sçauoit faire ses tours tout gentil, tout agile,
En ses belles humeurs discrettement habile.
Filandre n'estoit pas fils d'vn pauure berger.
Il n'auoit que ce mal qu'il estoit estranger.
Son Pere auoit cent bœufs, & cent couples de vaches,
De chacune tirant à chasque iour deux tasches,
Mais il n'estoit cogneu que des autres bergers,
Non point de la contrée, ainçois des estrangers,

Les bergers du pays n'auoyent point cognoissance,
De ses belles vertus, n'außi de sa cheuance,
Car il ne portoit pas tousiours le beau colet.
Tout fait à points coupez, außi blanc que de lait.
De changer tous les iours de bas, & de raquette,
Faire de tous les iours comme d'vn iour de feste
Ce n'estoit son humeur: les bergers plus fraisez,
Abondans en brebis, riches, & bien aisez,
Qui estoient du pays, au son de la musette,
Ou de quelque tabour faisoient dreßer la feste.
Mais luy qui desiroit n'estre que paßager,
En estrange pays viuoit en estranger,
Et n'auoit autre soin qu'à paßer la iournee,
Sitost qu'il la voyoit au ciel fraischement nee.
Mais il fut bien trompé son Destin rigoureux
Changea bien son delice en troubles amoureux.
Car außi tost qu'il voit ceste bell' FLORIDE,
Ceste Roine des cœurs, ignorante homicide,
Il deuient esperdu deuient paste, & transi,
Deuient plein de chagrin, de peine, & de soucy.
Las disoit-il mon cœur, ma belle que i'adore,
Maistresse de ma vie, & de ma mort encore:
Beau feu que ie chery, bien que me consumant,
Qui pour m'esteindre entier te vas tout allumant:
Diuin Flambeau d'amour sur humaine Deeße,
Comme tu m'as lié de l'or blond de ta treße!
Ha si i'eußé cogneu le mal qu'on m'apprestoit,
Et sçeu que ce fil d'or les ames arrestoit,
Ie n'y fuße venu, ie te iure FLORIDE
Mais que di ie chetif, quelle fureur me guide?
Sçauroy-ie deuenir captif plus dignement?
En plus douce prison souffrir plus iustement?
En vn lieu plus heureux gouster plus de delices?
En vn seiour plus mol plus de molles blandices?

Ie sentissez mon heure, mais quel heur puis ie auoir,
Quand ie n'ay le moyen, quand ie n'ay le pouuoir,
D'attaquer ceste belle & cruelle meurtriere.
Ou de luy faire au moins vne courte priere?
Que crains-ie irresolu faut il manquer de cœur
M'auroit elle rendu craintif & seruiteur?
Non, non, il faut sonder si le fleaue est gueable,
,, La fortune aux hardis est tousiours fauorable,
Ce disant vne ardeur de courage indomté
S'empare de son cœur & de sa volonté.
Il n'a point de repos iusqu'à ce qu'il voisine
Le gracieux objet de sa beauté diuine.
Il furette, il tracasse, il cherche, & va fouillant
Cent lieux pour s'approcher d'vn Soleil si brillant.
Ainsi qu'il ahannoit pantoisement penible,
Que son esprit n'estoit aucunement paisible,
La fortune voulut qu'il aborda ces lieux,
Tant de luy desirez, & tant delicieux.
Il voulut entamer vn discours à FLORIDE
Elle qui ne cognoist quelle raison le guide,
En termes rigoureux luy contre respondit,
Et rien que cruauté d'elle ne s'entendit.
Qui void vn voyageur durant Mars le volage,
Se fiant au beau temps attaqué de l'orage:
Qui void vn vigneron suant & trauaillant,
Proche d'vn serpenteau qui la va surueillant:
Void aussi nostre amant qui voyant la rudesse
N'osoit pas descouurir sa flame à sa maistresse.
Vn vulgaire discours de sa bouche sortoit:
La crainte du desdain son courage arrestoit.
Il taschoit seulement de la rendre priuée,
Et d'estre familier de premiere arriuée.
Mais la dure beauté, qui cognoit cent rigueurs,
Et qui pour son mal-heur animoit les malheurs,

Se monstrant en tous poincts cruellement farouche:
Luy fit soudain tarir les propos en la bouche.
Elle ne donnant place aux deuis familiers,
Aux vulgaires discours, & non particuliers,
Fit arrester la voix du desastré Filandre,
Du mal heureux Berger, qu'elle ne veut entendre.
Le berger qui la void sans aucune douceur,
Parmy ce calme lieu ne trouuant rien de seur,
Se voyant esclairé de cent yeux ses plus proches,
Crachant contre le Ciel mil outrageux reproches,
Accusant le destin accusant le malheur,
Se retire de là tout remply de douleur.
La troupe des bergers venus d'estrange terre,
Commence promptement de luy faire la guerre,
Accuser & sa honte, & sa timidité,
Et de piquans propos poindre sa lascheté:
Mais Filandre le beau, Filandre plein de grace
Demeuroit estonné, sa rougissante face
Monstroit la passion, qui son ame alteroit,
Bourreloit son esprit, & son cœur martiroit.
Desia la sombre nuit couuroit tout de son voile,
Esparpillant au Ciel, & mainte & mainte estoile.
Quand Filandre arriuant à son petit buron,
A son petit cachot, sa rustique maison,
Ne peut prendre repos, ni se prendre aux viandes,
Bien qu'il les eut tousiours honnestement friandes.
Tous les ieunes bergers demeurans tout autour,
Qui visitoyent amis Filandre chaque iour,
Le vindrent voir deffait, & ne voulant plus viure,
Et rien que son vouloir ne desirant de suiure.
Ils cherchent le motif de son aspre douleur,
La source de sa fieure, & de tant de chaleur:
Mais leur chercher est vain, car le ieune Filandre
A personne ne veut son malheur faire entendre.

Il craint tous les bergers, francs de sa passion:
Ses compagnons priuez, de tant de passion
L'empeschent de parler, luy seul dedans son ame
Comme le vif brasier de l'immortelle flame.
Il pense dans le lict prendre quelque repos,
Floride à son esprit reuient à tous propos:
Floride à tout moment reuient en sa pensee,
Floride est par souhait mille fois caressee:
Floride en son desir il baise mille fois,
Floride seulement retentit par sa voix,
L'imagination par la penser esmeuë:
Luy fait representer Floride toute nuë:
Ainsi qu'vne Venus belle comme le iour.
Toute pleine de ris, toute pleine d'amour:
Et Morphé le songeard luy graue encor en l'ame
Le pourtrait amoureux d'vne si belle Dame.
L'Aube au teint safrané sortant d'vn fascheux lict
Conduisoit le soleil, & bannissoit la nuict:
Quand Filandre voyant par vn trou la lumiere
Du beau iour qui monstroit sa clarté coustumiere,
Sort du lict, prend son saye, & ses guestres aussi,
Se peigne auec les doigts, & chargé de soucy
Erre parmy les prez, my sain, & my malade,
Recerchant sa Floride, & la ieune brigade
Des bergeres d'autour, bergeres qui auoient
Mille attraits amoureux, qui les cœurs captiuoient,
Il va voir la maison de sa cruelle amante,
Il ne l'aperçoit point, il court, il se tourmente,
Il trotigne par tout, il la cerche par tout,
Mais d'vn si beau desir il ne peut voir le bout.
Vn oyseau qui poursuit la perdris à remise
Lors qu'vn bois trop prochain sa fuite fauorise
Est empesché de mesme, & tousiours son œil roux
Brille pour la voler, tant le butin est doux.

En fin l'amour guidant les pensers de son ame,
Luy va ramenteuoir que sa cruelle Dame,
Estoit allée au Temple, ou Pan le grand pasteur,
La garde des brebis, & leur conseruateur,
Se faisoit adorer: il y va de Floride,
Contempler les beaux yeux, & d'entendement vuide,
Se mire en la beauté de ses meurtriers regars,
Qui trauersoyent son cœur en mille, & mille pars,
Et poussé d'vn amour loüablement extréme,
S'arreste entierement à voir cela qu'il ayme,
Ha! si tant de regards tant de fois eslancez:
Ha! si tant de souspirs tant de fois hors poussez,
Eussent rendu le cœur de la belle bergiere,
Plus traitable, & plus doux si la sainte priere,
Que fit Filandre à Pan, pour amolir le cœur,
De la belle FLORIDE, eût flechy sa rigueur!
Las Filandre se roit auec nous à ceste heure!
Filandre gausseroit, mais floride la dure,
Sans auoir point d'esgard à si belle amitié,
Sans auoir d'vn tel mal aucunement pitié,
Fit sortir le berger hors du Temple rustique,
Appellant son destin, & sa fortune inique,
Ainsi partit de là, Filandre l'amoureux,
Partirent de son œil & les ris, & les ieux,
Mais en sortant de là, de son cœur ne sortirent,
Les petits amoureaux qui tousiours le suiuirent,
Et le suiuront tousiours insqu'à tant que la mort,
Tranchant son fil vital à l'amour face effort.

                                           LES

LES DESDAINS
DE FILANDRE.

Vivez loyaux amans comblez de tous plaisirs:
Vivez loyaux amans, soulez de vos desirs:
Cependant que Filandre en amour miserable,
Sert aux plus amoureux de spectacle effroyable.
Tous ceux qui l'ont cogneu le voyant si changé,
Et le voyant des yeux de sa Dame estrangé,
Croiront songer encor, & leur voix desireuse
De plaindre son meschef, & sa fin malheureuse
Ne faudra de tarir, leurs yeux seront des pleurs,
Leurs pensers de trespas, & de transes leurs cœurs.
Or Filandre n'est plus, ou bien s'il est encore,
Il n'est rien qu'attendant la mort qui le deuore,
Il ne vit qu'en langueur, il est pasle & transi,
Plein de dueil, de chagrin, de peine, & de souci,
Sa maistresse faisant tousiours de la mineuse,
Et se rendant tousiours enuers luy desdagneuse,
En ces termes l'a mis. Amans qu'en dites vous?
Faut-il que le desdain, faut il que le courroux
Luy manque à ceste fois? Non ce cœur magnanime
A trop pour ses fureurs vn subiet legitime.
Il faut quitter les lacs qui nous vont arrestant,
Et n'estre point constant afin d'estre content,
Vn esclaue d'Algier esprouuant de son maistre
L'ordinaire rigueur, du lien se depestre,
Apres les rudes coups d'vn seruage inhumain,
Sentant appesantir du Corsaire la main:
Lors que par droit de mer, où la force preside,
D'vn Barbare sans loy la dure loy le guide.
Et Filandre n'estant qu'esclaue à son plaisir,

Ne se dessaisira d'vn outrageux desir?
Ne t'abandonnera seruage volontaire,
Du foible non du fort retirant sa misere?
Au pouuoir d'vne fille assuiettir son cœur,
Et d'vn si foible maistre esprouuer la rigueur:
Hà cela ne se peut! son ame genereuse
Se retirera bien de ceste audacieuse.
Elle qui se donna, se rendra bien à soy,
Espousera la ioye, & sa Dame l'esmoy:
L'ame autant rigoureuse à ceste ame fidelle,
Que l'ame fut deuote à sa Dame cruelle.
Vous entendrez, comment Filandre tous les iours
Pourchassoit d'aduancer beaucoup en ses amours.
Il estoit fort discret, & l'amour de Floride
Ne le transersoit tant que son esprit auide
De gouster les douceurs qu'on trouue estant aimé,
Eust tout son naturel tellement transformé,
Que la raison guidant le meilleur de son ame,
Le quittant donnast place à la meurtriere flame.
Il recherchoit souuent s'il verroit ses amours,
Pour auec le secret entamer le discours.
Mais il n'eut en ce temps, que sept ou huit rencontres,
Encor bien espineux & pleins de mal encontres.
Il se faschoit de voir qu'on les vist courtiser:
Il se faschoit qu'aucun le vist fauoriser:
Requerant en son fait le secret amiable,
Qui ne se monstra point à ses vœux fauorable.
Estre ainsi descouuert presqu'à chasque propos,
Ne luy donnoit en l'ame vne heure de repos:
Car il vouloit parler, sans que l'œil de personne
Ni l'oreille cogneut ce qui le passionne.
Il vouloit sans tesmoins luy descouurir l'ardeur
Qui luy brouilloit l'esprit qui luy brusloit le cœur.
Mais de peur qu'il fut, il ne peut iamais dire

Qu'en paſſant ſeulement ſon amoureux martyre.
Car Floride touſiours compagne de ſa ſœur,
Et de ſa mere auſſi, s'empoule de rigueur:
Et pantelant de crainte, & pleine de ieuneſſe,
Et fiere en ſes deſdains n'oſt celuy qui la preſſe,
Filandre qu'eſt ceci? Las Filandre! où es-tu?
Où loge maintenant ta premiere vertu?
La voyant tu pallis, tu languis à toute heure,
Et rien en ton amour que la mort ne t'aſſeure.
Tu veux eſtre conſtant, tu veux pe. ſeuerer,
Et dis pour paruenir qu'il te faut endurer,
Eſt-ce ainſi que ſe perd ton genereux courage?
Que tu laiſſes couler le meilleur de ton aage?
Reprens vn peu de cœur, aſſeure t es eſprits,
Et fais que d'vn deſpit ſoit ſuiui ce meſpris.
Ne fais que ton tourment durement nous tourmente,
Ne nous rends plus plaignãs oyans ta voix plaignante:
R'aſſereine ton œil, ſou libre deſormais,
Et fais touſiours deſſein de ne ſeruir iamais.
La mer en ſes horreurs n'eſt long temps coloree:
Mais ce nouuel orage eſt de trop de duree.
Ses amis luy diſoyent franchement tout cecy:
Mais moindre pour cela n'eſtoi point ſon ſoucy.
Il eſcoute parler, & de chaſque perſonne
Il reçoit les aduis ainſi qu'on les luy donne:
Mais entrans dans l'oreille, ils n'entrent dans le cœur,
Tant mal vn deſaſtré peut gaucher ſon malheur,
Tous ces ieunes Bergers grands amis de Filandre,
Qui leur fait à tous temps ſes rudes coups entendre,
Plaignoient ſon infortune, & regrettans ſon ſort,
Taſchoient de luy donner quelque peu de confort
Le prier doucement ſe reprendre en colere,
Et donner e ice fait vn conſeil ſalutaire,

C'eſtoit vn temps perdu: car Filandre arreſté
Au port de ſa conſtance, & de ſa fermeté,
Eſtime qu'on l'enuie, & penſe à ſon deſaſtre
Que le Ciel bien-heura l'eſcendant de ſon aſtre,
De le rendre valet d'vne ingrate beauté,
Tenebreux magaſin de tout e cruauté:
Mais le Ciel s'oppoſant aux fureurs amoureuſes,
Aux iniuſtes malheurs aux langueurs ruineuſes
Luy reforma la vie, & le fit reſpirer,
Et ne le voulut plus en amour martyrer.
D'vne eſtrange façon ſes douleurs s'appaiſerent:
D'vne eſtrange façon ſes amours ſe briſerent.
Car eſtant de Floride amant, & non aimé,
Et n'eſtant que du bien de l'amour animé,
Ne viuant d'autre choſe il deuint tout ſauuage,
Morne, melancolic, ayant bas le courage:
Car les yeux de ſa dame, en l'ayant abbatu,
Oſterent à ſon cœur ſa premiere vertu.
Dont Filandre preſſé par tant de faſcheries,
Emporté de regrets, agité de furies,
Sent gliſſer dedans ſoy les fieureux accidens,
Qui le vont par malheur conſumant au dedans.
La douleur le ſappa, ceſte ardeur violente,
Sans auoir point d'arreſt d'heure en heure s'augmente:
Le mattant tellement, ſans luy donner reſpit,
Que dans deux ou trois iours elle le range au lict.
Celuy qui deſſitant d'vn ennemy l'audace
Le conuie au combat, & luy marque vne place
Pour finir cap à cap vn noint indiffirent:
Apres cent & cent corps par la fin du mourant,
Et qui voit arriuer vne troupe effontee
Auec ſon ennemy, pour l'aider de l'eſpee.
Qui n'en attendant qu'vn, en voit tant à la fois,
Sçait quel eſtoit Filandre en ſes mortels abbois.

Voila donc le berger amoureux & malade,
Criaillant, tempeſtant comme vne autre Mœnade,
Demy mort dans ſon lict, bourellé de deux maux,
D'eſpece, de douleur, & de force inegaux.
Il ſe plaint, il ſe deult, il bruit, il ſe tourmente:
Mais ſon grand mal prouient de ne voit ſon amante.
Il eſt diuerſement traité par deux Tyrans.
Son corps & ſon eſprit durement martyrans,
Il eſt tout hors de ſoy, toute choſe l'agite,
Il voit tant de rigueur, pres de tant de merite.
Il voit tant de douceur, pres de tant d'aſpreté:
Et veut ſe dire heureux en ſa calamité.
Mais ainſi qu'il eut veu que toutes ces folies,
Que tous ces ſonges creux, toutes ces fantaſies
N'eſtoient que vanitez, & que pures erreurs,
Et qu'il conſidera le mal de ſes fureurs,
Qu'il eut veu que Floride à ſon amour rebelle,
Ne vouloit viſiter vn amoureux fidelle,
Dit mill' & mille Adieux aux traits de Cupidon,
Aux beautez, aux appas, aux clartez, au brandon:
Dix mill' & mille Adieux à la dure Floride,
Qui preſque auoit eſté de Filandre homicide.
La fureur, le deſpit, la douleur, le courroux,
L'eſbranlant, le troublant, le gagnant à tous coups,
Luy fait laſcher les traits d'vne iuſte malice,
Pour auoir de Floride aff été le ſeruice.
Ainſi le mal d'amour par vn autre dompté,
Par les fieureux accez, rudement ſurmonté,
Vaincu par le conſeil des amis pitoyables:
Et rompu par l'effort des deſdains fauorables,
Monſtra bien que l'amour eſt de peu de vertu,
Depuis qu' vn accident l'a ſi toſt abbatu
Dés auſſi toſt on vit au bien-heureux Filandre
Sa premiere couleur gaillardement reprendre.

Dés auſſi toſt auſſi luy reuint l'embon-point,
Et la fieure dés lors ne le bourrela point,
Il ſort hors de ſon lict, il rit, il gauſſe, il dance,
Il n'a rien plus à cœur que la riſiouyſſance:
Il recherche des ieux pour voir recompenſé,
Par des ſaints paſſetemps le temps ſi mal paſſé.
Ainſi par le tourment d'vne douleur tresbrieue,
Il appaiſa le mal d'vne douleur plus grieue.
Il modera l'excez d'vn malheureux tourment,
Et monſtra que ſon mal eſtoit ſon ſauuement.
Quand par vne douleur tout le mal ſe retire,
Apres l'auoir ſentie on ne s'en fait que rire,
On en dreſſe des ieux: i'eſtime eſtre bon heur
De chaſſer vn tourment par vne autre douleur.
Hà! petits Amoureux, vous fiſtes vne perte,
Qui ne ſera par vous en nul temps recouuerte.
Car Filandre preſchant voſtre meſchanceté,
Nous fera meſpriſer des Dames la beauté:
Et ſa bouche blaſmant les rigueurs de ſa Dame,
Et deteſtant l'ardeur de l'amoureuſe flame,
Monſtrera qu'il ne faut pour viure bien heureux
Eſtre ſans eſtre aymé des Dames amoureux.

CONSOLATION A MON
Compere, Sur le mariage de
ſa maiſtreſſe.

Donc les Filles ſans foy promettront vne foy,
Et la loy de l'amour, d'amour rompra la loy?
Le cœur ſera ſans cœur, vaincu par la menace?
Le deuoir au deſir des parens fera place?
Permettez vous cela petits Cupidonneaux?
Lairrez vous enfanter à vos feux des ruiſſeaux

Bairrez-vous aux ruisseaux esteindre ainsi vos flames?
Si vous auez pitié des amoureuses ames,
Ou bien si vous auez pitié mesme de vous,
Venez par vos douceurs appaiser nos courroux,
Autrement vous perdrez & nos cœurs, & vos gloires;
Et resterez vaincus au gros de vos victoires,
Ah! ie voy bien que c'est? vous me faites les sourds,
Ne voulans arrester de nos plaintes le cours,
Allez petits muguets, vous aurez la fessee,
Vous en auez trop fait: car vne ame blessee,
Reste ici sans remede, & vous ne voulez pas.
Qu'en rompant tous vos traits il trompe le trespas.
Non, vous ne faites rien: sa bonne cognoissance
Meslee à mon secours luy donroit la puissance,
De rire de vos coups: N'allez pas estimant,
Qu'vn grand cœur de si peu s'en aille consumant.
Doncques pour arrester le cours de mille plaintes.
Ie me resous moy-mesme à lascher ses estraintes:
Et veux que m'entendant il ne prefere plus
Son mal au nouueau bien, à mon vueil son refus;
Son dueil à son plaisir, & sa mort à sa vie,
Et à mon doux Conseil son aspre fantasie.
Hà! pauure que ie suis, qui ne recognoy pas,
Qu'il ne va requerant qu'en propos le trespas.
Et qu'il n'a combatant contre toutes folies
Rien pour luy resister qu'vn nombre de furies.
Toutesfois, mon Compere, aidant à ton honneur,
Et voulant appaiser la commune rumeur,
Bien que point de confort ne te soit necessaire,
Ie veux en ces deux mots resoudre ton affaire.
On sçait premierement que l'amoureuse loy
Consiste en ces deux points, ie t'honore, aime moy.
Si l'vn des deux deffaut, l'amour est vn vray songe,
Vne pure imposture, vn asseuré mensonge.

Et Dieu ſçait ſi iamais tu logeras le premier,
Ou ſi la belle Dame eſpouſa le dernier.
Toutesfois du dernier i auoy plus d'aſſeurance:
Mais des deux à tous deux ie vous donnoy diſpenſe.
Vos paroles eſtoient des vents trop violans,
Pour vous porter au port: vos deſirs trop bruſlans,
Pour garder les flambeaux ou Cupidon reſide,
De ne ſe conſumer en vous ſeruant de guide.
En fin tous deux trop fins à l'amour confinez,
Vous vous eſtes touſiours l'vn & l'autre affinez.
Toutesfois ie ſçay bien le maiſtre de la ruſe:
Que ſert-il te nommer? ton fait meſme t'accuſe:
Ie ſembleroy douter Compere, en te nommant,
De tes proiets formans le commun iugement:
Et ſembleroy n'auoir de tes arts cognoiſſance.
Or paſſans du ſçauoir à ton experience:
Ie me ſouuiens encor, que tu te ſouuenois
De brider tes propos, que tu te retenois
De parler de ce ioug que les braues meſpriſent,
Encores qu'à la fin brauez, ils l'autoriſent.
Tu rendois ton diſcours artiſtement parfait.
Comme elle les enaureis que docte elle refait
Bref, tu fus le miroir des amours de paſſade,
Le Soleil des galans, l'Aigle de la brauade.
Et quiconque t'a veu tout fondre en paſſions,
Et reſoudre en ſouſpirs toutes tes fictions,
Du penſer ſeulement d'vne ſi bonne grace,
Il ſe rend gracieux, qu'elle choſe qu'il face.
Mais que les gens ſont ſots qui t'alloient eſtimant,
Baſti de quelque fer tiré par ceſt aimant
Et qui ne iugent pas qu'vn humeur vagabonde,
Pour errer à ſouhait veut faire errer le monde.
Mais quel eſtat fais-tu des langues de ces ſots,
Qui te vont aſſommant d'vn lourd fardeau de mots?

Propos mal à propos, posez sans cognoissance,
Tous vuides de raison, & non de medisance.
Laisse parler les fols & te repute heureux,
D'auoir esteint le feu d'vn amour dangereux:
D'vn dangereux amour menaçant de ruine:
Si tost qu'vn mariage vn bon cœur assassine.
Non ne regrette point de perdre cest Amour,
Et perdre ta maistresse, & traitresse à ce iour.
Ses beautez ne sont pas de choses si parfaites,
Qu'elles doiuent trainer, des morts, & des deffaites.
Ce beau brun noirelet de son teint bazané,
Teint d'vn diable nouice encor peu charbonné:
Et ce nez qu'vn marteau tempesta sur l'enclume,
Qui trafique en leuant, & qui a de coustume,
De contempler le Ciel de son bout redressé,
N'estoient ce des subiets, pour te rendre blessé?
De son poil noir d'esteint, & la crasse & l'aigresse,
Et la rudesse encor n'estoit pas vne l'esse
Trop propre à te mener: mais ie n'en parle plus,
Et laisse aux yeux de tous gloser sur le surplus.
Or, Compere voila qui doit donner à croire,
Que iamais elle n'eut sur toy point de victoire.
Mais parce qu'elle fut fille de quelque Esprit,
Tu luy voulus monstrer ce qu'elle ne comprit.
Ie sçay bien toutesfois qu'vn chapeau de brauade,
Qu'on donne aux amoureux du pays de casside,
Et mill' opinions qu'on ne peut arracher
Ont eu quelque pouuoir de te faire fascher.
Mais ie sçay que le bruit ta bell' a ne n offence,
Qui d'auoir offencé n'a point de souuenance,
Puis de l'auoir quitté durant cinq ou six mois,
Apres l'auoir laissée aux langoureux abois.
Cela t'excuse tant qu'il nous peut faire croire,
Que tu voulus bastir de sa pute ta gloire.

                    O v

Que si tu ne l'as peu, veu qu'elle s'en gardoit,
Il ne faut pour cela t'aller monstrer au doigt.
Vn amant passagier n'a l'ateinte asseuree,
Quand il prend en tous lieux promptement sa visée,
Puis les couteaux qu'on veut entendre le matin,
Faisoyent par leur defaut faillir ton auertin,
Et ceste ambition à tes yeux descouuerte,
De paroistre de gloire, & de pompe couuerte,
Portant de tes moyens la perte & le trespas.
T'estoyent vn grand subiect de ne la prendre pas.
Or tu ne l'as pas eu ceste perle deslite,
Parce que son humeur diffère à ton merite.
Que si tu ne l'as point beny Dieu de ce fait,
Tandu qu'elle maudit de son desir l'effet.
Et tandu que pompeuse & pleine de babance,
Marrie elle cognoit sa faute & ta prudence.
En fin console toy sur l'aise que i'en ay.
Et sur les grands esclats du rire que i'en fay,
Sur tout loge ton bien en ta belle franchise,
Et iuge qu'en cela le sort te fauorise.
Mais le meilleur confort que tu sçaurois auoir
C'est de n'auoir besoin de confort receuoir.
Comme nous cognoissons à l'empeint de ta face,
Et aux ris que tu fais d'vne fort bonne grace.
Puis pense que cent cœurs pleins de cent beaux desirs,
Conseruent à ton vueil leurs vœux, & leurs plaisirs.
Pense que tes amis estiment ta conduite,
Puis qu'vn son ame n'est au seruage reduite.
Pense que pour penser vne beste à deux trous,
Il t'eust fallu mourir tout meurtri de ses coups
Pense qu'en ne pensant à l'affaire qu'on pense,
La perte que tu fais ton courage n'offence.
Et pour conclusion pense apres tout penser,
Que c'est vn fait auquel il ne faut plus penser.
Adieu Compere & n'ayme plus tant.

EPITAPHES
FRANÇOIS,
ET LATINS.

DE PIERRE DAVITY
DE TOVRNON.

A MONSEIGNEVR LE
Dvc de Montmorancy,
Pair , & Conneſtable
de France.

ONSEIGNEVR,
La fortune qui m'interdit l'hôneur de voſtre cognoiſſance , ⁊
ne me fait que trop cognoiſtre
voſtre mal, me donne ſubiet de
me donner à vous comme choſe voſtre. L'occaſion en eſt deplorable, ⁊ toutesfois digne de
recherche: veu qu'on me iugera touſiours poſ-
ſedé du deſſein de voſtre ſeruice , l'eſtant du
regret de voſtre regret. I'auray doncques ce
bien en mon mal, que de me plaindre pour me
faire cognoiſtre à vous, ⁊ faire enrendre à
chacun, que le temps ne pourra rien ſur celuy,
ſur lequel vous pōuuez tout. Or , Monſeigneur , ie me ſuis eſſayé de faire voir aux
François, combien vous aimez encor le merite defunct, ⁊ combien ie le regrette auec tout
le monde. Que ſi on m'accuſe de trop d'audace, ie me couuriray de trop de douleurs qui ne

pouuoit estre possible, estant violente. Et ie
blasmeray le sort de vous auoir rendu si fasché par vos pertes, pour me rendre si fascheux
par mes escrits. Cependant vos larmes estans
des eaux inutiles, pour faire reuerdir vostre
esperance, i'espereray du moins qu'elles serui-
ront à noyer vostre affliction. Sur cest espoir
i'attendray aussi ceste grace que de vous voir
souffrir ma rudesse, puis que vous endurez
vne mort, qui vous doit estre plus odieuse.
Et ie vous protesteray de ne laisser iamais
mourir en moy le desir que i'ay de me perpe-
tuer.

MONSEIGNEVR,

Vostre tres-humble, & tres-
obeissant seruiteur,
P. DAVITY.

TOMBEAV DE TRES-ILLVSTRE
Dame, Madame Loyſe de Budos, eſpouſe de
Monſeigneur le Duc de Montmorancy,
Pair & Conneſtable de France.

PAſſant, donne des larmes à ce
feu des ames. La douceur meſme honore la durté de ce marbre. Encor auons nous au móde quelque
ſuiet de l'enuie du Ciel. Ses os reſiſterót
au moins à la force du temps. Ils repoſe-
ront en terre à leur plaiſir, comme ve-
nans du plaiſir de la terre. Toute choſe va deuenir belle, puis que les tenebres ont la lueur. Mais belle vertu que
ne fus tu maiſtreſſe du Ciel ialoux?
Mais ialouſe de noſtre bien, pourquoy
te fis-tu ſi toſt maiſtreſſe du Ciel! plus
le feu eſt grand, pluſtoſt la matiere ſe
perd: plus la vertu eſt viue, moins elle
vit. Las! merueilleuſe pureté, excuſe
mes paroles corrompuës, beauté for-

tunee, pardonne à mon esprit infortu-
né. Mais ie ne vous pardonneray point,
ô cieux, d'auoir rauy la beauté, l'heur
& la pureté de ce monde.

SVR LE TRESPAS
de la mesme Dame.

STANCES.

MAlheurs, qui bien heurez le Ciel nostre ialoux,
pleins de douceur pour luy, pleins de fureur pour
nous.
Qui n'auez que des morts, qui vous donnent des vies:
Pourquoy finissez vous le cours d'vne beauté,
Pour commencer le cours de tant de fascheries
Pourquoy l'arrest du Ciel n'a le dueil arresté?

Mes yeux font des torrens, voyant en sa desfaite
Son aage estre imparfait, sa vie estre parfaite:
De la mort, de l'espoir s'engendrent les douleurs.
La perte de ce bien mille maux nous presente:
Et ce qui plus me perd, c'est que tant de malheurs
Rendent la douleur viue, & la bouche mourante.

Mais pourray-ie parler, quand viure ie ne puis
Pouuant, ioindroy-ie donc aux ennuis des ennuis,
Troublant par mes propos de BADOS le silence?
Pour l'admiration il ne faut des discours,
Et puis il me faudroit pour regretter l'absence
De ce iour eclypsé, l'infinité des iours.

Declarons à sa mort qu'elle est encor' en vie,
Et depitons le sort qui la nous a rauie,
Qui se rit de la perte & du mal de plusieurs:
Nos larmes pourront bien ses feux de ioye esteindre,
Ou faisons qu'elle viue, ou monstrons par nos pleurs,
Qu'elle cesse de viure, & non pas nous de plaindre.

Faisons en mes regrets viure ses raretez,
Viure vn Ciel, dont le Ciel enuia les beautez,
Vn Ciel qui mesprisa des demeures si basses:
Mais pour bien regretter il faut bien meriter
Vne langue ne peut declarer mille graces,
Deux yeux ne peuuent pas mille maux lamenter.

Aussi bien en voulant retracer ces merueilles,
Ie me perdroy perdant ces choses nompareilles,
Auecques le charbon la neige ie peindroy:
Et voulant discourir de ses beautez esteintes,
De brusler aussi tost en parlant ie craindroy
Et me pleindre de moy parmy ces autres plaintes.

Mais non il faut Budos, que ton espoux viuant,
Me fournisse à ce iour l'estoffe en escriuant,
Que ses pleurs soyent mon ancre, & sa douleur m'aser-
Que pour ton esprit vienne agir dedans moy:
Ma memoire te serue ensemble, & te conserue,
Mon incapacité s'esteigne comme toy.

Alors ie te diray, que ce grand Connestable
Dont l'heur d'auec le tien estoit inseparable,
Meurt voyant mesme chose estre en des lieux diuers:
Mais il va puis iugeant que ton heur qui s'aduance
T'a mariée au chef des Camps de l'vniuers,
Apres t'auoir rauie au chef des Camps de France.

Ie ne diray, qu'il t'a donné tant d'amitié,
Qu'il ne s'est reserué pour soy point de pitié:
Qu'il se feroit mourir sans la crainte louable
De t'esteindre, attaignant le cœur auquel tu vis:
Que toy vuant heureuse il est si deplorable,
Que ta mort donne en luy vie à mille soucis.

Mais quoy, t'ayant donné pour vn fidelle gage
Son cœur, qui deuint tien dés le iour du nopsage,
Si tost qu'il fut sans cœur il luy fallut perir.
C'estoit ~~lui~~ presager ceste noire occurrence,
Quand pour ne mourir pas il desira mourir
Et se perdit auant que perdre l'Esperance,

Il desarme le sort maintenant de ses traits,
Tant il en est percé tandis que tes attraits
L'attirent au seiour, du lieu de ta demeure:
Il mourut, or' il vit, pour ne te voir mourir,
Il vesquit er' il meurt er ne peut tant qu'il meure,
Il cherche le remede, er si ne veut guerir.

Deux meurent en vn seul, er si ne meurt personne
Tu l'as abandonné à fin qu'il s'abbandonne.
Et luy veut demeurer, te faisant demeurer:
Loyse est belle, er vine, en Henry mort er blesme:
Et luy qui te souspire, er te fait respirer,
Et aussi pres de toy, qu'il est loing de soy mesme.

Henry second François, er premier douloureux,
Aux combats dignement, au dueil trop vigoureux:
N'espouse pas mortel la douleur immortelle.
He! ne perds pas la vie auecques son humeur?
Ta moitié ne meurt pas, puis que tu vis pour elle
Mais elle mourra tost, si vine est ta douleur.

Ne fais pas que l'ennuy tienne la place d'elle,
Ne fais paroistre aussi pour paroistre fidelle,
De ne vouloir plus viure, & ne pouuoir mourir.
Quand tu regarderas ses images viuantes,
Ton espouse venant, tes douleurs secourir,
Rendra ton mal absent, & les beautez, presentes.

Sur le mesme subject.

SONET.

Que ne vay-ie cherchant la demeure profonde,
Ainsi qu'a fait Budos le seiour esleué?
Mais que ne vay-ie au Ciel, puis que le ciel du monde
A le monde où ie vy de sa beauté priué?

Vne mort sera donc en trespas si feconde?
Vn heur nous aura donc tant de mal-heurs couué?
Ha! soleil tu ne vois lors que tu fais ta ronde
Rien, qui plus desespere, ou qui soit plus greué.

Nous ne pouuons mourir, & si ne pouuons viure,
Le mal qui nous captiue encores nous deliure:
Et nous suyuent du sort les mouuemens diuers.

Ie ne sçay pas où tend la Parque piperesse,
Que nous ostant Budos, l'ame de l'vniuers,
Nous a rauy la vie, & si nous la delaisse.

A MONSEIGNEVR
LE DVC DE MONTMO-
RANCY, Pair & Conne-
stable de France.

MONSEIGNEVR, Re-
ceuez s'il vous plaist agrea-
blement vne viue plainte,
d'vne perfection morte : &
ne blasmez pas mes defauts,
parmy le defaut du iour que ce pleins. Ce
seroit merueille si le mal que vous souffrez
me permettoit de dire bien, & si i'amenois
entre des mauuais accidens des bonnes paroles. Celles de qui les plus belles ames furent
les ombres, dont le moins fut le plus des autres,
me deffend de faire rien de parfait pour elle,
apres elle. Car il ne faut pas que ie semble la
vouloir imiter, la vouloir loüer. Que si vous
l'esgallez en merite, comme on descouure ordinairement, vous estes aussi son frere, qu'elle
doit nommer plus que pere, puis que vous voulez la faire reuiure. Il est vray que vous
vsez d'vne cause trop basse, pour vn haut

effect. Toutesfois le Ciel se sert d'vne eau commune, pour faire vn rare Christal. Or, Monseigneur, autant de vie que vous auez vous estant autant de peine, & ne vous ostant qu'autant de repos, ie vous oseray supplier tres-humblement, que sa paix n'engendre vostre guerre. Et qu'au lieu que toute saincte elle reuenoit tousiours de son corps à son ame, vous reueniez maintenant comme curieux de vostre salut, de vostre ame à vostre corps. Car sans vous nous sommes sans nous : veu qu'on oste autant de temps à la vie, qu'on en donne à la douleur. En fin que vostre grandeur me bien-heure d'vne chose. Prenez ie vous prie ces expressions de vostre tourment, & me donnez vostre tourment mesme. Car ce sera peu de chose à vous qui estes si grand, d'octroyer ce qui ne vous sert plus de rien, à celuy qui est

MONSEIGNEVR,

Vostre tres-humble, & tres-obeissant seruiteur.

P. DAVITY.

TOMBEAV DE TRES-ILLVSTRE, ET TRESRELIgieuſe Dame, Madame MAGDALEINE DE MONTMORANCY Abeſſe, de ſainte Trinité de Caen en Normandie.

ELLE qui tira peine des plaiſirs, qui tire plaiſir de ſes peines, qui ne voulut rien pour aůoir tout, giſt icy. Ce fut l'exemple des viuans, la honte des morts, & la merueille de tous deux. Elle eut deux ſœurs ſainctement voilées auec elle: dont l'vné mourut Abbeſſe apres trente trois ans de dignité, l'autre deceda Religieuse. Elle fut dix ans maiſtreſſe, & toute ſa vie ſeruante de ſainte Trinité de ſes ſœurs, & maintenant proche de la ſainte Trinité. Elle enrichit ſon Egliſe, orna ce qu'elle honora, embellit ce qui la benit. Elle adiouſta des magnifiques baſtimens à ſon Abbaye, & à ces ornemens l'ornement de ſoy. Mais encor ceſte belle maiſon fut indigne d'elle, qui meritoit vn Ciel pour demeure. La trouppe des ſaintes vierges qu'elle quitte, ſe faſche que leur laiſſant la Pieté, elle leur oſte la preſence de la meſme Pieté. Or ce

n'eſt aux hommes de la regre-
ter : car elle ne fut iamais de ce
monde. Encor ce nous eſt aſſez d'auoir le corps, qui fut la
vraye ame de la majeſté. Mais
on nous fit grand tort de
nous oſter l'ame, qui fut le
vray corps de la vertu. Touteſfois Magdaleine euſt l'Eſprit
ſi grand, que ce monde tout
entier, ne la pouuoit plus tenir
toute entiere. Toy qui paſſes
treſpaſſe icy, & n'ayme plus le
iour n'en ayant plus.

SVR

SVR LA MESME.

CE monde mespriser, ne mespriser personne,
Et d'estre mesprisee ici bas mespriser,
Se mespriser soy mesme, en ayant l'ame bonne,
Sont les vertus qui font MAGDALEINE priser.

Sur le mesme subiet.

O Mort que ta faux est estrange,
Quand par vn malheur sans pareil,
Le Ciel a de plus vn bel l'Ange,
La terre de moins vn Soleil.

HENRY DE MONTMORANCY
Pair & Connestable de France, Parle à Madame sa sœur defuncte.

TOy qui n'as rien laissé qu'vn suibet de l'enuie,
Qui n'as rien enuié que de nous deldisser:
Permets moy de ta mort, ou plustost de ta vie,
Ne pouuant le chemin, la plainte retracer.
    Tu rends en me quittant ma douleur infinie:
Tu me donnes rauie vn funebre penser,
Eust-on creu que le Ciel, veu le sang qui nous lie,
Lors qu'il te bien heura me voulut effancer?
    Tout ce qui vit çà bas a dressé sa complainte,
Ie les suy, les fuyant, tant mon ame est attainte
Du desir de t'attaindre, ici te souspirant.
    Mais viue on te deuoit ceste douleur profonde:
Car lors que tu viuois, tu mourus à ce monde:
Et mourant lors viuante, ores tu vis mourant.

P

SVR LE TRESPAS
de la mesme.

SONET.

Voulez-vous enuoyer vos souspirs iusqu'aux Cieux,
Pour orager au port vne estoille nouuelle?
Et voulez-vous former vostre pis de son mieux,
Et d'vn iuste salaire vne iuste querelle?

En vain vous regrettez son depart de ces lieux,
Vostre zele est trop lent pour retrouuer son zele.
Si viue elle fuyoit le regard de tant d'yeux:
On la verra bien moins apres l'heure mortelle.

C'est vn erreur de plaindre vn esprit sans erreur,
Qui nos plaisirs mondains estimoit vn horreur,
Et qui voit son horreur en honneur conuertie.

Vous qui d'vn triste accent vous plaignez de son sort,
Nommez vous ceste mort autrement qu'vne vie?
Appellez vous sa vie autrement qu'vne mort?

TOMBEAV DE FEV MA
tres-honorée Dame, Madame Magdeleine
de la Rochefoucaud, Espouse de Monseigneur de Tournon, Comte de Roßillon.

Cy eſt le logis du Beau, qui s'eſt
deſnué de ſa beauté, pour la
rendre glorieuſe. Les belles ames
à ce ſpectacle ſouſpirent la fin
de leur perfection : La Vertu ſe plaint de
ſon eſloignement : Les Graces y pleu-
rent eſcheuelées : l'Honneur ſe plombe
le viſage de coups : la Chaſteté ſe donne
en proye à la douleur : la douleur renforce les cris, les cris montent au Ciel, le
Ciel s'eſioüit de ſon bien nouueau : ce
nouueau bien eſt la merueille des Anges, & les Anges, les merueilles de Dieu.
Belles ames, ne ſouſpirez donc plus
l'heur de voſtre ſemblable. Vertu dreſſe librement ton vol au Ciel. Douces
graces, verſez voſtre miel plus doux ſur
vne ſi belle grace. Honneur aſſeure toy

P ij

de l'Eternité. Pudique Chasteté agree
le salaire de ton merite. Douleur couue
eternellement sous ceste cendre. ❤Cris
esclatans, remplissez le vuide de ce
Tombeau. Beau Ciel ne pleus que basme. Doux bien sois nostre commune
intelligence. Anges festoyez vostre perfection. Belle perfection soit satisfaicte de nos larmes, Grand Dieu permets
que d'oresnauant nostre ame inuoque
la belle ame de l'honneur, de bien coulant de ton bien, la belle grande, & vertueuse MAGDELEINE de la Roche-foucaud.

REGRETS DE MONSEIGNEVR
de Tournon, Comte de Roussillon: Sur le
trespas de Madame sa femme.

STANCES.

PVis que tu vis en paix, & ie loge la guerre
Dans mon cœur combatu d'vn funeste malheur,
Belle ame dont le Ciel a denesté la terre,
Que ton esloignement m'approche la douleur.

De nos tristes subiets les pitoyables larmes,
Et le funeste bruit de mes tristes accens,
Font paroistre combien de cruelles alarmes
Esteignent en ta mort tant de cœurs perissans.

De perdre tout & toy, ce m'estoit mesme chose:
Car ie n'aimoy ce tout, que pour viure à ta loy,
Or puis que la mort a ta lumiere close,
Ce tout ne m'est plus rien qu'vn souuenir de toy.

Mon regret est fascheux, ta mort l'est d'auantage:
Te perdant ie me perds, ie perds tout ici bas.
Pouuions nous pas auoir, pour fuir le dommage,
Ou moy point de naissance, ou toy point de trespas?

Mes yeux versez les eaux du mal qui me bourrelle,
Vostre feu se fait eau, que mon dueil va tirer.
Ne vous ayant aimé que pour la voir si belle,
Ie ne vous aime plus, qu'a fin de la pleurer.

Que ton depart soudain arreste d'amertume,
Belle ame, & qu'à ce iour tu fais couler de pleurs:
Mais de pleurer les morts, c'est pleurer par coustume,
Et de pleurer ta mort, c'est pleurer mes malheurs.

Mais ie ne te plain pas, il faut que i et ennuie:
Tu te ris de mon mal, ton heur ie vay pleurant,
Ie me trompe: ma mort te fait plaindre ta vie:
Ie te pleure viuant e & tu me plains mourant.

La mort de deux moitiez, en a retiré l'vne:
L'autre se veut reioindre à sa chere moitié:
Mais la Parque n'estant à mon bien oportune,
Conserue trop de haine à sa belle amitié.

Mais i'ay de l'aduantage en ma basse demeure:
Car tu ne dois venir de là haut icy bas,
Et te tire mon bien de l'espoir qui m'asseure,
De me guinder en haut, guidé par le trespas.

Cependant ie me pay d'vne belle esperance:
Cependant tu despars de mes iours le beau iour:
Mais mon espoir est plein d'vne belle asseurance:
Et ton depart se fait sans espoir de retour.

Le trespas a mis fin à ta douleur amere:
Le trespas a donné principe à ma douleur:
Si bien qu'vn mesme fait me comble de misere:
Si bien qu'vn mesme fait te comble de bon-heur.

Or va belle ame, va ioyeusement errante,
Entre mille beautez, dans le diuin seiour,
Et sois doresnauant satisfaite & contente,
De donner à ma nuict quelque ray de ton iour.

Et depuis que le Ciel gros de mainte puissance
T'a donné dans son fort charge & commandement,
Attire mon esprit en ce lieu d'asseurance,
Et sois pour desormais l'aimant de ton amant.

TOMBEAU DE MESSIRE
Ant. de l'Eſtang, Cheualier de l'Ordre,
Chambellan de France, &c.

Erte eſtrange, la valeur eſt re-
ferree dans l'obſcur de ce Tombeau! le faux, la valeur ne peut
mourir, ains cela ſeul qui eſt
animé d'elle. La mort n'a point de pouuoir ſur la vertu. La vertu à pouuoir ſur
la mort. Le genereux Anthoine de l'E-
ſtang, n'eſt pas donc mort: car ce n'eſtoit
que valeur, & que vertu. Si eſt, il eſt
mort: mais c'eſt pour reuiure mieux par
ſes beaux faits, & faire voir combien il
eſtoit neceſſaire à la France. Mais ce n'eſt
pas mourir de viure dans la bouche des
hommes. Ce ne ſont pas ces cendres,
qui ont produit tant de braues exploits,
& tant de ſignalez deſſeins. L'eſprit les
a proiettez: le courage les a conceuz, la
vertu les a enfantez. Et toutes ces belles parties n'eſtoient qu'vn racourcy de
la diuinité. Or le diuin a pour ſa fin
l'infinité des annees, & pour but l'eter-

nité de son estre. Le trespas n'a donc
offencé cest ouurage diuin , ce Cheua-
leureux de l'estang. Mais la superfluité
s'est separee de la perfection, & la perfection à pris la route du Ciel, où mille
perfections se desbandent , pour voir
leur nouuelle Sœur , qui s'esiouyssant
d'estre glorifiee n'a pour obiet que sa
felicité , & pour sa felicité que Dieu,
qui l'a retiré de la mort, pour l'attirer à
l'immortalité.

Sur le trespas du mesme.

Sortez cuisans souspirs, & soufflez sur la terre
Les Autans empestez d'vn funebre tourment:
Tourmens ne cessez pas de nous faire la guerre,
Eclypsans pour iamais nostre contentement.

Sus que nostre gosier mille sanglots desserre,
Qui se facent ouyr au diuin firmament,
Que nostre ame à ce coup son allegresse atterre
Et qu'elle viue ici pour souffrir seulement.

Du Ciel l'amour est mort: la terre le retire,
Et l'honneur de la terre au Ciel brillant aspire,
Le vray beau toutesfois s'est mis au firmament:

Et la terre à receu pour soy la simple escorce,
En fin ils sont d'accord en ce triste diuorce,
Ayans tous deux receu du monde l'ornement.

SVR LE TRESPAS DE
Loys de Bleins Sieur du Poët,
Gouuerneur du Mont-limart
pour sa Maiesté.

Ceux de sa Compagnie parlent.

SVs espandons du sang au lieu de mille pleurs
Bornans par nostre fin nos infinis malheurs:
Qu'au fils de la valeur sa mort mesme on enuie.
Non, ne respirons plus si ce n'est souspirans,
Et monstrans qu'vn trespas touche fort nostre vie
Allons auec luy viure, auecques luy mourans.

Espoir de nos scadrons, effroy de nos contraires,
Qui te rends le motif d'nos larmes ameres,
Qui donnes mouuement aux langues d'ici bas:
Et dompteur & donté de la mesme puissance,
Pourrions nous te voir perdre, & ne nous perdre pas?
Ou perdre nostre honneur, perdans ta souuenance?

Puis que de Bleins nous meurt, il ne faut demeurer:
Il faut puis qu'il deffaut d'ici bas desmarer,
Nous le suiuions viuant, mourant il le faut suiure.
Il nous a deuancé comme il le meritoit,
Ceux qui ne le suiuront ne meritent de viure
Ou ne meritent pas l'amour, qu'il leur portoit,

P. v

C'eſtoit vn foudre ardant deſſerré de la nuë,
Et ſa valeur eſtoit choſe mal recognüe,
Qu'on pouuoit admirer & ne comprendre pas,
Si quelqu'vn luy donnoit vn renom honorable,
Le voulant eſleuer il la laiſſoit ſi bas,
Qu'on le iugeoit pluſtoſt ialoux que veritable.

Vous grands champs d'Eſparron quand vo⁹ fuſtes couuers
De corps couuerts de ſang, & de playes ouuers,
Tous eniambez de fer, tous puiſſans à la guerre,
Vous ſçauez ſi de Bleins ſe couronna d'honneur,
Et ſi lors qu'il alla leur cornette conquerre,
Il remporta de gloire & leur porta d'honneur.

Greſillane tu ſçais ſi ton camp qui s'eſtonne,
Lors que de Bleins paroiſt ſon cheual eſperonne,
Luy faiſant voir ſa face & ſon dos à l'inſtant:
Tu ſçais ſi les faillis trouuoyent en cet orage,
Leur viſteſſe tardiue, & leur courſe vn pas lent,
Cerchans en leurs cheuaux non en eux du courage.

Bref ce fut la douceur de ceux qu'il cheriſſoit,
Et ce fut la douleur de ceux qu'il haiſſoit,
La guerre des plus forts, & l'effort de la guerre.
Merueille que ſon cœur ne ſe faiſoit du iour!
Grand cas que s'eſtendant au de là de la terre,
Ne bornant ſon audace il bornaſt ſon ſeiour.

Mais en fin debatant le prix de la victoire,
On l'abat par le fer l'eſleuant par la gloire,
Et ſa gloire luy rend le larcin de la mort:
Ce fut rendre en effect à l'Vniuers notoire,
Qu'il vouloit au milieu d'vn redoutable effort,
Changer la courte vie à la longue memoire.

Le Ciel mefme l'a plaint, encor qu'il l'euft rauy:
Au iour de fon trefpas les larmes l'ont fuiuy,
Et fa grifle tomba pour accabler l'enuie:
Ce fut quelque pitié qu'il auoit des humains:
Ou bien il regretta que le priuant de vie
Il n'en feroit iamais vn pareil de fes mains.

Le peuple fe deffit quand de Bleins fe fit Aftre,
Et tous les Caualiers preuoyans leur defaftre,
Firent voir qu'ils mouroient de ne pouuo.. mourir.
Et fe faifans oüyr au milieu de leurs peines,
Donnerent à iuger qu'ils vouloient recourir
Incertains de plus d heur à mille morts certaines.

Mais c'eft trop regretter l'outre-paff. de Mars,
L'effroy des grands effrois, le doute des hazards:
Ne plaignons plus fon heur, & fon heure derniere,
Monftrons nous feulement de le fuiure ialoux,
Et iugeons ceft efprit reueftu de lumiere,
Trop tard pour fon merite & trop foudain pour nous.

SVR LE TRESPAS DE
Iean-Luc mon Cousin & singulier
ami, qui mourut de peste à
Lyon l'annee 1586.

LA moitié de moy-mesme est elle departie?
  Me peut on arracher à moy sans le sentir?
Suis ie obiect de la mort, ou iouet de la vie?
Et puis-ie ainsi mourir sans du monde partir?

Ie ne sçay pas que c'est ce Iean Luc qu'on separe,
N'est pas de moy desioint, & si l'est toutesfois:
Merueille de nos iours, experience rare,
Qu'vne chose ne soit, & soit tout à la fois.

Mon ame va iugeant mes douleurs, mes delices:
Vous souspirs qui seichez, les ruisseaux de mes pleurs,
Seichez en vous monstrant, & propres & propices,
Et l'honneur de la vie, & des yeux les humeurs.

I'ay pour mes grands amis les souspirs que i'eslance,
I'aime violemment le pleurer infini:
I'aime de mill' ennuis l'ennemie occurrence:
Helas que i'ay d'amis, sans auoir plus d'ami.

Ie me trompe, Iean Luc, mon ami, mon moy-mesmè,
Est, encor, & mourant ie luy ferois grand tort,
Il mourroit auec moy: las! que faut-il que i'aime,
Le mespris de la vie, ou la peur de la mort.

Recherchant ma moitié ie veux perdre ma vie:
Aussi bien c'est mourir ne viure qu'à demi;
Mais mourant ie perds tout, & crain par mon enuie
D'estre trop ennemi, pour estre trop ami.

Hé! qui t'a fait rauir, ô mort impitoyable,
L'aisné de sa maison, l'aisné de mes amis?
Tu le prins en sa fleur: hé! prens moy miserable,
Apres mes pleurs, qui sont de mon ame les fruits.

Il mourut estant verd, pres sa saison meilleure,
Estant meur ie ne meurs, ô Dieu quelle pitié!
Pourquoy ne fis tu Ciel, qui fais que tout se meure,
Ou qu'il eust plus de vie, ou moy moins d'amitié?

Mais quoy, mon amitié le fait encores viure:
Mais quoy, mon amitié me fait ores mourir:
Si ie le peux aimer, que ne le puis-ie suiure?
Las! puis qu'il me blessa, qu'il me vienne guerir.

Mais ie ne me plain pas en ma douleur extreme,
D'auoir le cœur attaint de tant d'affection:
Car si ie ne l'aimois, ie me hairrois moy-mesme,
Et mon aise seroit ma desolation.

Nous auions l'amitié meslee au parentage,
Et parens nous estions amis fort apparens:
Pourquoy ne peusmes nous ne pouuans d'auantage,
Ou moy suiure sa fin, ou luy passer mes ans.

Vn Lyon l'atterra, parce que son courage
Ne peut iamais flechir pour se soubmettre à rien,
Pour auoir trop de cœur, il n'eut pas assez d'aage:
Et pour estre du Ciel, il ne peut estre mien.

L'air estant corrompu, corrompant l'ordonnance,
Qui promet vie au ieune, engendra le mespris:
L'air impur, qui rauit la pluspart de la France,
Emmena furieux le plus pur des esprits.

Belle ame de mon corps, & beau corps de mon ame,
Qui me rauis le iour, & me laisses au iour,
Que n'a peu mon amour, reduire sous sa lame,
Puis qu'il n'y peut aussi reduire mon amour?

Estoit-ce pour me faire animer vne plainte,
Que la mort te rendit du iour inanime?
Ou si pour viuement rendre mon ame attainte,
Ton corps mortellement demeure consumé?

Las! si ie meurs, tu meurs si ie vy, ie t'offence,
Rien ne doit separer ce que l'amour a ioint:
I'ay de la faute ensemble, & de la conscience,
Quand te trouuant tousiours ie ne te trouue point.

Pensers irresolus qui tirez à tout' heure
La crainte d'vn grand mal du desir d'vn grand bien:
Estimez qu'à la fin il faudra que ie meure,
Et que ie soy son tout, depuis qu'il n'est plus rien.

Fin des Epitaphes François.

ALOISIÆ DE BVDOS
Henricy Ducis Montmorancij, Paris, &
Coneſtabilis Galliæ Vxoris.

TVMVLVS.

Fati vilem bilem! ô nimis ma-
turam naturam! Adytus ille
mortis abditus Aloiſiam Bu-
dénſem excepit, mortales immortali-
ter decepit. Non deſit moliri liuor, do-
nec hanc potuit amoliri. Ferit iſtam, ferit
nobis mala plurima, Malis his, ſeu po-
tiùs maleis eximit, eximis cordibus cor-
da ipſiſſuma. O aſtute, tutéque raptor,
qui dum elatius noces doces latius; quid
valeat fatum, fatum iſtud cur admiſiſti?
ſeu potius cur nos amiſiſti? An non potuit impetrare, ſimul & impetrare Bu-
denſis, vt forfex heberet, vt eam Parca nó
haberet? Igitur eius oculi, terræ foculi
non incendent amplius, non incedét amplius triumphantes? Auræ illæ ſuauitatis,
ora inquam illa, hoſtium oſtium facta,

fic erunt pallentia, vt cuncta palantia
videantur? Henrice, qui dum eam tu-
mulo vides operiri, nil potes præter
mortem oppetiri: an putabas affectus
tuos fortiri tam duros effectus? Modo si-
num finis: modo oculos quos occulit
colis: modo non ter re tenerè ingemi-
scis. Nunc æstum, astumque fati inspi-
cis. Nunc pernici perniciei maledicis.
Luges quod præeat, & pereat, & huic
quam diligis vota dirigis, vt is animus
qui ei propitius est, fit properè propius,
& tempus quos metuit metat. Aloisia
interim, quam gestat, & gestit apex
astrorum, cui fama, flammaque viget
conspicua, molliter quiescat, Salueat,
Valeatque.

MAGDALENÆ MONT-
morantiæ, Sanctæ Trinitatis
Cadaumi Abbatissæ,

TVMVLVS.

Oelos celare nil queas : vident,
inuident. Hi fummi præfci j pre-
tij MAGDALIM. folis æmulam
gemmulâ, cœlo non cœno debitam fcirè
cupiunt, citò capiunt Parca boni parca
veneficium beneficio foli porrexit, dū
acessere & lacessere perrexit. An quia
modestiam prætulit molestiam tulit?
An eam Polus, quia quæ fua funt fciuit,
adfciuit? Fuit ei lituus, Pontificius vir-
tutis excitandæ lituus, cum quo vitia
liturabat, cum quo Deo maximo lita-
bat. Patentissimè, potentissiméque cuncta calcat, & dum fuperis paret, parat in
inferioribus animum, qui pariat, bona.
Hæc caras aras illuftrauit, hic multa
præclara condidit, hîc fe condidit. Ea
dum non præesse cupit, fed prodesse:
non præfici, fed perfici, proficeréque,

defecit. Quod immundus mundus offert
id aufert. Quod humana cupido donat id
domat. At quid eam quæro pingere, dum
non ceſſat querela pungere? Malo merita
meditari, cenſendo ſtellis eam (ſi ſic licet
ominari) dominari. Emenſa enim eſt
immenſa ſydera, finitámque vitam infi-
nita vita reparauit. Soſpitam tamen cœ-
li hoſpitam, voluptatem voluntatis ade-
ptam, euerſa mœret vniuerſitas adem-
ptam. O bona dona! ô auidos, ſed nimis aridos homines, mare non con-
ſtantes animum non efflantes!
Ohe diuina pietas, etiam
humanitati noſtræ non
eris humana?

ANTONII A STAGNO

Equitis, & Cubiculi Regij Præfecti.

TVMVLVS.

Aufa viator, & pellege. Anto-
nium à Stagno, fummatem virum, noftri populi columen, &
lumen, Duellorum principem, induper-
ratorem militiei probum, Delphinenfes
accolæ, perplexabili affecti ægrimonia,
manantibus dolore riuulis, pallentibus
furore corculis, ventilatis mœrore fu-
fpiti js diutiffimè profecuti, æternam, &
nunquam labafcentem geftorum eius
memoriam animis, vice marmorum in-
fcripfere. Manant igitur hi riui, quia
non manet. Infœliciffima patria, tot
antidhac honeftata militiis, poftidea
tot onuftata mœftitiis, quam libertina
libitina vitæ faturat, qui reliquiæ reliquiæ diuidiæ funt, & fenio, flere define.
Non enim perit, qui vitam reperit. Non
contabefcit, qui viuo pectus nõ hebefcit.
Eugete igitur inuicé, exurgite Delphi-

nates. Scitissimum virum scitissimæ decent actiones. Qui nihil vnquam horruit, horrentes indignabundus despicit. Infractus animus, fracta pectora parui pendit. Gloriosus vult gloriam: Fœlix amat lubentiam: Meritissimus meritorum repetit loquentiam. Marmor igitur rosis coronare, violis honorare, liliis onerare. Rosæ decent virum venustum, violæ bellatorem violentum, lilia nobilem Gallum. At hic & vir venustus, & bellator violentus, & nobilis Gallus fuit. O belle, belli cineres in bellis quondam versatissimi, leue marmor habetote. Tibi suppetat Antoni, quam appetebas fœlicitas. Semper in virum per orauit ô plene virium.

FELICIS À CRVCE IN
Senatu Delphinatus Fisca-
lis Regij.

TVMVLVS.

Eriit! Ah periit infœlix *Fœlix à Cruce*, crucians miserrimè fami-liarum familias, relictis suorú corculis ad extremum valè malè valéti-bus. Consiliarium Regium regij penitus animi, & sapientiæ sapientissimum secta-torem mors occidit, & occidit. Ah! Par-cæ fatis fatuis obtemperantes, intem-peranter rapuere prudentiam. Henri-cus ille secundus, ad cuius cineres orbis orbus luxit impotentissimè, cognitæ Felicis prudentiæ multa credidit: cre-dita Fœlix feliciter bene gesta reddidit. Hinc Aduocatus Regius senatum elo-quentiæ frequentia, miro ausu, maiore applausu, dictis, factis insignibus ho-nestauit. Mira res! Oculi illi oculariffi-mi, modo nobis occultissimi, cultissi-

mique, heu populi quondam delitiæ de-
litescunt. Lingua illa, illico illiciens, illico penetrans, & in sacerrumos acerru-
mè sæuiens, lingua, inquam, illa lacera
iacet, quæ quondam fulmina iaciebaꝰ. Et
animi non vrgebunt oculos vt turgeant,
non turgebunt vt lugeant acriter? Eheu
vultum lacessite lachrymis: humi deie-
ctos oculos humidis oculis insecta-
mini, & nescientem mori memoriam, debentibus nimis animis commendate.

BARBÆ D'ARZAC, I. A.
Cruce *in senatu Dalphinatum*
Fiscalis Regij, & Cleria-
ci Dynacta, *vxoris.*

TVMVLVS.

Vdite Manes pij manentem virum. Audite Crucei singultus,
B. d'Arzac iugem coniugem,
nobili & generoso genere natam deplo-
rantis. Videte vt notæ vxoris pudentiæ,
prudentiæque, modo mortis impudentia
sublate, stiliis illis expeditissimis, & oculis impeditissimis moribundus sacrufi-
cat. Infœlix vir virus expertè fatorū cui
forti dedicatus es? Dederat Hymen tibi
comitem mitem: dederat numen opti-
mum lumen intimum. Et tu diuinitus
missum modo pateris amissum. Ah tua
lumina, quæ flumina potius, aut dolo-
rum culmina videntur, virum minimè
patientem, scientem sortis improbæ
testantur. At tu non integerrimè æger-
rimè fers elatam. Partem mœrorum,
rorúmque sibi poscit Italia, sciens è

ſuis nobilibus oriundam. Gallia quæ
ſuam deperibat efflictim, afflicta citiſſi-
mè ſcitiſſimam deflet. Madet gemina
liberorum trias, ſexum partita, fatiſque
depoſitam repoſcit. Quæque tellus mi-
nutula fruſta, vſta viui amoris facibus
requirit. At totam petit virtus quam
educauit, cui ortæ ſe totam dedicauit.
Quid faciet vir? quid Italia? quid Gallia? quid liberi? quid virtus in humili tu-
mulo lachrymarum cumulum rorans?
Ah pereunt dū non pretereūt memorien-
tem, fiuntque irriti dum ritibus debitis
inſiſtunt. Nimirum mors vnius mors
omnium, dumque hos fluctus, & luctus
audio, odio mortis me macero, odio
mei me lacero. Nempe dum animus fu-
rit, vrit animum virtus exanimus. O cœ-
li gaudia, quàm ſolum finitis ſolum,
quàm ſolum virum, ſolos liberos, ſola
omnia? O he virtus, etiam iacentem ia-
cens comitabere?

CARO

CAROLAE DE IOSSERAND

Ant. Lucae Vxoris, Cognatae meae.

TVMVLVS.

Tane Fata Carolam de Iosserand libitinæ libito subiecistis. Ita macrescis liuor, vt manes accrescas? Sic Apollo tremulus æmulus dum malè marcet, arcet à solo solem alterum ? Nempe dum Carola miracula pollicis pollicetur, diceres manum illicem feritatis. Heu, cur vndecim Parca liberales liberos curis vris ingentibus, gentibus tua fera, feraliáque gesta nuntiantes? Cur in hanc erupisti cantilantem? cur eripuisti animos tetillantem? Nam non huic delira lyra cantilenam lenam leniter effutiebat Hæc citharas aras fecerat merentium sacrorum, & melos os animorum mœrentium. Quid igitur hi digiti, delitium barbyti, non illiciunt amplius? Quid manus manent languidæ? Quid ora, oris animæ viri tangentia concluduntur ? Ædepol factum impro-

Q

bè. Enim verò inopes opes suas perdi-
tas produnt: Exitum pauent, auent redi-
tum:Linquit eos spiritus irritus,& quod
nimis afficit animis officit. At dū impos
inopia mentes accendit, ascendit Carola,
fragilitatem agilitati permutans. Tum
Antonius Lucas coniux optimus, iam
diem atram, dirum astrum, viuidè liui-
dum inclamat. Iam Carolam Palladem
imitatam, pallidè miratur immutatam.
Denique mira ira percitus hunc tumu-
lum thalami vice componit. Hic testu-
dines ægritudine refertas aggerit, hic se
socium sociæ ingerit, ni vetarent superi,
vitaréntque. Sed eo cognito mutescit,&
mitescit infœlix, & rogat vt quam mœ-
remus ablatam subito miremur elatam.
Nos igitur hanc deuotis votis sollicitè
citemus, hanc his verbis excitemus. Vale
Carola Pietatem secura : Vale beatita-
tem consecuta.

I. DE BOVRRELLON
Domini de Mures.

TVMVLVS.

VGETE Martem milites, ex-
pirauit. I. de Bourrellon, cur
Fata plurimum conceſſere, ceſ-
ſere nequaquam, præcox & immaturum
ſub hoc marmore fatum conteſtatur. Il-
lum pereuntem, & nimis properé, eun-
tem circunfuſi, confuſique. Equites, eius
probitatis, & orbitatis noſtræ conſcij
luxere. Præfectú Cubiculi Ducis Alen-
çonij perfectum, modo duces militiæ
miſerentur interfectum. Lugent miſer-
rimum finem Delphinatus, lugent ag-
mina, lugent ipſa numina. Interijt igitur fax illa faces accendens in pectore?
Periit quem cæteri deperibant? Obiit
quem obibant cohortes innumeræ mu-
nere ſuo fœliciſſimæ? Ah! quid impro-
peria properas lingua neſcia? Ignoſci-
te vos qui noſcitis ignaram. Perſtare
conſtat, quem præſtare nouimus. Quid

enim cecidiſſet is, qui mortem penè cecidiſſet? Quid interiſſet is ante cuius in-
teritum territum fatum fuit? Eugepæ
noti, atque ignoti inclamitare veſtram
incolumitatem, referre refertum laudi-
bus, & ſupergeſtite geſtis inſignibus. Sed
quid pauca refero, dum plurimis opus?
Eheu ſtate lachrymæ, ſilete ſuſpiria, Fama loquere.

LVDOVICI DE BLEINS,
Domini du Poet.

TVMVLVS.

Ane, dum moneo viator, ma-
ne dum noueris, cur pedem
non moueris. Hic iacent oſſa
Ludouici Blenij, ſummis do-
tibus præditi, ſumma iniuria perditi.
Hoc eſt eius monimentum, ſeu potius in
ſæui æui aſperitatem munimentum.
Hunc muginantem, & imaginantes populi ſuſpirant expirantem, hunc ſpirant
periti milites imperantem. Ego quoque

dum funus animo sequor, secor ab inti-
mis angustiis, angustum augusti viri spa-
tium plangentibus, & angentibus animum, præ labore labantem, simul &
cum luctu luctantem. Nam dum Lue-
uicum gladius inuadit euadit animus
omnium, qui quidem dum se quærendo
mœsti occupant, aucupantur uiuam gloriam, mortuam quærendo. Hi quot
manes manus vna cumulat, quot affligit
animos dum vulnus infligit! Ah! satjasti
satis auiditatem, Parca noxia, iámque
merito tot bonis ablatis blatis. At ofi-
cient efficiæ tuæ tibi liuida, quando sta-
tuam statuemus optimo, fœliciffimóque
Poetio, quem sacro saxo donabimus, vt
hic viatores percontates cunctentur diu-
tius, & te ditiffimè consectentur. Interea
Mars quem beat habeat, abeátque is
qui confisus forti dexteræ, sortem pessi-
mam experiens experitur.

FRANCISCVS D'ARNOYE
Domini d'Aueyne.

TVMVLVS.

TA ne Parca virtutem quam aspicis cito despicis? Ita faciem facem comitatis tempestate intempesta obruis? Ita ne fastum astum eruis?Proh dolor! Abscessit longè, cui longè viuere mors non concessit. Nulla F. d'Arnoye inueni venia: multa sine scelere celeritas euenit. Heu quot huic amissi protinus amici: Quot huic immissi inimici!Tædium,Morbus,Mors, Parcarum Trias stridentibus dentibus hunc impetere conceperunt, & susceperunt dum oppeteret.Insidiæ patent vndique,non induciæ, inducia,induciáque liuoris acessentis, & hunc iuuenem lacessentis. Liuor enim iam redolet,dolétque mille miracula:iam concludit excludere lumine, quem nequit supero limine. At frater inuersas spes intuens, prodit, & rodit animum consitum, & obsitum

mille doloribus. Exclamat, amatque mo-
rientem quilibet, & poſt hæc funera de-
ſipit, dum cunctos Parca decipit. Nimirum quod abeſt obeſt maximè. Hic iacet
populus lacer, acer ad querimoniam.
Hic aufertur animus omnibus, dum qui
ſplenduit animus effertur in cœlum.
Tum vocum confuſio diffuſa longiſſimè,
deficientem, mœret, quem perfectum
prius inclamabat.

ENEMONDÆ A RVFO,
matris meæ

TVMVLVS.

Mprobandum, & improbũ ſta-
men, quod innocuæ nocuit, quod
venuſtam violam violauit? Per
hos oculos cum luce dimicantes, & luci-
dè micantes terra terræ continet. Sic
polus accidiſſimus placidiſſimos illos
eruit, & quæ munera cumulauit. Atro-
pos non lenta, ſed tumulenta tumulauit.
At heus tu cur tam propera opera vitam

exigis? Cur lumina nitentia , Pudorem
nitentia abiicis, quid faci falcem obii-
cis? Cur tot membra pulchra fulchra
virtutum saxo contegis? Iam totus pater
patet funeri. Iam suauibus suauiis inge-
mit:iam labella bella suspirat , iam lachrymis rimas apparat. At ego,iam non
ego,quid ago? quid hic dego? Pereo,dum
matrem depereo , quæ me moriens
orientem reliquit. O parens mihi tædia pariens! O amata
mater? Sic peris? Sic
me feris?

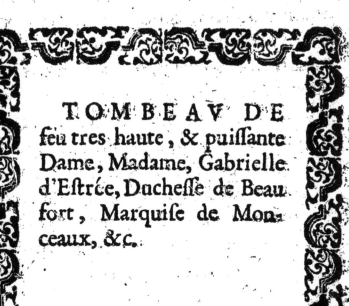

TOMBEAV DE
feu tres haute, & puissante
Dame, Madame, Gabrielle
d'Estrée, Duchesse de Beau-
fort, Marquise de Mon-
ceaux, &c.

DE PIERRE D'AVITY
DE TOVRNON.

Q v

TOMBEAV DE FEV
TRES-HAVTE ET PVISsante Dame, Madame GABRIELLE D'ESTREE, Duchesse de Beau-fort, Marquise de Monceaux, &c.

PITOYABLES yeux, que recherchez vous en ce Tombeau? Le grand heur, & la grandeur y logent. Ne les troublez point de vos mal-heurs Ne tirez pas d'vn repos immortel, vne peine mortelle. Estes vous icy pour du tout esteindre ce beau feu? Sçauez vous pas que les eaux en sont ennemies? Bruslez plustost du zele d'honorer la parfaite GABRIELLE. Le Ciel soit la fin de vos affections, comme il fut la source de ses perfections. Elle est au Ciel, & vous estes sur terre. Mais, las, elle est aussi sous la terre! Peu d'ambition du Ciel de ne l'auoir receuë toute entiere! Peu de courage de la terre, d'en auoir abandonné

l'esprit! Grand outrage de tous deux, de l'a-
uoir chez eux! Estrange perte de nous tous, de
ne la voir plus! La pleurerons nous, elle est
bien-heureuse. Nous en resioüirons nous? nous
n'en ioüissons pas. Nous doutons de nos actiõs,
& non de sa fin. Ha finissons ores ce doute!
commençons de la plaindre, & de la peindre
toute de lumiere, toute de clarté. Que l'affection du plus grand de la terre, tire de nous le
plus grand dueil de la terre. Que la memoire
de son heur, soit l'oubly du nostre. Pitoyables
yeux, on vous permet maintenant de pleurer.
Vous voila doncques fort contens. Mais las,
que vous estes mescontens?

Eus lege viator. Heus luge, lege Fati lectam G. Estream, tam
scitam, in situ sitam. Illa lumina boni limina, has genas geni j
gehennas, dum polus intensissimus opta-
uit, sibi nobis infensissimus aptauit. Sic
dum ea dona rimens amare simulat, mortem tumens amatè stimulat. Sic vitam
fugit inuitam: sic quod benè audit, malè
odit: id temerè temerat: eo gaudet: id
aggredi audet. Igitur sera non sat sera,
seriam boni seriem claudens, nil ob mœ-
rentia cuncta cunctantur? At quot colla
ipsa collapsa, capillus capulo captus cri-
nis cinis factus, quot hæ profligatæ ma-
læ, mala porrigent! Ergo tanto regi ri-
gidè amota, nec frigidè amata, modo ri-
get inhumata? Sic sentiés is, non consen-
tiens, nil quin moriatur moratur, & dum
ambos cœlum induat queritur sollicitè,
licitéque, vim secandi minimè fuisse
viam sequendi? At quid hi fluctus dum
remanent fructus? Liberos nacta, non

nesta censetur. Vale bellum animi Regij
Bellum. Vale superûm amor qui non
superes, qui nos superas, qui nos supera-
stas.

SVR LE TRESPAS DE
LA MESME DAME.
STANCES.

QVe de contraires vents ceste rondeur agitent!
Que de diuersitez haussent & precipitent!
Il ne se faudroit plus asseurer du bonheur:
Cerchez vous la raison? ecourez à cet astre,
Par qui tant de desastre & si peu de faueur
Vient de tant de faueur & si peu de desastre.

Celle pour qui le Ciel la douceur animoit,
En qui pour allumer ses feux il allumoit,
Ne laisse plus de tout qu'vne triste memoire.
L'heur defaut à ce coup, & son subiet defaut:
Mais il faut admirer de son trespas la gloire,
Qu'elle tombe du haut & si monte plus haut.

La fortune vouloit qu'elle fust la premiere,
Qu'elle fust d'vn grand Roy la brillante lumiere:
Estant premiere en tout elle l'est au trespas.
Mais lumiere du Ciel si tu fus bien heureuse
D'estre aimee & d'aimer le premier d'icy bas,
Tu fus à le quitter encor plus malheureuse.

Ie ſcay bien que ton cœur fut de grand loyauté,
Auſſi bien que ton corps eſtoit de grand beauté:
Mais tes deſirs ſont morts auec ta beauté morte.
Ha! faut-il qu'il ſoit dit que ton ame à ce iour
N'a rien plus de l'amour que l'aiſle qui l'emporte.
Et ſi ne vole plus ſur l'aiſle de l'amour?

Mais faut-il que l'honneur d'vn merueilleux merite
Soit accuſé d'oubly? La fureur qui m'agite,
En te voyant partir me fait partir de moy,
Pardonne à ma douleur, ſa mauuaiſe couſtume:
En t'ayant veu ſi doux, eſt-ce pas vn eſmoy,
Que de tant de douceur coule tant d'amertume?

I'ay coniuré le Ciel de te rendre aux humains:
Il reſpond que tu veux demeurer en ſes mains:
Que touſiours ta vertu luy fera compagnie.
Ce n'eſt le premier trait de ſon inimitié:
Mais ſi tu fus iadis le chemin de l'enuie,
Hé! pourquoy te rends-tu ſubiet de la Pitié?

Mais ton œillade eſtant en merueille feconde,
Quad de viues ardeurs tu bruſlois tout le monde,
Seule beauté du monde, & monde de beautez:
Pourquoy lors animant ta flame vengereſſe,
Au lieu d'vn million de pures volontez,
Ne bruſles tu la mort inhumaine & traiſtreſſe?

L'heur fuſt eſté trop grand: vn feu ſi clair & beau
Ne deuoit pas ſeruir à la mort de flambeau.
Mais, tandis, deſſus toy le treſpas eſt le maiſtre.
Et te laiſſant ainſi terraſſer au treſpas,
Tu n'as rien maintenant d'humain que le non eſtre
Comme tu n'eus d'humain que ton eſtre icy bas.

Helas que nos esprits de ton esprit se plaignent:
Ton esprit que les camps des beaux astres estreignent,
Qui trouua tout facile, & n'a facilité
Aux mortels desireux vne route commune:
Helas nostre infortune a ton esprit guidé,
Apres que ton esprit a guide la fortune!

Ton heur renouuellé nous comble de douleur,
Quant à moy ie ne puis conceuoir mon malheur,
Et ton heur à la fois, s'ay faute de courage.
Toy qui cognois combien il se faut estimer,
Ou donne moy ton heur pour acheuer l'ouurage,
Ou ton dernier malheur afin de m'acheuer.

Mais vne digne voix est denë à ta louange:
Il faudroit maintenant me conuertir en Ange,
C'est assez de gemir nostre infelicité:
Ton los m'accableroit & ma plainte m'est chere,
Il faut entierement estre d'obscurité,
Pour regretter vn corps qui est tout de lumiere.

Mais quoy, tu ne meurs point? ces trois cieux de clartez,
Que tu as pour le bien de ce monde enfantez,
Te deliurent des nuicts, dont ton heur les deliure,
Merueille inestimable aux siecles à venir?
Nous ne pouuons mourir, & tu ne peux plus viure:
Nous ne pouuons plus viure & tu ne peux mourir.

Ces vies d'icy bas que ta mort nous delaisse,
Ces soleils de beauté, ces espoirs de prouesse,
Te redonnent à nous, quand nous sommes à eux:
Depuis qu'ainsi tu vis, se peut-il que tu meures!
Et laissant trois pour vn, d'vn malheur bien-heureux,
Lors que mieux tu deffaux, alors mieux tu demeures.

Mais ces trois Aiglerons, qui ne sont presq' esclos,
Font naistre en leur honneur mille torrens de los,
Ce sont les beaux subiets des discours qu'on proiette:
Et ces merueilles font que la mort ne t' esteint:
Le souuenir du beau fait apres ta deffaite,
Que plus on les admire, aussi plus on te plaint.

Rien ne reste ici bas qui ne se fonde en larmes,
Qui ne donne à son cœur des cruelles alarmes,
Ie perds mesme mon ame en animant ces vers:
On ne voit que languir les despouilles des hommes,
Ces trois Soleils laissez redorent l' Vniuers,
Helas pour trois viuans que de mourans nous sommes?

Torrens qui debatez au foudre ta fureur
Qui faites batre en moy le deuoir & l' horreur,
Et qui venez roulans d' vne eternelle course:
Lors que pour vne mort vous bruyez iustement,
Que i'aime vostre bruit, que ie hay vostre source,
Puis qu' vn corps sans esprit vous va tous animant.

Ce sont les tristes eaux de mes impatiences,
Et de mes desespoirs les seules esperances,
Eaux de l' affliction & de l' affection,
Mais puis que le doux vent de mes esprits me pousse:
He que ne vay-ie au port de la perfection,
Porté dessus cest' eau rigoureusement douce?

S' il faut aller par l' air mes souspirs sont cognus:
Mes airs freres de l' air seront les bien venus:
Sur leur aisle i' yray iusqu' au ciel de la gloire,
Lors de mes airs plaintifs seruira ma douleur,
Ie verray ma defaite auecques ma victoire,
Mais sur tout ie verray le beau pres du bon-heur.

Si ie tombe en voulant voler pres de ceſt Aſtre,
Il ne m'en ſçauroit pas arriuer du deſaſtre:
Ie ne pourray ſinon tomber dans le tumbeau.
Ce ſeroit imiter ce bel Aſtre de France,
Ie ne l'oſeroy pas, vn approche ſi beau,
Pluſtoſt que de regret me viendroit d'arrogance.

La vie donc perdue & le iour defaillant
Va la force & vigueur à nos nuits rebaillant,
Mais ton heur eſt ſi grand que ton ame i'offence,
D'vn los qui te plaignant plaint noſtre obſcurité,
Ah le bruit ſera donc par les peuples de France,
Que ie t'ay regrettee & tu m'as reietté!

C'eſt fait, ie ne vay point au ciel cercher la vie:
Car on m'accuſeroit d'vne eſtrange furie,
Et n'allant recercher ceſt eſprit dans les Cieux,
Et ne m'oſant loger au deſſus de la Terre:
Endurci triſtement au malheur de ces lieux,
Au moins ie viendray pierre auprès de ceſte pierre.

G. E. S.

Næniæ.

Inde carda, funde fletus, tacta tunde pectora
Crine paſſo, tanta paſſa faſſa feſſam Gallia.
Omnis annis hoc colore tinctus eſto lugubri,
Omne pectus hoc dolore diluatur funebri.
Liuor arſit, cuncta ſparſit, nilque parcit florida.
Ergo nil iuuat inuenta, quam iubebat progredi?
Nil retardat hanc & ardens regis almi ſpiritus?
Nil prioris & licentis elicit fælicitas?
Cede fati: quaſque tædes ſumma ſedes adſtruit
Ferre diſce: miſcet acre nempe cælum dulcibus.
Ergo linque lingua planctus, nilque pectus impete
Galle plorans, Galle rorans, pene pænis obrue.
Forma nil deforme, mæſtum nihil grata poſtulat.

Sur la meſme Dame.

La loy de la rouë eſt commune:
Son cours n'eſt iamais arreſté;
La beauté perdit l'infortune,
L'nfortune perd la beauté.

La fin par la fin.

I'Eusse grossi ma voix, pour fournir à ce liure
Plus de forme, & de corps qui le peust faire
  viure:
Mais le trespas a fait tous mes desseins perir,
Le parfait estant mort on ne peut rien parfaire,
I'ay plus de passion à deffaire qu'à faire,
Ie ne puis plus parler: ie ne puis que mourir.

Fin du Tombeau.

AD LECTOREM.

Oelum, Parcam, Fatum, Liuorem si
deuouo toties, hi mei clamoris autho-
res, & auctores visi sunt. Sic à sortis
iurgio non continuò continemus.
Quod suæ querelæ primordion quilibet probat,
id improbat. Ne igitur queramini, quod toties
de his querar. Feror in me scientes. Gradior in
me aggredientes. Propitie Lector, vt his quæ tibi vouco faueas auco. Vale.

AV LECTEVR.
⁎

Ecteur, si ce que ie t'ay donné te contente, ie t'appreste vne infinité d'au-
trespieces. S'il te mescontente, ie me
contenteray du silence. Toutesfois ie me promets que pour mon desir tu me fauoriseras,
& pour ton affection ie te seruiray d'autres
mets, que tu gousteras tost, ou le vouloir de
ne t'escrire rien me viendra par vn accord
d'humeurs, auec celuy que tu auras de ne me
lire. Adieu, & atten de moy quelque chose:
Ie parle à toy qui es quelque chose. Car quant
à l'ignorant ie l'ignore icy.

EPITOME.

Ovsievr s l'Archer aiſlé de ſa fleche importune
Deſcoche de ſes traits au gré de la Fortune:
Touſiours du feu de zele il anime les cœurs,
Et peut vaincre, invaincu, les plus braues
Si que de toutes parts, d'vne fureur diuerſe (vainqueurs:
Il agaſſe, il attaque, & les ames trauerſe,
Ainſi touſiours ſe gliſſe aux eſprits plus couuerts,
Et les rend par ſa ruze à l'inſtant deſcouuers.

Comme la douce Abeille au Printemps enuironne
Les nouuelles couleurs de l'herbelette bonne:
Et s'en va viſitant les florides vergers.
(Plaiſir qui reſiouit bergeres & bergers)
Becquetter les fleurons, les œillets & les plantes
Qu'elle trouue à ſon gouſt douces & odorantes:
Puis ioyeuſe fredonne en l'air mille chanſons
Sur le recueil plaiſant de ſes belles moiſſons.

Ainſi ce bruſq' Archer de poſtiller ne ceſſe,
Iuſqu'à tant qu'il enfile au piege de ſa treſſe
Quelque galante nymphe auec vn Adonis.
Quelque braue Filandre à vne Coronis.

Touſiours il va ſuçant de ſes leures flatteuſes
Les bonaſſes humeurs des ames amoureuſes,
Et entre les beautez eſparpillant ſes rets,
Conſtant aux inconſtans ordonne des arrets.
C'eſt le fils de Venus (race Iouinienne)
Dont Amour eſt nommé, Amour Venerienne.

Mais ſi faut il ſcauoir ſi ce fils ſoucieux
Peut eſtre deſcendu des Cloaques des Cieux.
Venus au gentil corps, de forme inimitee,
Vn iour fut de Nature à s'orner incitee

Des habits de Phœbé, & du teint coloré
Qu'Aurore quelquesfois en son char redoré,
Des coupeaux applanis aux forests chevelues:
Assi se nous presente entre deux blanches nues.
Ainsi ceste deesse en toute sa beauté
Ne sembloit que l'esclair d'vne viue clarté,
Ses yeux deux vrays soleils rayonnans en la sphere
De son chef, le chef d'azure à Iupiter son pere,
Ses sourcils esleuez sur deux tendres arceaux
En son front crystallin deux miracles nouueaux:
Ses temples deux iardins où se voyeient encloses
Les vermeilles couleurs de mill' & mille roses.

Mais qui voudroit nombrer l'areine de la mer,
Ce seroit par leurs noms ses raretez nommer.
Non: ie ne diray plus sinon, que tout ensemble
Elle portoit en soy la merueille du Tremble,
Si que par ses attrais le belligere Mars
Quitta le camp armé des rauageux soldars,
Et vaincre se laissa aux paroles mielleuses
Où Iupin mesme prit ses delices ioyeuses

D'elle est né l'Enfançon, qui vn riche carquois
Porte sur son escharpe, aux villes & aux bois.
Ses fleches sont des feux, ses iauelots des flames,
Son but est la beauté: la beauté gist aux Dames:
Les Dames par icelle engendrent dans les cœurs
Vn brazier allumant les plus froides froideurs.
Ainsi se fait l'Amour, & Cupidon s'appelle
Ce desir vehement, & charitable zele,
Qui fait de deux subiets vn obiet seulement,
Captiuant soubs ses loix tout le sexe d'Amant:
A l'vn plein de faueur le destin fauorise:
De l'autre enorgueilli le dessein il maistrise,
Et ioue fantastic secrettement ses ieux,
Martyrisant ainsi les pauures amoureux.

SONET,
Acroſtic, pour vn Anagramme.

A
PIERRE L'OYSELET,
LE LOYER EST PRISE.

Puis que le prix cheri compagnon de loüange
Ioint auec la vertu touſiours quelque loyer,
Encores à ce coup ie le veux employer,
Rendant à ta vertu le los qui ne ſe change:
Rauj de tes grandeurs, ici i'appelle l'Ange,
Et le Genie auſſi, pour au ciel l'ennoyer
Luitter auec Phœbus, les Aſtres guerroyer.
Opiner quel loyer à ta gloire ſe range.
Iſſue tresheureuſe! ô comm' il t'organiſe
Sur la voix de Thubal! er authentiquiſé
En la harpe d'Orphé' qui ton nom eterniſe:
Le deſtin y acccurt, la Parque y fauoriſe,
Et priſant ta valeur, le loyer eſt priſé,
Tout doncques ſur ſaſauoir ton los immortaliſe.

Lightning Source UK Ltd.
Milton Keynes UK
UKHW02f1815310718

326554UK00005B/236/P